CB054928

№ 00045

1894

ANTO
FÁGICA

AGO 08

11AM

8000

23

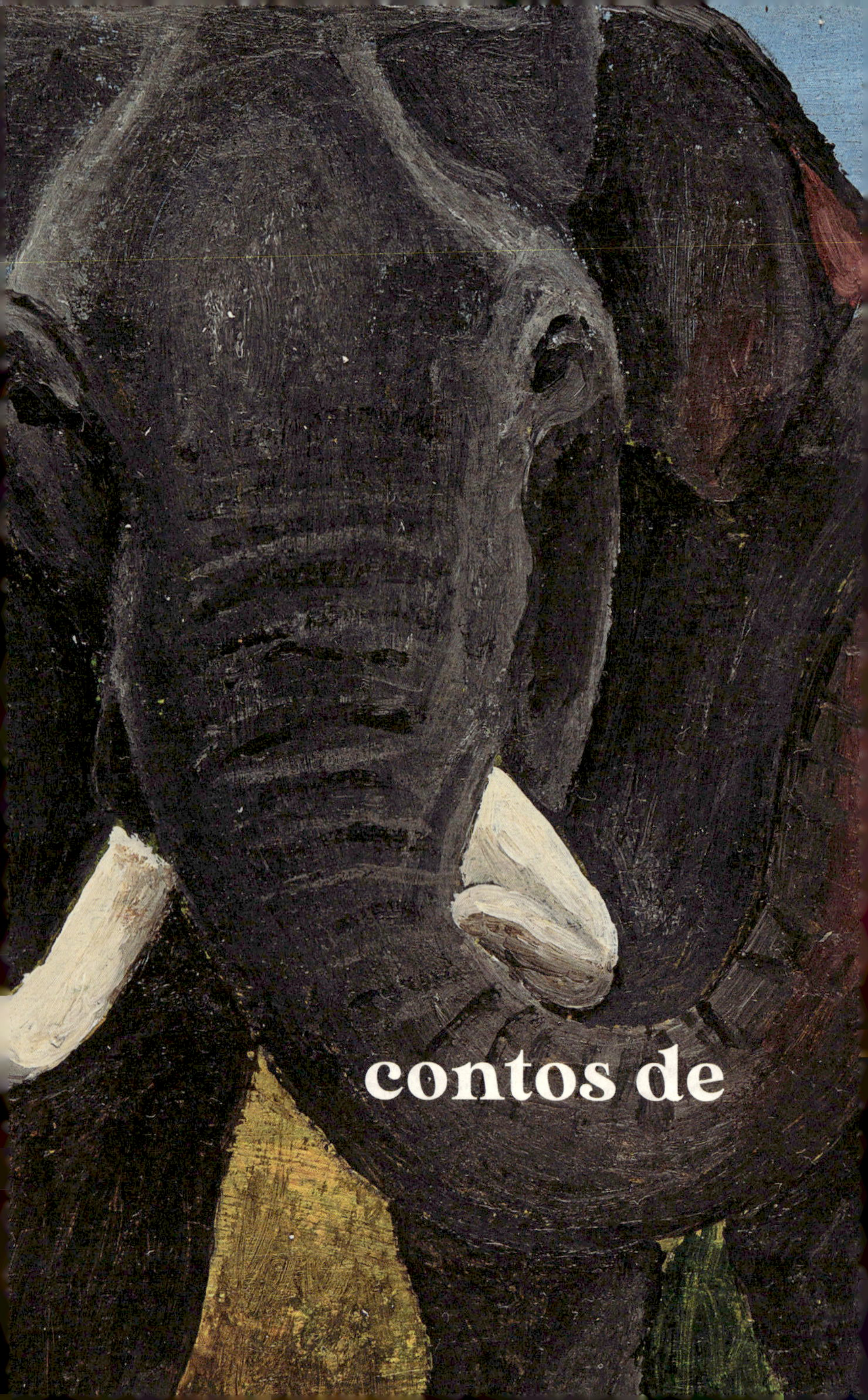
contos de

Rudyard Kipling

tradução de

Jim Anotsu

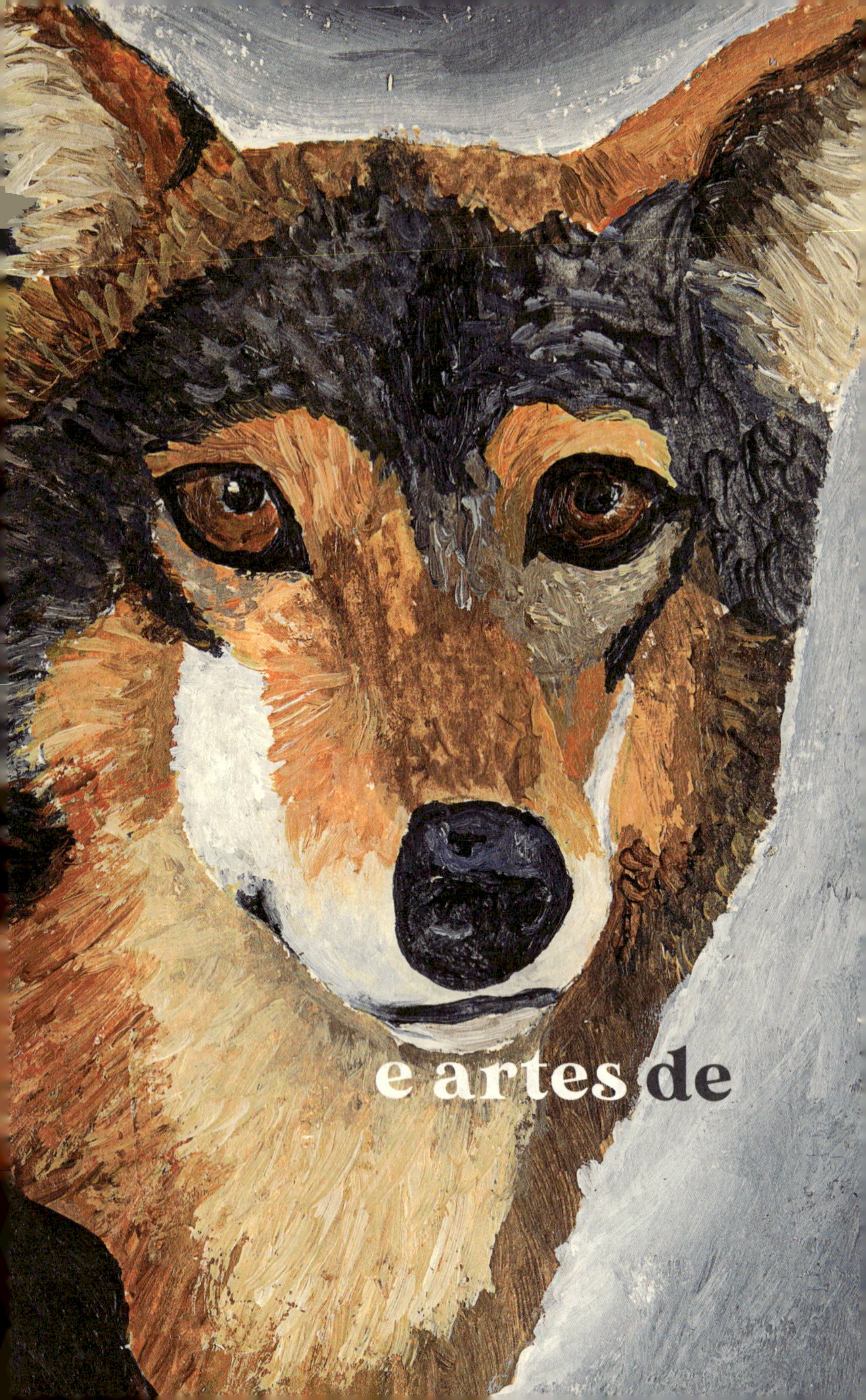
e artes de

Julia Debasse

Coordenação editorial
Bárbara Prince

Editorial
Roberto Jannarelli, Victoria Rebello,
Isabel Rodrigues & Dafne Borges

Comunicação
Mayra Medeiros, Pedro Fracchetta
& Gabriela Benevides

Preparação
Renato Ritto

Revisão
João Rodrigues & Giovana Bomentre

Projeto gráfico, capa e diagramação
Manon Bourgeade

Textos de
Pretinhas Leitoras
Maria Esther Maciel
Pedro Mandagará
Aza Njeri

Fazem parte da Alcateia:
Daniel Lameira
Luciana Fracchetta
Rafael Drummond
& Sergio Drummond

Mogli
Antofágica

Sumário

Apresentação

por Pretinhas Leitoras

A história de Mogli chegou a nós através do nosso avô, Nonato Ferreira. Vovô amava o filme e contou tê-lo apresentado antes à sua filha, nossa mãe, Elen Ferreira, que à época se encantou com a temática, as imagens e músicas. Na nossa vez, esse clássico já unia a família e chegava à terceira geração com a história de acolhimento entre humanos e animais. Ali começou a nossa paixão pelo menino-lobo, que nos levou a assistir aos dois filmes de animação lançados sobre ele e a nos debruçar sobre a leitura do livro, que nos mostra o protagonista enfrentando outros desafios e nos presenteia com outros olhares sobre a vida.

A rotina da floresta compreende a vivência das diversas espécies que ali habitam, com suas próprias dinâmicas e desafios provocados por uma série de fatores como a cadeia alimentar, a disputa de territórios, a ação humana, entre outros. Em meio a tudo isso, somos convidados a enxergar Mogli enquanto uma criança que se depara com as regras locais, os limites do ser humano, o desejo de justiça e a luta para consegui-la, mas sobretudo com o amor que recebe e doa durante sua caminhada. O filme realmente nos auxiliou a imaginar os cenários e até cantar as músicas, mas conhecer os motivos por trás de cada ação e os desfechos dos personagens apresentados no livro enriquece a compreensão do universo de Mogli. Quando Mamãe e Papai lobo se deparam com um filhote friorento e indefeso, que se aproxima de sua ninhada para se aquecer nos pelos felpudos, muitas questões são levantadas. O que seria aquele animal pequeno e pelado? Como chegou ali? De onde veio? Talvez nada importasse tanto como acolher aquele ser que parecia pedir proteção. Criado entre os animais da selva, o menino Mogli estabelece uma relação afetiva com essa nova família e seus amigos silvestres, que são sua referência de amor, cuidado, proteção e responsabilidade.

Adaptando um provérbio africano, aprendemos que é preciso uma floresta inteira para educar uma criança e lhe ensinar o “necessário, somente o necessário” para viver a vida. Estar em um espaço novo por vezes pode nos dar uma sensação de não pertencimento. A partir da acolhida que a família lobo deu a Mogli, entendemos o quão importante é a riqueza de conhecer o outro e de aprender novas formas de ser e estar no mundo para que possamos conviver com as diferenças.

Duda e **Helena** são Comunicadoras, apresentadoras de TV e criadoras do Projeto Pretinhas Leitoras.

Nota dos editores

Nesta edição estão reunidas todas as histórias protagonizadas por Mogli, o menino-lobo, personagem tão presente no imaginário coletivo. Publicadas originalmente em *Os livros da Selva*, de Rudyard Kipling (1894-1895), as narrativas são permeadas por comentários e notas entre colchetes, parte do texto original. Não se trata de acréscimos da edição; o autor concebeu seu narrador como uma espécie de folclorista, que rende explicações ao leitor a respeito das histórias que ele teria coletado em primeira mão. Esta edição inclui ainda “Dentro do Rukh”, primeiro conto escrito sobre o menino-lobo. Embora Kipling não o tenha integrado à seleção final de *Os livros da Selva*, optamos por incluí-lo para que o leitor tenha a coletânea de todas as histórias de Mogli. Por fim, a grafia “Mogli” foi privilegiada sobre o original “Mowgli”, já que é a mais consolidada no imaginário do público brasileiro.

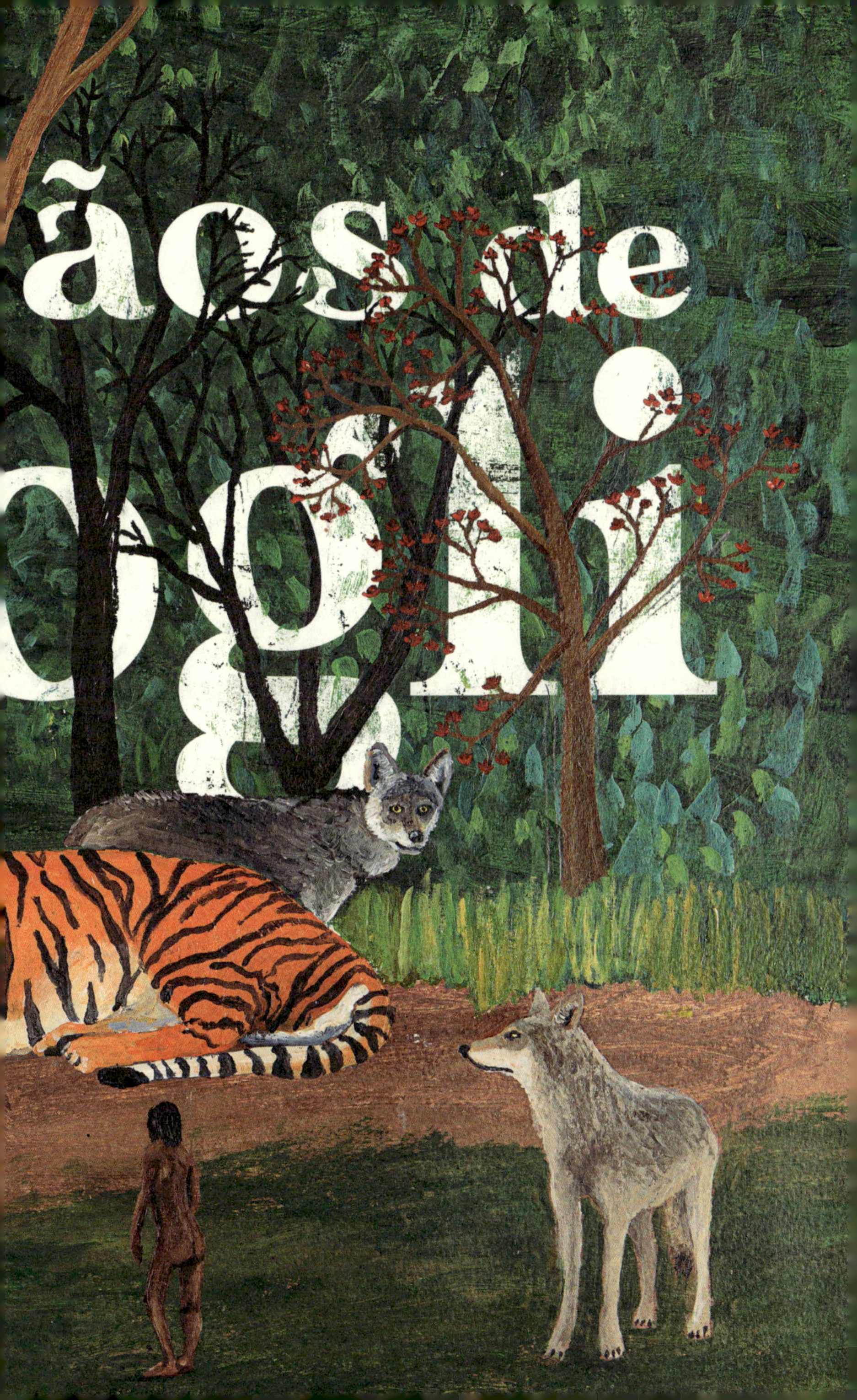

Ora, Rann, o Milhafre, torna ao lar o breu,
que Mang, o Morcego, solta
A boiada abrigada nas cabanas, porque até
o raiar a liberdade é nossa
Eis a hora da honra e da força, da Garra,
canino e pelugem
Ó, ouça o canto: Boa caçada aos que seguem
a Lei da Selva

Canção noturna na Selva

Eram sete horas de uma noite quente nas colinas Seeonee quando Pai Lobo acordou de seu repouso diurno, coçou-se, bocejou e esticou as patas, uma após a outra, para se livrar da dormência nas extremidades. Mãe Lobo estava deitada com o longo focinho cinzento estirado ao largo de seus quatro filhotinhos, que cambaleavam e gritavam, e o brilho da lua adentrava na caverna onde todos eles moravam.

— Arrgh! — disse Pai Lobo. — Está na hora de caçar outra vez.

E já estava ele pra descer a colina quando uma sombra pequena com um rabo cabeludo cruzou o batente e ganiu:

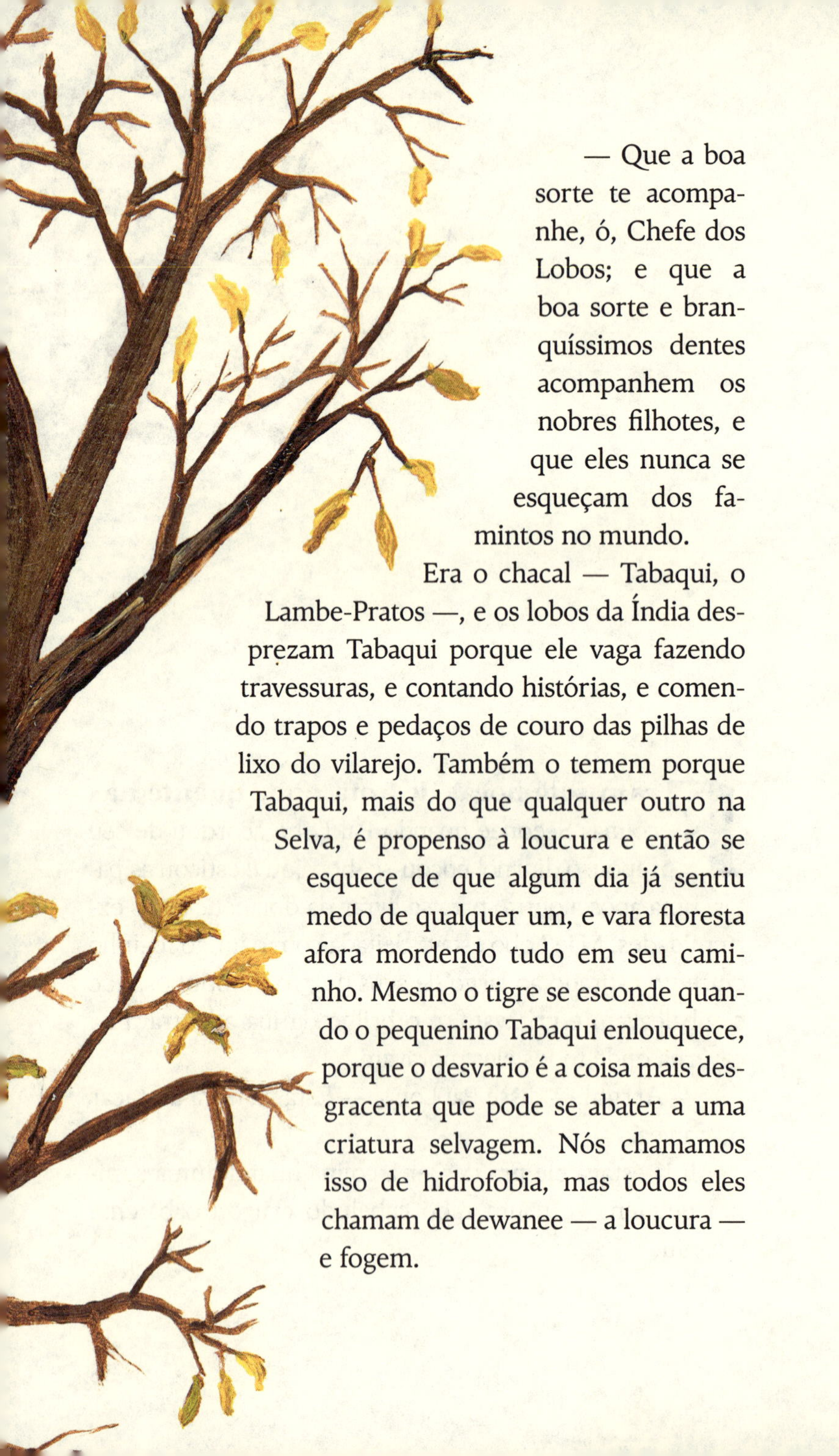

— Que a boa sorte te acompanhe, ó, Chefe dos Lobos; e que a boa sorte e branquíssimos dentes acompanhem os nobres filhotes, e que eles nunca se esqueçam dos famintos no mundo.

Era o chacal — Tabaqui, o Lambe-Pratos —, e os lobos da Índia desprezam Tabaqui porque ele vaga fazendo travessuras, e contando histórias, e comendo trapos e pedaços de couro das pilhas de lixo do vilarejo. Também o temem porque Tabaqui, mais do que qualquer outro na Selva, é propenso à loucura e então se esquece de que algum dia já sentiu medo de qualquer um, e vara floresta afora mordendo tudo em seu caminho. Mesmo o tigre se esconde quando o pequenino Tabaqui enlouquece, porque o desvario é a coisa mais desgracenta que pode se abater a uma criatura selvagem. Nós chamamos isso de hidrofobia, mas todos eles chamam de dewanee — a loucura — e fogem.

— Pois então entre e veja — disse Pai Lobo, enrijecido —, mas não há comida alguma aqui.

— Para um lobo, não — disse Tabaqui —, mas para alguém tão desprezível quanto eu, faço banquete de osso seco. Quem somos nós, os Gidur-log [o Povo Chacal], para ficar escolhendo?

E correu para o fundo da caverna, onde encontrou um osso de cervo com fiapos de carne, e sentou-se, quebrando a ponta alegremente.

— Agradeço muitíssimo por esta bela refeição — disse ele, lambendo os beiços. — Como são belas as nobres crias! Como são grandes os olhos delas! E também tão jovens! Sim, sim, eu deveria ter me lembrado de que os filhos de reis são crescidos já desde cedo.

Ora, Tabaqui sabia muito bem que nada puxa tanto o azar quanto elogiar uma criança bem na frente dela; e o agradou sobremaneira ver o desconforto aparente de Mãe Lobo e Pai Lobo.

Tabaqui sentou-se quietinho, apreciando o malfeito, e então falou, todo repleto de malícia:

— Shere Khan, o Grandão, trocou seu território de caça. Vai caçar nestas colinas durante a próxima lua, assim ele me disse.

Shere Khan era o tigre que vivia perto do rio Waingunga, a uns trinta quilômetros de distância.

— Ele não tem esse direito! — Pai Lobo se pôs a falar, irritado. — A Lei da Selva proíbe que ele mude de território sem aviso prévio. Ele irá afugentar toda caça a quinze quilômetros; e eu... eu tenho que matar por dois nos dias de hoje.

— A mãe dele não o chamava de Lungri [o Manco] à toa — disse Mãe Lobo, baixinho. — Ele é manco de uma pata desde o nascimento. É por isso que ele só mata gado. Agora os aldeões de Waingunga estão bravos com ele, e Shere Khan veio até aqui para deixar os nossos aldeões bravos. Eles irão queimar a floresta atrás dele quando já estiver distante, e nós, e os nossos filhos, teremos de fugir quando o mato for incendiado. Tudo isso graças a Shere Khan!

— Devo informar a ele da gratidão de vocês? — disse Tabaqui.

— Fora! — irritou-se Pai Lobo. — Para fora, e vá caçar com o seu mestre. Já causou problemas demais para uma noite.

— Eu irei — disse Tabaqui, baixinho. — Já se ouve Shere Khan lá embaixo no matagal. Talvez eu devesse ter guardado a mensagem.

Pai Lobo ficou escutando e, no vale escuro que seguia até o riozinho, ouviu o lamento seco, zangado e em rosnados cantarolados de um tigre que não tinha capturado nada e que não ligava que a floresta inteira ficasse sabendo.

— Mas que tolo! — disse Pai Lobo. — Dando início a uma noite de trabalho com essa barulheira toda! Ele acha que os nossos cervos são parecidos com o gado obeso lá de Waingunga?

— Silêncio! Não é boi nem cervo que ele caça — disse Mãe Lobo. — É Homem.

O lamento tinha se tornado uma espécie de ronronado sussurrante que parecia vir de cada canto da bússola.

Um barulho que aturdia lenhadores e ciganos dormindo a céu aberto e fazia com que, às vezes, corressem diretamente para a boca do tigre.

— Homem — disse Pai Lobo, exibindo todos os seus dentes brancos. — Que estupidez! Não há besouros e rãs o bastante nos charcos para que coma homens... e, ainda por cima, em nosso território!

A Lei da Selva, que nunca ordena coisa alguma sem motivo, proíbe que toda fera coma carne de homem, exceto quando está matando para ensinar os filhotes a matar, e mesmo então deve-se fazer isso longe do território de caça de sua Alcateia ou tribo. O verdadeiro motivo para isso é que o assassinato de homens implica, mais cedo ou mais tarde, a chegada de homens brancos em elefantes, com armas e centenas de homens marrons carregando gongos e foguetes e tochas. E aí todos na floresta sofrem. A justificativa das feras entre si é que o homem é o mais fraco e indefeso dentre todas as criaturas, e encostar nele é antidesportivo. Também dizem — e isso é verdade — que devoradores de homens se tornam mesquinhos e perdem os dentes.

O ronronado ficou mais alto e terminou num “Arrgh!” gutural após o ataque do tigre.

E então um uivo — um uivo pouco felino — vindo de Shere Khan.

— Ele errou — disse Mãe Lobo. — O que aconteceu?

Pai Lobo correu alguns metros e ouviu Shere Khan murmurando e resmungando com selvageria, enquanto caminhava pelo matagal.

— O tolo inventou de saltar na fogueira de lenhadores e saiu com os pés queimados — disse Pai Lobo com um resmungo. — Tabaqui está com ele.

— Há alguma coisa colina acima — disse Mãe Lobo, contraindo uma orelha. — Prepare-se.

Os ramos se agitaram de leve no matagal e Pai Lobo ficou de cócoras, pronto para o salto. Então, se você estivesse observando, teria visto a coisa mais prodigiosa do mundo: o lobo se deteve no meio do caminho. Tinha saltado antes de ver aquilo sobre o qual saltava, e então tentou frear. O resultado foi que ele subiu quase um metro no ar, pousando quase no mesmo lugar de onde tinha saído.

— Homem! — ele falou. — Um filhote de homem. Veja!

Bem na frente dele, fiando-se a um galho baixo, estava um bebezinho marrom e pelado que mal conseguia andar — a coisa mais tenra e cheia de covinhas que já tinha colocado os pés numa caverna de lobo à noite. Ele ergueu o olhar para o rosto de Pai Lobo e caiu na risada.

— Isso é um filhote de homem? — disse Mãe Lobo. — Nunca vi um. Traga-o aqui.

Um lobo, acostumado a carregar os próprios filhotes, é capaz de, se for necessário, abocanhar um ovo sem quebrá-lo, e, ainda que as mandíbulas de Pai Lobo tivessem se fechado bem nas costas da criança, dente algum riscou a pele dela enquanto a colocava entre os próprios filhotes.

— Como é pequenino! Tão pelado e... tão ousado! — disse Mãe Lobo, suavemente. O bebê abria caminho por entre os filhotes para se aproximar dos pelos quentes.

— Ahai! Ele está comendo com os outros. Então isso é um filhote de homem. Ora, já houve antes algum lobo que pudesse falar que já teve um filhote de homem entre seus filhotes?

— Já ouvi histórias do tipo aqui e ali, mas nunca em nossa Alcateia ou no meu tempo — disse Pai Lobo. — Ele é todo sem pelos e eu poderia matá-lo com um toque da minha pata. Mas, veja só, ele encara e não sente medo.

O luar foi bloqueado na boca da caverna, pois a grande cabeça quadrada e os ombros de Shere Khan se meteram na entrada. Tabaqui, atrás dele, dava gritinhos.

— Meu Senhor, meu Senhor, ele entrou aqui!

— Shere Khan nos honra enormemente — disse Pai Lobo, mas os olhos dele estavam muito, muito raivosos. — Do que Shere Khan precisa?

— Da minha presa. Um filhote de homem veio por aqui — disse Shere Khan. — Os pais dele fugiram. Entregue-o para mim.

Shere Khan, que tal como Pai Lobo havia dito, tinha pulado na fogueira de um lenhador, e estava furioso por causa da dor em seus pés queimados. Mas Pai Lobo sabia que a boca da caverna era pequena demais para que um tigre entrasse. Mesmo de onde estava, os ombros e as patas dianteiras de Shere Khan se apertavam em busca de espaço, como ficaria um homem tentando brigar dentro de um barril.

— Os Lobos são um povo livre — disse Pai Lobo. — Aceitam ordens do Chefe da Alcateia, e não de um mata-gado listrado. O filhote de homem é nosso... para matarmos, se assim o quisermos.

— A escolha é sua e a escolha não é sua! Que conversa é essa de escolha? Em nome do touro que matei, serei obrigado a entrar no seu canil para coletar o que me é devido? Eu, Shere Khan, sou aquele que fala!

O rugido do tigre lotou a caverna de trovão. Mãe Lobo se livrou dos filhotes numa sacudidela e se adiantou, os olhos como duas luas verdes no breu, encarando os olhos em brasa de Shere Khan.

— E sou eu, Raksha [a Demônio], que responde. O filhote de homem é meu, Lungri... meu e para mim! Ele não será morto. Ele viverá para correr com a Alcateia e para caçar com ela; e, no fim, veja só, caçador de filhotinhos pelados... comedor de rãs... matador de peixes, ele caçará *você!* Agora, suma daqui, ou em nome do sambhur que matei (pois *eu* não como gado faminto), volte para a sua mãe, fera chamuscada da Selva, mais manca do que quando chegou ao mundo! Vai-te!

Pai Lobo olhou para ela, admirado. Ele já tinha quase se esquecido dos dias em que ganhara Mãe Lobo numa briga justa contra cinco outros lobos, quando ela corria com a Alcateia e não era chamada de Demônio apenas de forma honorífica. Shere Khan teria enfrentado Pai Lobo, mas não se levantaria contra Mãe Lobo, pois sabia que, de onde ela estava, tinha toda a vantagem do terreno, e lutaria até a morte. Então, se afastou rosnando da boca da caverna, e, quando já se encontrava longe, gritou:

— Todo cão ladra em seu quintal! Vamos ver o que a Alcateia acha da adoção de filhotes de homens. O filhote é meu, e aos meus dentes virá no fim, ó, ladrões com rabos cabeludos!

Mãe Lobo se atirou ofegante no meio dos filhotes, e Pai Lobo disse a ela com seriedade:

— Mas Shere Khan fala a verdade.

O filhote precisa ser apresentado à Alcateia. Ainda assim ficará com ele, Mãe?

— Ficarei com ele! — ela soltou. — Ele chegou nu, à noite, sozinho e com muita fome; mas ainda assim ele não teve medo! Veja só, ele já empurrou um dos meus bebês para o lado. E aquele açougueiro manco o teria matado, e teria fugido para Waingunga enquanto os aldeões daqui vasculhariam os nossos redutos em busca de vingança! Ficar com ele? Eu com certeza ficarei com ele. Quieto, rãzinha. Ó, tu és Mogli... pois eu o chamarei de Mogli, a Rã... e chegará o dia em que você irá caçar Shere Khan como ele o caçou!

— Mas o que nossa Alcateia irá dizer? — indagou Pai Lobo.

A Lei da Selva estipula claramente que todo lobo pode, ao se casar, se desligar da Alcateia à qual pertence; mas assim que seus filhotes tiverem idade o bastante para permanecer de pé, ele deverá levá-los até o Conselho da Alcateia, que geralmente acontece uma vez por mês durante a lua cheia, para que sejam identificados pelos outros lobos. Depois de tal inspeção, os filhotes estão livres para correr como quiserem, e até que matem o primeiro cervo não é aceito que um lobo crescido da Alcateia mate um deles. A punição é a morte do assassino onde quer que esteja; e, se você pensar por um instante, verá que precisa ser assim.

Pai Lobo esperou até que os filhotes conseguissem correr um pouco, e então, na noite da Reunião da Alcateia, os levou, juntamente com Mogli e Mãe Lobo, até a Pedra do Conselho — o cume de uma colina com pedras e rochas onde centenas de lobos poderiam se esconder. Akela, o grande e cinzento Lobo Solitário, que liderava toda a Alcateia com sua força e esperteza, exibia-se de corpo inteiro em sua pedra, e abaixo dele estavam quarenta lobos ou mais, de todos os tamanhos e cores, desde veteranos da cor de texugos que conseguiam lidar com um cervo sem ajuda até lobinhos pretos de três anos que se achavam capazes disso.

Havia pouca conversa na Pedra. Os filhotes tropeçavam uns nos outros dentro do círculo onde estavam seus pais e mães, e de vez em quando um dos mais velhos caminhava quietinho até algum dos filhotes, encarava-o com cuidado e o devolvia ao seu lugar, caminhando sobre patas silenciosas. Em alguns momentos uma mãe empurrava o filhote bem para o brilho do luar, para ter certeza de que ele não seria ignorado. Akela, em sua pedra, gritou:

— Vocês conhecem a Lei... vocês conhecem a Lei! Vejam bem, ó, Lobos!

E as mães ansiosas tomaram para si o chamado:

— Vejam... vejam bem, ó, Lobos.

Por fim — e as cerdas do pescoço de Mãe Loba se levantaram quando foi chegada a hora —, Pai Lobo empurrou "Mogli, a Rã", como era chamado, para o centro, onde ele se sentou rindo e brincando com pedrinhas que reluziam no luar.

Akela não levantou a cabeça das patas, mas prosseguiu em seu lamento monótono:

— Vejam bem!

Um rugido abafado veio de trás das rochas... a voz de Shere Khan gritando:

— O filhote é meu; entregue-o para mim. O que tem a ver o Povo Livre com um filhote de homem?

Akela nem agitou as orelhas. Tudo que disse foi:

— Vejam bem, ó, Lobos! O que tem o Povo Livre a ver com as ordens de qualquer um exceto com aquelas do Povo Livre? Vejam bem!

Houve um coro de rosnados graves, e um jovem lobo, em seu quarto ano, repetiu a pergunta de Shere Khan a Akela:

— O que tem a ver o Povo Livre com um filhote de homem?

Ora, a Lei da Selva estipula que se houver qualquer discussão quanto ao direito de um filhote pertencer à

Alcateia, ele deve ser defendido por pelo menos dois membros da Alcateia que não sejam pai e mãe.

— Quem irá falar por este filhote? — disse Akela. — Dentre o Povo Livre, quem fala?

Não houve resposta, e Mãe Lobo se preparou para aquilo que seria sua última luta, se tudo culminasse numa luta.

Então a única outra criatura cuja presença era permitida no Conselho da Alcateia — Baloo, o sonolento urso marrom que ensina aos filhotes a Lei da Selva; o velho Baloo, que tem passe livre aonde quiser porque se alimenta apenas de nozes e raízes e mel — se ergueu nas patas traseiras e resmungou.

— O filhote de homem... o filhote de homem? — disse ele. — *Eu* falo pelo filhote de homem. Não há mal algum num filhote de homem. Não possuo o dom das palavras, mas falo a verdade. Permita a ele que corra com a Alcateia e que seja aceito junto aos outros. Eu mesmo irei educá-lo.

— Precisamos de mais um — disse Akela. — Baloo falou e ele é o professor dos nossos filhotes. Quem mais além de Baloo irá falar?

Uma sombra caiu em meio ao círculo. Era Bagheera, a Pantera Negra, preta pretíssima por tudo, mas com as manchas de pantera à vista sob determinadas luzes, manchas que se pareciam com rebuliços em linho encharcado. Todos conheciam Bagheera e ninguém cruzava o caminho dele; pois era ardiloso feito Tabaqui, ousado feito o búfalo selvagem e destemido feito um elefante ferido. Mas tinha uma voz suave que nem mel pingando de uma árvore, e uma pele mais macia que veludo.

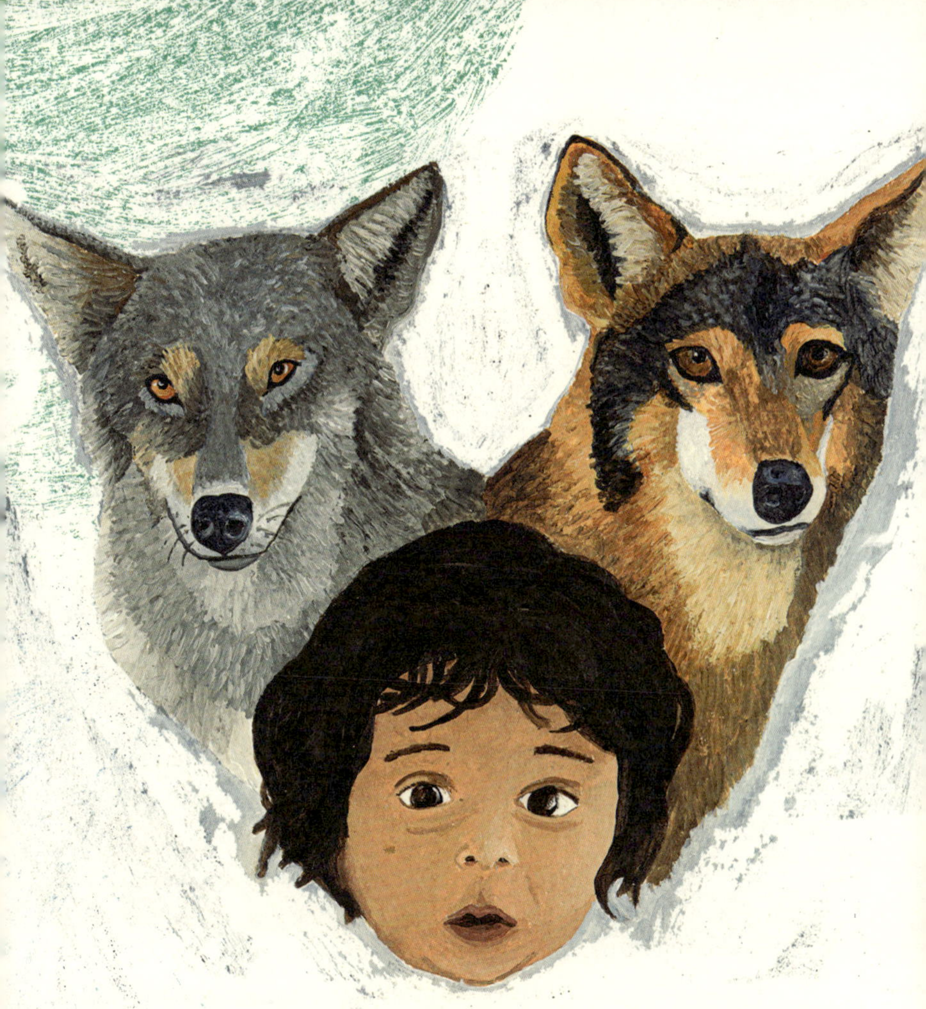

— Ó, Akela, e vocês, Povo Livre — ele ronronou. — Não tenho voz na assembleia de vocês; mas a Lei da Selva diz que, se houver uma dúvida que não seja questão de morte com relação a um filhote, então a vida de tal filhote pode ser comprada por um determinado preço. E a Lei não diz quem pode ou não pode pagar tal preço. Estou certo?

— Ótimo! Ótimo! — disseram os lobos jovens, que estavam sempre com fome. — Ouçam Bagheera. O filhote pode ser comprado por um preço. É a Lei.

— Sabendo que não tenho o direito de me pronunciar aqui, peço a licença de vocês.

— Então fale — gritaram vinte vozes.

— Matar um filhote pelado é uma vergonha. Além disso, ele pode se tornar uma caça mais divertida para vocês quando estiver crescido. Baloo falou por ele. Agora, eu acrescento um boi às palavras de Baloo, bem gordo, recém-matado, a oitocentos metros daqui, se aceitarem o filhote de homem de acordo com a Lei. É difícil?

E se levantou o clamor de muitas vozes, dizendo:

— Que diferença faz? Ele morrerá nas chuvas do inverno. Ele será torrado pelo sol. Que mal a rã pelada pode nos causar? Que corra ele com a Alcateia. Cadê o boi, Bagheera? Que seja aceito.

E neste momento a voz grave de Akela se fez ouvir, gritando:

— Vejam bem... vejam bem, ó, Lobos!

Mogli continuava brincando com pedrinhas, e não notou que os lobos se aproximaram e o avaliaram um por um. Enfim, foram todos eles colina abaixo em busca do boi morto, e só Akela, Bagheera, Baloo e os lobos de Mogli ficaram para trás. Shere Khan ainda rugia noite adentro, porque ficara muito irritado pelo fato de Mogli não ter sido entregue a ele.

— Ah, ruja mesmo — disse Bagheera, sob os bigodes —, pois chegará o dia em que essa coisa pelada irá fazer com que ruja em outro tom, ou nada sei acerca do Homem.

— Muito bem feito — disse Akela. — Homens e seus filhos são muito inteligentes. Ele poderá ser uma ajuda no tempo certo.

— Verdade, uma ajuda em tempos de necessidade; pois criatura alguma pode esperar que lidere a Alcateia para sempre — disse Bagheera.

Akela nada respondeu. Pensava na hora que chega para todo líder de toda Alcateia, quando a força o abandona e ele se torna cada vez mais decrépito, até, enfim, ser morto pelos lobos e um novo líder surgir — para também ser morto quando chegar a vez dele.

— Leve-o embora — disse ele a Pai Lobo — e treine-o como é adequado a quem pertence ao Povo Livre.

E foi assim que Mogli foi introduzido na Alcateia de lobos Seeonee, pelo preço de um boi e as palavras de confiança de Baloo.

Agora você precisa se contentar em saltar uns dez ou onze anos inteiros, e apenas imaginar a vida maravilhosa que Mogli teve na companhia dos lobos, porque, caso tudo fosse escrito, preencheria vários tomos. Ele cresceu com os filhotes, embora, claro, eles já fossem lobos adultos antes mesmo de Mogli ser uma criança, e Pai Lobo ensinou a ele seu trabalho e o significado das coisas na Selva, até que cada agito na grama, cada bafo do ar noturno, cada nota das corujas acima de sua cabeça, cada risco das garras de um morcego ao se dependurar brevemente numa árvore e cada respingo de cada peixinho saltando numa lagoa diziam tanto a Mogli quanto o trabalho de um escritório

diz a
um homem de
negócios. Quando não estava
aprendendo, ele se sentava ao sol e dormia,
e comia, e dormia de novo; quando se sentia sujo ou com calor, nadava nas lagoas da floresta; e quando queria mel (Baloo disse a ele que mel e castanhas eram tão agradáveis de comer quanto carne crua), escalava atrás disso, e Bagheera o ensinou a fazer tal coisa.

Bagheera se estirava num galho e chamava:

— Vem cá, Irmãozinho.

E de início, Mogli se pendurava que nem uma preguiça, mas depois ele passou a se lançar pelos galhos, quase tão prodigioso quanto o gorila cinzento. Ele também assumia seu lugar na Pedra do Conselho quando a Alcateia se reunia, e lá ele descobriu que se encarasse com intento qualquer lobo, o lobo seria obrigado a baixar os olhos, e por isso ele costumava encarar só por diversão.

Em outros momentos ele removia espinhos compridos das patas de seus amigos, porque os lobos padeciam terrivelmente com espinhos e carrapichos na pelugem.

Mogli descia a colina à noite e invadia as terras aradas, e observava, curioso, os aldeões em suas cabanas, mas ele desconfiava dos homens, porque Bagheera mostrou a ele uma caixa quadrada com um portão de queda tão ardilosamente escondido na Selva que Mogli quase entrou nela, e o urso contou a ele que era uma armadilha.

Acima de tudo, Mogli amava invadir o coração sombrio e aquentado da floresta, dormir ao longo do dia modorrento e, à noitinha, ver como Bagheera matava. Bagheera matava a torto e a direito quando estava com fome, e Mogli também — com uma exceção. Quando tinha idade o bastante para entender as coisas, Bagheera informou a ele que jamais deveria encostar num gado, já que tinha entrado para a Alcateia ao preço de um boi.

— A Selva inteira pertence a você — disse Bagheera —, e a você é permitido matar tudo aquilo que tiver forças para abater; mas, em nome do Boi que comprou a sua vida, nunca mate ou coma do gado, seja rebento ou idoso. Essa é a Lei da Selva.

Mogli obedeceu fielmente.

E ele cresceu e cresceu, forte como é adequado a um garoto que não está ciente de que está aprendendo suas lições e que não precisa pensar em nada além daquilo que vai comer.

Mãe Lobo disse a ele uma ou duas vezes que Shere Khan não era bicho de confiança, e que um dia Mogli deveria matar Shere Khan; embora um lobinho fosse se lembrar daquela admoestação o tempo todo, Mogli se esqueceu dela, porque era só um garotinho — embora fosse se chamar de lobo caso tivesse a capacidade de falar qualquer idioma de gente.

Shere Khan estava sempre cruzando o caminho dele na floresta, pois à medida que Akela envelhecia e se tornava mais decrépito, o tigre manco ia se tornando um grande amigo da juventude lupina da Alcateia, que o seguia em troca de restos, coisa que Akela jamais permitiria se tivesse forçado sua autoridade até os limites adequados. Então Shere Khan os elogiava e indagava se caçadores tão primorosos estavam satisfeitos em serem liderados por um lobo moribundo e um filhote de homem.

— Ouvi dizer — Shere Khan falava — que vocês não ousam encarar os olhos dele durante o Conselho.

E os jovens lobos rosnavam e se arrepiavam.

Bagheera, que tinha olhos e ouvidos em todos os cantos, sabia um pouco dessa história e, uma ou duas vezes, disse a Mogli em tais palavras que Shere Khan iria matá-lo um dia; e Mogli ria e respondia:

— Eu tenho a Alcateia e tenho você; e Baloo, ainda que seja tão preguiçoso, talvez dê alguns golpes em minha defesa. Por que eu deveria temer?

Foi num dia quente que uma ideia ocorreu a Bagheera — nascida de algo que ele tinha ouvido. Talvez Ikki, o porco-espinho, tivesse lhe contado aquilo; mas a pantera disse a Mogli, nas profundezas da Selva, quando o menino repousava a cabeça em sua linda pelugem preta:

— Irmãozinho, quantas vezes falei que Shere Khan é seu inimigo?

— Quantas vezes houver nozes naquela palmeira — disse Mogli, que, naturalmente, não sabia contar. —

O que tem? Estou com sono, Bagheera, e Shere Khan é só falatório e barulho, espalhafatoso que nem Mao, o Pavão.

— Mas não é hora de dormir. Baloo sabe disso, eu sei disso, a Alcateia sabe disso, e até o mais tolo dos cervos sabe. Tabaqui também o alertou da mesma coisa.

— Ha! Ha! — disse Mogli. — Tabaqui veio ter comigo há pouco tempo, cheio de palavras rudes, dizendo que eu era um filhote pelado de homem e que eu não tinha como escavar trufas; mas aí eu catei Tabaqui pelo rabo e o rodei duas vezes contra uma palmeira para ensinar-lhe bons modos.

— Isso foi tolice; pois ainda que Tabaqui seja dado a travessuras, ele teria te contado algo que é do seu interesse. Abra os olhos, Irmãozinho! Shere Khan não ousará te matar na Selva por medo daqueles que te amam; mas lembre-se: Akela já é velho e logo chegará o dia em que ele não será capaz de matar o próprio cervo, e então não será mais o líder. Muitos dos lobos que te viram quando você foi levado até o Conselho na primeira vez também são velhos, e os lobos jovens acreditam, tal como Shere Khan os ensinou, que um filhote-homem não tem lugar na Alcateia. Em breve você será um homem.

— E o que faz de um homem incapaz de correr com seus irmãos? — disse Mogli. — Eu nasci na Selva; eu obedeço à Lei da Selva; e não há lobo entre nós de cuja pata eu não tenha arrancado um espinho. Com certeza eles são meus irmãos!

Bagheera se esticou completamente e semicerrou os olhos.

— Irmãozinho — disse ele —, coloque a mão embaixo da minha mandíbula.

Mogli levantou a mão forte e marrom, e logo abaixo do queixo sedoso de Bagheera, onde os músculos retesados estavam todos ocultos por pelos brilhantes, sentiu um pedacinho careca.

— Ninguém na Selva sabe que eu, Bagheera, carrego essa marca… a marca da coleira; mas ainda assim, Irmãozinho, eu nasci no meio dos homens, e foi no meio dos homens que a minha mãe morreu… nas jaulas do Palácio Real em Oodeypore. Foi por isso que eu paguei o seu preço no Conselho quando você ainda era um filhotinho pelado. Sim, eu também nasci entre os homens. Nunca tinha visto a Selva. Eles me alimentavam atrás das grades, pegando comida de uma panela de ferro, até que certa noite eu senti que era Bagheera, a Pantera, e não brinquedo de homem, e então parti o cadeado patético com um golpe da minha pata e fugi; e, como eu tinha aprendido os costumes dos homens, eu me tornei mais terrível na Selva do que Shere Khan. Não é verdade?

— Sim — disse Mogli —, a Selva inteira teme Bagheera… todos exceto Mogli.

— Ah, *tu* és filhote de homem mesmo — disse a Pantera Negra, com carinho —, mas, assim como eu voltei para a minha Selva, você também deverá retornar aos homens um dia… aos homens que são seus irmãos… se não for morto no Conselho.

— Mas, por que… Por que alguém iria querer me matar? — disse Mogli.

— Olhe para mim — disse Bagheera; e Mogli encarou com firmeza os olhos dele.

A grande pantera virou a cabeça para longe em menos de um minuto.

— *Este* é o motivo — disse ele, movendo as patas nas folhas. — Nem mesmo eu consigo encarar os seus olhos, e eu nasci no meio dos homens, e eu te amo, Irmãozinho. Os outros te odeiam porque os olhos deles não podem encontrar os seus; porque você é sábio; porque você arrancou os espinhos das patas deles... porque você é um homem.

— Eu não sabia dessas coisas — disse Mogli, carrancudo; e fechou a cara sob as sobrancelhas pretas e grossas.

— O que é a Lei da Selva? Bata primeiro e pergunte depois. Por descuido seu, eles sabem que você é um homem. Mas seja sábio. Eu sei, em meu coração, que no dia em que Akela perder uma presa... e a cada caçada ele tem mais dificuldade em agarrar o cervo... a Alcateia vai se virar contra ele e contra você. Vão sediar um Conselho da Selva na Pedra, e então... e então... Já sei! — disse Bagheera, saltando no ar. — Vá ligeiro até as cabanas dos homens no vale, e tome uma das Flores Vermelhas que eles cultivam por lá, para que, quando chegar a hora, você talvez possua um amigo mais forte do que eu e Baloo ou aqueles na Alcateia que te amam. Pegue a Flor Vermelha.

Aquilo que Bagheera chamava de Flor Vermelha significava fogo, só que nenhuma criatura da Selva chama o fogo pelo nome correto. Todas as feras vivem com grande temor dele e inventam inúmeras maneiras de descrevê-lo.

— A Flor Vermelha? — disse Mogli. — Que brota do lado de fora da cabana deles durante o crepúsculo? Vou pegar um pouco.

— Assim fala o filhote de homem — disse Bagheera, orgulhoso. — Lembre-se de que ela cresce em vasinhos. Pegue um, rápido, e guarde-o com você para quando for necessário.

— Bom! — disse Mogli. — Eu irei. Mas, tenha certeza, ó, meu amigo Bagheera — passou os braços ao redor do pescoço esplêndido e fitou bem os olhos grandes —, tem certeza de que tudo isso é obra de Shere Khan?

— Em nome do Cadeado Partido que me libertou, tenho certeza, Irmãozinho.

— Então, pelo Boi que me comprou, farei com que Shere Khan pague em medida cheia por isso, e pode ser que tudo termine bem — disse Mogli, e saiu.

— Isso é um homem. É assim que um homem fala — disse Bagheera a si mesmo, deitando-se outra vez. — Ah, Shere Khan, nunca uma caçada foi tão sombria quanto naquela vez, dez anos atrás, em que você perseguiu uma rãzinha pelada!

Mogli já ia longe floresta adentro, correndo impetuoso, o coração acalorado dentro de si. Ele chegou na caverna quando a neblina da noite subia e respirou fundo, olhando para o vale. Os filhotes estavam do lado de fora, mas Mãe Lobo, nos fundos da caverna, sabia, pela respiração dele, que algo incomodava a sua rã.

— O que foi, Filho? — disse ela.

— Uma conversa-fiada de Shere Khan — ele retorquiu. — A minha caçada será nos campos arados esta noite.

E embrenhou-se nos arbustos abaixo, rumo ao córrego no pé do vale. Lá ele se atentou, pois escutou o grito de caça da Alcateia, ouviu o bramido de um Sambhur abatido, o bufo quando um cervo se voltou na baía. Então vieram os uivos amargos, cruéis, dos lobos jovens:

— Akela! Akela! Permitam que o Lobo Solitário demonstre sua força. Abram espaço para o líder da nossa Alcateia! Salte, Akela!

O Lobo Solitário deve ter saltado e errado a presa, porque Mogli ouviu os dentes dele se chocando e um ganido quando o Sambhur o golpeou usando a pata dianteira.

Mogli não hesitou mais e disparou em correria; e os gritos se enfraqueceram às suas costas à medida que ele avançava pelas lavouras onde residiam os aldeões.

— Bagheera falou a verdade — ofegou, aninhando-se num carro de boi próximo à janela de uma cabana. — Amanhã será um dia importante para Akela e para mim.

Então colou o rosto na janela e observou o fogo na lareira. Viu a esposa do marido se levantar e alimentar as chamas durante a noite com caroços pretos; e quando a manhã chegou e as névoas estavam brancas e geladas, viu o filho do homem pegar um pote de vime coberto de terra, enchê-lo com pedaços de carvão em brasa, colocá-lo sob um cobertor e sair para cuidar das vacas no estábulo.

— É só isso? — disse Mogli. — Se um filhote consegue fazer isso, não há nada a temer.

Então dobrou a esquina e encontrou o menino, tomou o pote da mão dele e sumiu na neblina enquanto o menino gritava, assustado.

— Eles são parecidos comigo — disse Mogli, soprando o pote, tal como tinha visto a mulher fazer. — Isso vai morrer se eu não der a ele algo para comer.

E ele jogou gravetos e cascas secas na coisa vermelha. No meio do trajeto colina acima, encontrou Bagheera recoberto do orvalho matinal, que brilhava como selenita em sua pelagem.

— Akela errou a presa — disse a pantera. — Eles o teriam matado ontem à noite, mas também precisavam de você junto. Estavam te procurando na colina.

— Eu estava nas terras aradas. Estou pronto. Veja!

Mogli ergueu o pote de fogo.

— Bom! Ora, eu já vi os homens enfiando um galho seco nisso e imediatamente a Flor Vermelha brotou da ponta. Você não tem medo?

— Não. Por que eu deveria ter medo? Eu me lembro agora... se não for um sonho... de como, antes de eu ser um lobo, eu me deitava perto da Flor Vermelha, e era quente e agradável.

Durante todo aquele dia, Mogli sentou-se dentro da caverna, cuidando do seu pote de fogo e largando galhos secos ali dentro para ver o que acontecia com eles. Encontrou um galho que foi do seu agrado e à noite, quando Tabaqui foi até a caverna e disse a ele, de forma rude, que ele estava sendo convocado para ir até a Pedra do Conselho, ele riu até que Tabaqui saísse correndo. Então Mogli se dirigiu ao Conselho, ainda rindo.

Akela, o Lobo Solitário, estava deitado ao lado da Pedra, num sinal de que a liderança da Alcateia estava vaga, e Shere Khan, com o séquito de lobos que se alimentavam de restos, andava de um lado para o outro abertamente, sendo bajulado. Bagheera se deitou perto de Mogli e o pote de fogo estava entre os joelhos do menino. Quando estavam todos reunidos, Shere Khan começou a falar — coisa que jamais teria ousado fazer quando Akela estava no auge.

— Ele não tem direito — sussurrou Bagheera. — Diga isso. Ele é um filho de cão. Ficará com medo.

Mogli ficou de pé.

— Povo Livre — ele gritou. — Shere Khan, por acaso, lidera a Alcateia? O que tem um tigre a ver com a nossa liderança?

— Vendo que a liderança ainda está vaga, e sendo convidado a falar... — Shere Khan começou.

— Convidado por quem? — disse Mogli. — Somos *todos* nós chacais para ficarmos idolatrando esse matador de gado? A liderança da Alcateia é assunto só da Alcateia.

Foram ouvidos gritos:

— Silêncio, você é um filhote de homem!

— Deixem-no falar; ele segue as nossas leis!

E, por fim, os mais velhos da Alcateia rugiram:

— Permitam que o Lobo Morto fale!

Quando o líder da Alcateia perde uma presa, por regra, ele é chamado de Lobo Morto pelo resto de sua vida, que não costuma ser longa.

Akela ergueu sua velha cabeça cansada.

— Povo Livre, e vocês também, chacais de Shere Khan, por doze estações liderei vocês até a caça e de volta, e durante todo esse tempo ninguém foi pego ou ferido. Agora eu errei a minha caça. Todos vocês sabem como o estratagema se deu. Vocês sabem como fui levado até um cervo para que a minha fraqueza ficasse aparente. Foi muito esperto. É direito de vocês me matar aqui e agora na Pedra do Conselho. Logo, pergunto: quem virá dar cabo do Lobo Solitário? Porque tenho o direito, de acordo com a Lei da Selva, de que venham um por um.

Houve um longo cochicho, porque lobo nenhum queria lutar até a morte com Akela. Então Shere Khan rugiu:

— Ah! O que temos a ver com este tolo desdentado? Ele está destinado a morrer! O filhote de homem é que já viveu demais. Povo Livre, ele era carne minha desde o início. Entreguem-no a mim. Estou cansado dessa besteira de homem-lobo. Ele vem causando confusão na Selva há dez estações. Entreguem-me o homem-filhote, caso contrário caçarei por aqui sempre e não darei a vocês nem um osso! Ele é um homem... um filho de homem e, desde o tutano dos meus ossos, eu o odeio!

Então, mais da metade da Alcateia gritou:

— Um homem... um homem! O que um homem tem a ver conosco? Que volte ele para o lugar dele.

— E voltar todas as pessoas da vila contra nós? — rosnou Shere Khan. — Não; entreguem-no a mim. Ele é um homem e nenhum de nós consegue olhar nos olhos dele.

Akela ergueu a cabeça de novo e disse:

— Ele comeu da nossa comida; dormiu conosco; já guiou presas para nós; não quebrou nenhuma Lei da Selva.

— Além disso, paguei por ele com um boi quando foi aceito. O valor de um boi é pouco, mas a honra de Bagheera é uma coisa pela qual ele sempre irá lutar — disse Bagheera, em sua voz mais gentil.

— Um boi pago dez anos atrás — a Alcateia zombou. — Por que iríamos nos importar com ossos de dez anos atrás?

— E com um juramento? — disse Bagheera, os dentes brancos expostos sob os lábios. — Bem, vocês são chamados de Povo Livre!

— Nenhum filhote de homem pode correr com o Povo da Selva! — rugiu Shere Khan. — Entreguem-no a mim.

— Ele é nosso irmão em tudo, exceto no sangue — Akela prosseguiu —, e vocês o matariam aqui mesmo. Na verdade, eu vivi demais. Alguns de vocês são comedores de gado, e de outros eu ouvi dizer que, sob a guia de Shere Khan, avançam durante a noite e roubam crianças das portas dos aldeões. Logo, eu assim sei que são covardes, e é aos covardes que me dirijo. É fato que devo morrer, e a minha vida não vale nada, senão eu a ofereceria no lugar do homem-filhote. Mas, em nome da Honra da Alcateia, uma coisinha que, por falta de um líder, vocês esqueceram, prometo que, se vocês permitirem que o homem-filhote siga o caminho dele, eu não irei, quando for chegada a minha hora, arreganhar um dente contra vocês. Morrerei sem luta. Isso irá poupar pelo menos três vidas da Alcateia. Não posso oferecer mais do que isso, mas, se assim quiserem, posso poupá-los da vergonha que vem de matar um irmão contra o qual não há crime algum... um irmão que teve sua entrada comprada e validada na Alcateia de acordo com a Lei da Selva.

— Ele é um homem... um homem... um homem! — zombou a Alcateia; e a maioria dos lobos começou a se juntar ao redor de Shere Khan, cujo rabo começava a se mover.

— Agora o assunto está nas suas mãos — disse Bagheera a Mogli. — *Nós* não podemos fazer nada além de lutar.

Mogli ficou ereto, o pote de fogo nas mãos. Então esticou os braços e bocejou na frente do Conselho; mas ele estava furioso de raiva e tristeza, pois, tal como já é próprio dos lobos, eles nunca tinham dito o quanto o odiavam.

— Escutem, vocês! — ele gritou. — Não precisamos de toda essa conversa de cachorro. Vocês disseram tanto esta noite que sou um homem (ainda que eu pudesse ser um lobo como vocês até o fim da minha vida) que sinto que as suas palavras são verdadeiras. Então não irei mais chamá-los de irmãos, mas de *sag* [cachorros], como um homem faz. O que farão e o que deixarão de fazer não depende mais de vocês. Isso é assunto *meu*; e para que vejamos a questão mais claramente, eu, o homem, trouxe aqui um pouco da Flor Vermelha que vocês, cachorros, temem.

Ele atirou o pote de fogo no chão e alguns torrões vermelhos queimaram um tufo de musgo seco, que incandesceu no momento em que o Conselho se afastou, com medo diante das chamas saltitantes.

Mogli enfiou o galho morto nas chamas até os ramos acenderem e estalarem, e o girou acima da cabeça no meio dos lobos acovardados.

— Você é o mestre — disse Bagheera, em voz baixa. — Salve Akela da morte. Ele sempre foi um amigo.

Akela, o velho lobo sombrio que nunca pediu misericórdia em toda a vida, lançou um olhar de piedade a Mogli enquanto o menino se erguia todo nu, o longo cabelo escuro jogado por cima do ombro, à luz do galho em chamas que fazia as sombras saltarem e tremerem.

— Bom! — disse Mogli, encarando ao redor lentamente, e esticando o lábio inferior. — Estou vendo que são cães. Eu irei de vocês para o meu próprio povo... se eles forem o meu povo. A Selva está fechada para mim e eu me esquecerei da língua de vocês e da companhia de vocês; mas serei mais misericordioso do que vocês. Porque em tudo, menos no sangue, eu era um irmão, e prometo que, quando eu for um homem dentre os homens, não irei traí-los aos homens como vocês me traíram. — Ele chutou o fogo com o pé e as fagulhas voaram. — Não haverá guerra entre nenhum de nós e a Alcateia. Mas há uma dívida que preciso pagar antes de ir. — Avançou para onde Shere Khan se encontrava sentado, piscando estupidamente para as chamas, e o catou pelos tufos do queixo. Bagheera veio logo atrás, em caso de acidente. — Levante-se, cão! — gritou Mogli. — Levante-se quando um homem falar, ou vou atear fogo na sua pelugem!

As orelhas de Shere Khan estavam baixas na cabeça e ele fechou os olhos, porque o galho em chamas estava perto demais.

— Este comedor de gado disse que iria me matar no Conselho porque não me matou quando eu era filhote. É assim que batemos em cachorros quando somos homens! Mexa um bigode, Lungri, e eu enfio a Flor Vermelha na sua goela!

Ele bateu na cabeça de Shere Khan com o galho e o tigre ganiu e chorou em agonia, cheio de medo.

— Ah! Gato chamuscado... saia daqui! Mas lembrem-se, quando eu vier à Pedra do Conselho da próxima vez, como é papel de um homem, será com a pele de Shere Khan na minha cabeça. Por fim, Akela está livre para viver como quiser. Vocês *não* irão matá-lo, porque isso não é da minha vontade. Nem achem que continuarão sentados aqui, mostrando a língua como se fossem alguém em vez dos cachorros que bani... vão logo! Sumam!

O fogo queimava furiosamente na ponta do galho e Mogli o brandiu à direita e à esquerda ao redor do círculo, e os lobos saíram uivando com as fagulhas que queimavam seus pelos. Então restaram apenas Akela, Bagheera e, talvez, uns dez lobos que tinham tomado o partido de Mogli. Então alguma coisa começou a machucar Mogli por dentro, como ele nunca tinha sido ferido antes,

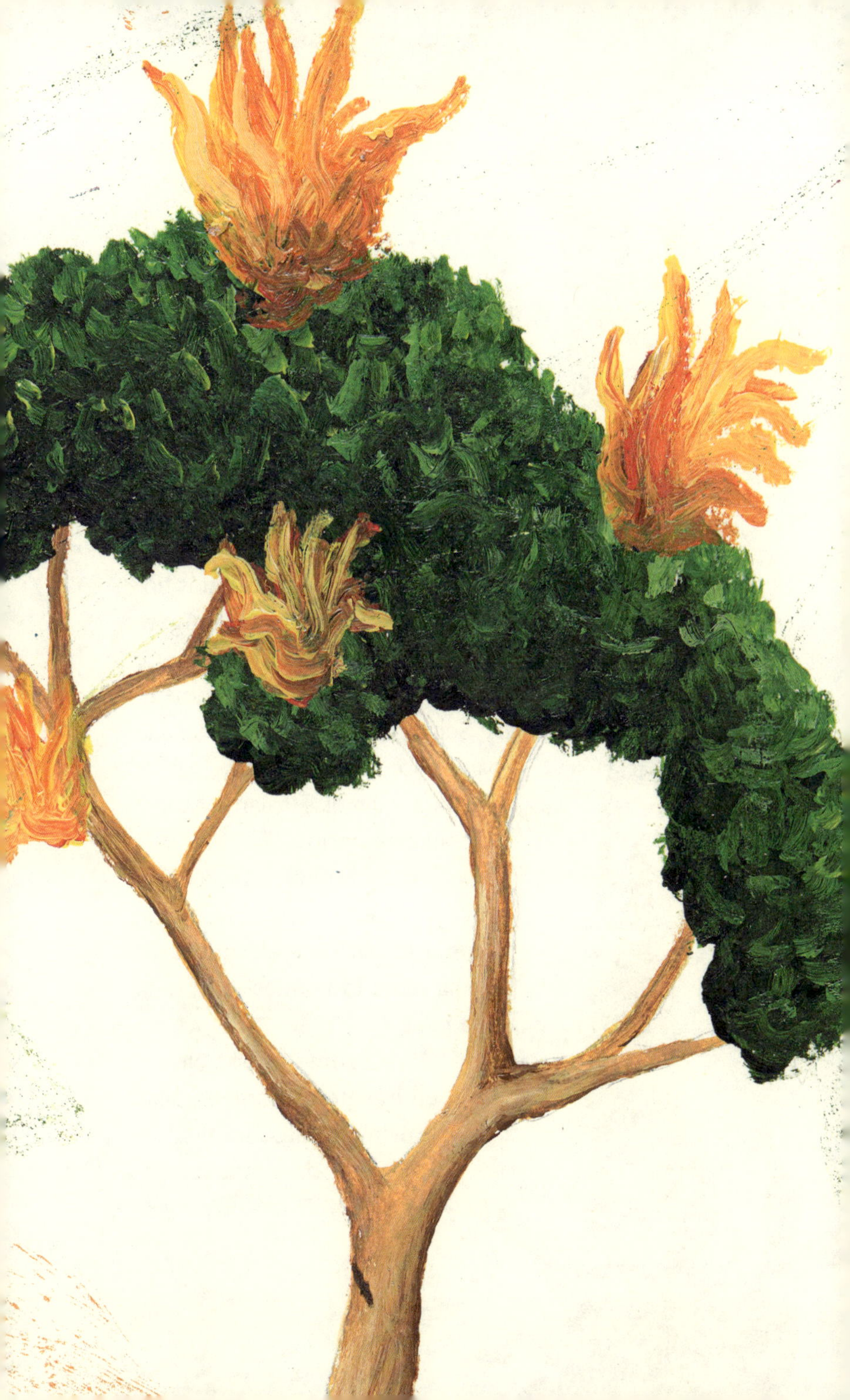

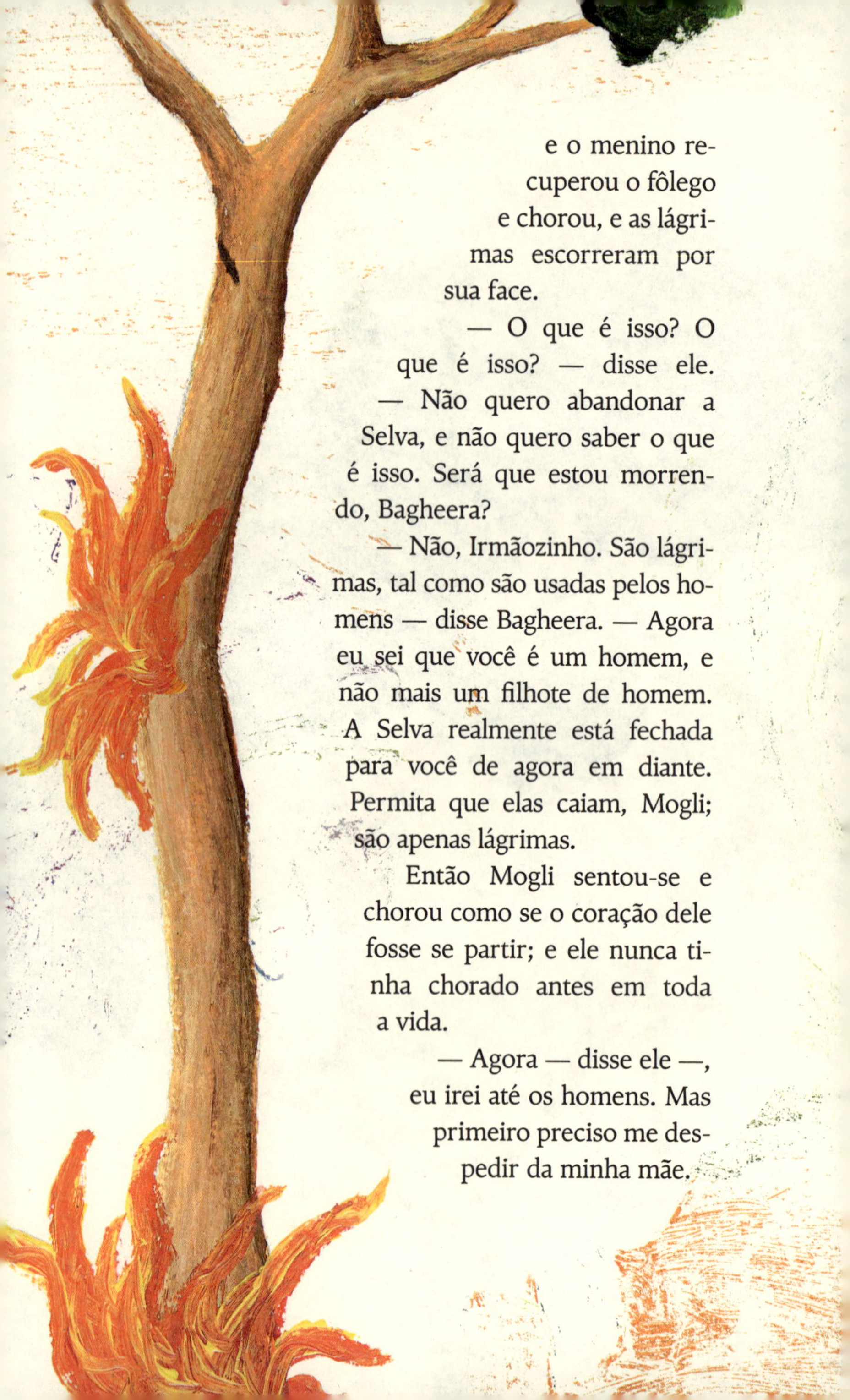

e o menino recuperou o fôlego e chorou, e as lágrimas escorreram por sua face.

— O que é isso? O que é isso? — disse ele. — Não quero abandonar a Selva, e não quero saber o que é isso. Será que estou morrendo, Bagheera?

— Não, Irmãozinho. São lágrimas, tal como são usadas pelos homens — disse Bagheera. — Agora eu sei que você é um homem, e não mais um filhote de homem. A Selva realmente está fechada para você de agora em diante. Permita que elas caiam, Mogli; são apenas lágrimas.

Então Mogli sentou-se e chorou como se o coração dele fosse se partir; e ele nunca tinha chorado antes em toda a vida.

— Agora — disse ele —, eu irei até os homens. Mas primeiro preciso me despedir da minha mãe.

E ele foi até a caverna onde ela vivia com Pai Lobo, e ele chorou nos pelos dela enquanto os quatro filhotes uivavam tristemente.

— Vocês vão se esquecer de mim? — perguntou Mogli.

— Nunca, enquanto formos capazes de seguir uma trilha — disseram os filhotes. — Venha até o pé da colina quando for um homem, e nós caminharemos até você; e iremos até as terras aradas para brincar com você à noite.

— Volte logo! — disse Pai Lobo. — Oh, sábia rãzinha, volte logo; porque estamos velhos, sua mãe e eu.

— Volte logo — disse Mãe Lobo. — Meu filhinho pelado; pois, escuta, filho de homem, eu o amei mais do que aos meus filhotes.

— Eu com certeza voltarei — disse Mogli — e, quando voltar, será para esticar a pele de Shere Khan na Pedra do Conselho. Não se esqueçam de mim! Diga a todos na Selva para não se esquecerem de mim!

A manhã começava a raiar quando Mogli, sozinho, desceu a colina, rumando até a plantação para se encontrar com aquelas criaturas misteriosas chamadas homens.

Canção de caça da alcateia seeonee

Berrou o Sambhur no alvorecer
Uma vez, duas vezes e de novo!
E uma corça saltou, e uma corça saltou
Da lagoa na floresta onde os cervos
selvagens ceiam.
Este eu, explorando sozinho, contemplou,
Uma vez, duas vezes e de novo!

Berrou o Sambhur no alvorecer
Uma vez, duas vezes e de novo!
E um lobo voltou furtivo, e um lobo voltou
furtivo
Para levar a notícia à Alcateia em vigília,
E nós procuramos e encontramos e
uivamos em seu rastro
Uma vez, duas vezes e de novo!

A Alcateia dos Lobos berrou no alvorecer
Uma vez, duas vezes e de novo!
Pés na Selva que não deixam marcas!
Olhos que enxergam no escuro – o escuro!
Língua – dê voz a isso! Ouça! Ó, ouça!
Uma vez, duas vezes e de novo!

A
caça
de

Máximas de Baloo

As manchas alegram o Leopardo:
os cornos orgulham o Búfalo
Sê puro, pois a força do caçador é
conhecida pelo brilho da pelugem.

Se vier a descobrir que o boi te
arremessa, ou que o pesado
Sambhur é capaz de escornar
Não se afaste da lida para nos contar:
sabemos disso há dez estações.

Não oprima do estranho os filhotes,
mas saúda-os como sendo Irmã
e Irmão,
Pois ainda que sejam pequeninos e
rechonchudos, pode ser que a mãe
seja Ursa.

Ninguém como eu! diz o Filhote da
matilha na primeira matança;
Mas a Selva é larga e o
Filhote, pequeno.
Deixe-o pensar
e se aquietar.

Tudo aquilo que é relatado aqui aconteceu tempos antes de Mogli ser expulso da Alcateia. Foi nos dias em que Baloo lhe ensinava a Lei da Selva. O velho urso marrom, volumoso e circunspecto, estava pra lá de contente de ter um pupilo tão esperto, já que os lobinhos só aprendem aquilo que se aplica à matilha e à tribo deles, e saem correndo assim que aprendem a recitar o Versículo da Caçada: "Pés que não barulham; vistas que reparam no breu; ouvidos que ao sopro escondido ouvem, e branquíssimos dentes brancos

— as marcas todas dos irmãos, mas não de Tabaqui e das Hienas que odiamos". Mas Mogli, que era filhote de homem, precisava aprender bem mais do que isso. De vez em quando, Bagheera, a pantera negra, vinha na maciota pela floresta para ver como andava seu bichinho, e ronronava com a cabeça encostada numa árvore enquanto Mogli recitava as lições do dia para Baloo. O menino conseguia escalar quase tão bem quanto conseguia nadar, e nadava quase tão bem quanto corria; então, Baloo, o Tutor da Lei, ensinou a ele as leis da Mata e das Águas: como diferenciar um galho podre de um saudável; como falar educadamente com as abelhas selvagens ao se deparar com uma colmeia a quinze metros de altura; o que dizer a Mang, o Morcego, quando o incomodasse num galho ao meio-dia; e como alertar as cobras-d'água nas lagoas antes de saltar no meio delas. Ninguém entre o Povo da Selva gostava de ser incomodado, e ficavam todos prontos para voar contra um invasor. E, além disso, foi ensinado a Mogli o Chamado do Estranho em Caçada, que deve ser repetido em voz alta até ser respondido sempre que o Povo da Selva caça fora do seu território. A tradução quer dizer: "Permita a minha caçada pois tenho fome"; e a resposta é: "Caça, então, mas por comida, e não por esporte".

Tudo isso mostra quanto Mogli precisou decorar, e ficou cansado de repetir centenas de vezes a mesma coisa; mas, como Baloo repassou a Bagheera certo dia, quando Mogli ficou irritado e fugiu por birra: "Um filhote de homem é um filhote de homem, e precisa aprender *toda* a Lei da Selva".

— Mas veja como é pequenino — disse a Pantera Negra, que teria mimado Mogli se tivesse a oportunidade. — Como pode a cabecinha dele carregar todo o seu palavrório?

— Tem alguma coisa na Selva que seja pequena demais para ser abatida? Não. É por isso que ensino a ele tudo isso, e é por isso que bato nele, de leve, quando esquece.

— De leve! O que sabe você de suavidade, velho Pé-de-Ferro? — Bagheera resmungou. — O rosto dele está todo marcado pela sua... suavidade. Argh!

— É melhor que seja marcado da cabeça aos pés por mim, que o amo, do que ser machucado pela ignorância — Baloo respondeu, muito honesto. — Estou ensinando a ele as Palavras Mestras da Selva que irão protegê-lo dos Pássaros, do Povo das Cobras e de todos aqueles que caçam em quatro patas, exceto a própria matilha. Ele agora pode pedir proteção de toda a Selva, se ao menos se lembrar das Palavras. Isso não vale pelo menos uns bons tapinhas?

— Ora, cuida então para que não mate o filhote de homem. Ele não é um tronco de árvore no qual você afia suas garras brutas. Mas que Palavras Mestras são essas? Eu bem gostaria de saber. — Bagheera esticou uma pata e admirou a ponta de suas garras azuis metálicas, que pareciam cinzéis. — É mais certo que, antes de clamar socorro, esteja eu a socorrer.

— Chamarei Mogli e ele irá te dizer... se puder. Venha, Irmãozinho!

— Minha cabeça está zumbindo que nem uma colmeia — disse uma voz lânguida acima da cabeça deles, e Mogli deslizou por um tronco, muito irritado e indignado, acrescentando ao chegar no chão: — Estou vindo por causa de Bagheera, não de *você*, Baloo velho e gordo!

— Tudo bem por mim — disse Baloo, ainda que se sentisse magoado e triste. — Então diga a Bagheera quais são as Palavras Mestras que eu te ensinei no dia de hoje.

— Palavras Mestras para qual povo? — disse Mogli, contente em ser exibido. — A Selva tem muitos idiomas. *Eu* conheço todos eles.

— Conhece um pouquinho, mas não muito. Veja, Bagheera, nunca agradecem ao professor! Lobinho nenhum jamais voltou para agradecer ao velho Baloo por seus ensinamentos. Diga a Palavra do Povo Caçador, então... ó, grande sábio!

— Somos de um só sangue, você e eu — disse Mogli, conferindo às palavras o sotaque do Urso, usado por todo Povo Caçador da Selva.

— Ótimo! Agora a dos Pássaros.

Mogli repetiu a frase, com o assovio do milhafre no fim da frase.

— Agora a do Povo das Cobras — disse Bagheera.

A resposta foi um sibilo perfeitamente indescritível, e Mogli chutou o pé para trás, batendo as palmas para se congratular, e saltou nas costas de Bagheera, onde se sentou atravessado, tamborilando os calcanhares na pele sedosa e fazendo para Baloo a pior das caretas na qual conseguia pensar.

— Isso... isso mesmo! Aquilo vale pelo menos um hematomazinho — disse o Urso Marrom, carinhoso. — Um dia você irá se lembrar de mim.

Então ele se virou para contar a Bagheera como tinha implorado pelas Palavras Mestras de Hathi, o Elefante Selvagem, que sabe de tudo sobre o assunto, e como Hathi tinha levado Mogli até uma lagoa para conseguir a Palavra das Cobras de uma cobra-d'água, porque Baloo não conseguia pronunciá-la, e como Mogli, pelo menos por agora, estava protegido contra todos os acidentes na Selva, pois nenhuma cobra, pássaro ou fera iria machucá-lo.

— Ninguém deve ser temido — Baloo concluiu, batendo com orgulho na enorme pança peluda.

— Exceto a tribo dele — disse Bagheera, baixinho; e então mais alto para Mogli: — Cuidado com as minhas costelas, Irmãozinho! Para que esse sobe e desce?

Mogli estava tentando se fazer ouvir ao puxar os pelos nos ombros de Bagheera e chutá-lo com força. Quando os dois deram ouvidos a ele, Mogli gritou a plenos pulmões:

— *Então* eu preciso de uma tribo toda minha, que vou guiar pelos arbustos o dia inteiro.

— Que besteira é essa, pequeno sonhador?

— Sim, e arremessar galhos e terra no velho Baloo — Mogli continuou. — Ah, eles me prometeram isso!

— Whoof!

A pata enorme de Baloo tirou Mogli das costas de Bagheera e, enquanto o menino se encontrava deitado entre as patas dianteiras, ele viu que o urso estava zangado.

— Mogli — disse Baloo —, você tem falado com os Bandar-log... o Povo Macaco.

Mogli olhou para Bagheera e viu que a pantera também estava irritada, e os olhos de Bagheera estavam rígidos que nem pedras de jade.

— Você está andando com o Povo Macaco... gorilas cinzentos... o povo sem Lei... devoradores de tudo. Que vergonha.

— Quando Baloo machucou a minha cabeça — disse Mogli (ainda nas costas dele) —, eu fugi e os gorilas desceram das árvores e tiveram pena de mim. Ninguém mais se importou.

Ele deu uma fungada.

— A piedade do Povo Macaco! — Baloo zombou.

— A quietude do riacho montanhês! O refresco do sol de verão! E aí, homem-filhote?

— E aí... e aí eles me deram nozes e coisas gostosas para comer, e eles... e eles me carregaram em seus braços até o topo das árvores e disseram que eu era um irmão de sangue deles, só que eu não tinha rabo, e deveria liderá-los um dia.

— Eles *não têm* líderes — disse Bagheera. — Eles mentem. Sempre mentiram.

— Eles foram muito gentis e me convidaram a voltar. Por que nunca fui levado até o Povo Macaco? Eles ficam de pé como eu. Eles não batem em mim com suas patas pesadas. Eles brincam o dia todo. Me deixa levantar! Baloo malvado, me deixa levantar! Eu vou brincar com eles de novo.

— Escuta, homem-filhote — disse o urso, e a voz dele ribombou feito trovão em noite quente. — Eu ensinei a todos vocês a Lei da Selva, que é para todos os Povos da Selva... exceto para o Povo Macaco que vive nas árvores. Eles não têm Lei. Eles são renegados. Eles não possuem um falar deles, mas se utilizam das palavras roubadas que escutam e espiam e vigiam nos galhos lá em cima. O modo deles não é o nosso. Eles não possuem liderança. Eles não possuem memória. Eles se vangloriam e matraqueiam e fingem que são um grande povo destinado a grandes coisas na Selva, mas a queda de uma noz os faz rir e tudo é esquecido. Nós da Selva não nos envolvemos com eles. Não bebemos do mesmo lugar que os macacos bebem; não vamos aonde vão os macacos; não caçamos onde caçam; não morremos no mesmo lugar que eles. Você alguma vez já me ouviu falar de Bandar-log antes de hoje?

— Não — disse Mogli num sussurro, pois a floresta estava muito quieta agora que Baloo tinha terminado.

— O Povo da Selva os aboliu da boca e da mente. Eles são muitos, são malvados, sujos, sem-vergonha, e desejam, se é que desejam algo com firmeza, ser notados pelo Povo da Selva. Mas nós *não* os notamos, nem mesmo quando atiram nozes e sujeira em nossas cabeças.

Ele mal tinha acabado de falar quando uma chuva de nozes e gravetos se esparramou galhos abaixo; e eles ouviram tosses e uivos e saltos furiosos lá em cima entre os galhos finos.

— O Povo Macaco é proibido — disse Baloo —, proibido ao Povo da Selva. Lembre-se.

— Proibido — disse Bagheera —, mas eu ainda acho que Baloo deveria tê-lo alertado sobre eles.

— Eu… eu? Como eu iria sequer imaginar que ele brincaria com essa imundície. O Povo Macaco! Urgh!

Uma nova chuva caiu sobre a cabeça deles e os dois se afastaram, levando Mogli junto. O que Baloo tinha dito sobre os macacos era perfeitamente real. Eles pertenciam ao topo das árvores, e como as feras raramente erguem os olhos, não havia motivo para os macacos e o Povo da Selva se encontrarem. Mas sempre que encontravam um lobo doente ou um tigre ferido ou urso, os macacos o atormentavam e atiravam gravetos e nozes em qualquer bicho só por diversão e para serem notados. Então uivavam e gritavam canções estúpidas, e convidavam o Povo da Selva a subir em suas árvores e lutar contra eles, ou começavam a brigar entre si sem nenhum motivo e largavam macacos mortos onde pudessem ser vistos pelo Povo da Selva.

Estavam sempre prestes a ter um líder e leis e costumes próprios, mas nunca o faziam, porque a memória deles não guardava as coisas de um dia para o outro, e então resolveram o assunto com a criação de um ditado: "Aquilo que Bandar-log pensa agora, a Selva pensa depois", e isso era de grande conforto a eles. Nenhuma das feras conseguia alcançá-los, mas, por outro lado, nenhuma das feras os notava, e foi por isso que ficaram tão felizes quando Mogli foi brincar com eles e quando ouviram o quão irritado Baloo estava.

Eles nunca planejaram muita coisa — os Bandar-log nunca planejavam nada —, mas um deles teve aquilo que considerou uma grande ideia, e contou a todos os outros que Mogli seria muito útil de se ter na tribo porque ele sabia juntar galhos para fazer uma proteção contra o vento, então, se o pegassem, ele poderia ensinar a eles. Claro que Mogli, sendo filho de um lenhador, tinha herdado todo tipo de instinto, e costumava fazer cabaninhas usando galhos caídos sem nem pensar em como fazia aquilo. O Povo Macaco, observando lá de cima, ficou encantado com aquelas cabanas. Desta vez, eles disseram, teriam mesmo um líder, e se tornariam os mais sábios da Selva... tão sábios que todo mundo iria notá-los e invejá-los. Logo, seguiram Baloo, Bagheera e Mogli pela Selva, bem quietinhos, até que chegasse a hora do cochilo do meio-dia, e Mogli, que estava muito envergonhado de si mesmo, dormiu entre a pantera e o urso, decidido a não ter mais nenhuma ligação com o Povo Macaco.

A próxima lembrança foi a de sentir mãos em suas pernas e braços — mãozinhas fortes, duras —, e então um punhado de folhas no seu rosto; e logo em seguida ele olhava para a Selva rodopiando lá embaixo enquanto Baloo acordava a floresta inteira com seus gritos e Bagheera escalava o tronco, exibindo todos os dentes. Os Bandar-log uivaram triunfantes, e fugiram para os galhos mais altos, onde Bagheera não ousava segui-los, gritando:

— Ele nos notou! Bagheera nos notou! Todo o Povo da Selva nos admira por nossa astúcia e destreza!

E então deram início à fuga deles, e o voo do Povo Macaco pela terra das árvores é uma das coisas que ninguém é capaz de descrever. Eles possuem estradas comuns e cruzamentos, subindo e descendo, tudo isso entre quinze e trinta metros acima do chão, e por ali eles conseguiam andar até mesmo durante a noite, se fosse preciso.

Dois dos macacos mais fortes pegaram Mogli por debaixo dos braços e saíram balançando o menino pelo topo das árvores. Se estivessem sozinhos, teriam ido duas vezes mais depressa, mas o peso do menino os atrasava. Mesmo enjoado e tonto, Mogli não conseguia deixar de apreciar a corrida emocionante, embora os vislumbres de terra lá embaixo o assustassem, e o terrível empurrão ao fim de cada balanço, sobrevoando apenas o ar vazio, trouxesse seu coração para entre os dentes.

Sua escolta o carregava árvore acima, até Mogli sentir os galhos mais frágeis no alto estalarem e se curvarem abaixo deles, e então, com uma bufada e um salto, eram impelidos para o ar, caíam e depois eram erguidos por mãos ou pés até os galhos mais baixos da árvore seguinte. De vez em quando, Mogli conseguia ver por quilômetros e quilômetros acima da Selva verdejante, como um homem no topo de um mastro enxerga quilômetros de mar, e então os galhos e folhas o estapeavam na cara, e ele, assim como seus dois guardas, quase chegavam em terra outra vez.

Assim saltando e batendo e gritando e berrando, toda a tribo de Bandar-log varreu as estradas de árvores carregando Mogli, o prisioneiro.

Pela primeira vez ele temeu ser derrubado; e ficou cada vez mais furioso, mas ainda tinha um módico bom senso para não lutar; e se foi a pensar. A primeira coisa era mandar uma mensagem para Baloo e Bagheera, porque, pelo ritmo dos macacos, ele sabia que os amigos ficariam bem para trás. Era inútil olhar para baixo, porque só conseguia ver as laterais dos galhos, então olhou para o alto e viu uma coisa bem longe no azul. Rann, o Milhafre, planava e girava enquanto vigiava a Selva, esperando que algo morresse. Rann notou que os macacos carregavam algo e desceu alguns metros para descobrir se a carga deles era boa de se comer. Assoviou surpreso ao ver Mogli sendo arrastado até o topo de uma árvore, e ouviu dele o chamado do Milhafre, que significava "Somos um só sangue, você e eu". As ondas dos galhos se fecharam sobre o menino, mas Rann planou até a árvore seguinte em tempo de ver o rostinho marrom aparecer de novo.

— Marque a minha trilha! — Mogli gritou. — Mostre-a a Baloo, da Alcateia Seeonee, e Bagheera, da Pedra do Conselho.

— Em nome de quem, Irmão?

Rann nunca tinha visto Mogli antes, embora já tivesse ouvido falar dele, obviamente.

— Mogli, a Rã. Eles me chamam de filhote de homem! Marque a minha triiii...lha.

As últimas palavras foram gritadas, já que Mogli estava sendo jogado pelo ar, mas Rann assentiu e subiu até parecer pouco mais que um grão de poeira, e lá ficou, observando com seus olhos telescópicos o agito no topo das árvores à medida que os acompanhantes de Mogli giravam.

— Eles nunca vão muito longe — disse ele, com uma risada. — Nunca terminam o que começam. Os Bandar-log estão sempre fuçando novidades pelo caminho. Dessa vez, se os meus olhos ainda me servem, eles arrumaram encrenca, pois Baloo não é de brincadeira e Bagheera consegue, pelo que sei, matar bem mais do que cabras.

Então ele bateu as asas, os pés unidos abaixo dele, e aguardou.

Enquanto isso, Baloo e Bagheera estavam furiosos, com raiva e dor. Bagheera escalou como tinha o costume de fazer, mas os galhos se quebraram sob seu peso, e ele escorregou, as garras cheias de lascas.

— Por que você não avisou ao filhote de homem? — rugiu para o coitado do Baloo, que vinha num trote desengonçado na esperança de ultrapassar os macacos. — De que serviu quase matá-lo a pancadas se não o avisou disso?

— Corra! Ó, corra! Nós... nós ainda podemos alcançá-lo! — Baloo ofegou.

— Nessa velocidade? Nem uma vaca ferida iria se cansar. Professor da Lei, espancador de filhote... dois quilômetros em correria te partiriam ao meio. Sente-se e pense! Crie um plano. Não é hora de perseguição. Eles podem soltá-lo se nos aproximarmos demais.

— Arrula! Woo! Talvez eles já o tenham derrubado, cansados de carregá-lo. Quem pode confiar nos Bandar-log? Coloque morcegos mortos na minha cabeça! Dê-me ossos pretos para comer! Role o meu corpo até uma colmeia de abelhas selvagens e permita que eu seja picado até a morte, e me enterre com as hienas; porque eu sou o mais triste dos ursos! Arulala! Wahooa! Ó, Mogli, Mogli! Por que eu não te avisei sobre o Povo Macaco em vez de rachar sua cabeça? Oh, talvez, eu tenha arrancado a porradas um dia inteiro de lições da cabeça dele, e agora ele ficará sozinho na Selva e sem as Palavras Mestras.

Baloo colocou as patas em cima das orelhas e rolou para frente e para trás, gemendo.

— Pelo menos ele me recitou todas as Palavras corretamente pouco tempo atrás — disse Bagheera, impaciente. — Baloo, você não tem memória nem respeito.

O que a Selva pensaria se eu, a Pantera Negra, me enrolasse que nem Ikki, o Porco-Espinho, e uivasse?

— Que diferença faz aquilo que a Selva pensa? Talvez ele já esteja morto a essa altura.

— A menos que, e até que, eles o larguem dos galhos por esporte, ou matem-no por tédio, eu não temo pelo filhote de homem. Ele é sábio e foi bem instruído, e, acima de tudo, tem olhos que assustam o Povo da Selva. Mas (e isso é um grande mal) ele caiu nas mãos dos Bandar-log, e eles, já que moram nas árvores, não temem ninguém do nosso povo.

Bagheera lambeu a pata dianteira, pensativo.

— Tolo que sou! Ó, um tolo gordo, marrom e catador de raízes! — disse Baloo, desenrolando-se com um movimento. — Aquilo que Hathi, o Elefante Selvagem, diz é verdade: "A cada um o seu próprio medo"; e eles, os Bandar-log, temem Kaa, a Cobra das Pedras. Ele consegue subir tão bem quanto eles. Ele rouba macaquinhos durante a noite. O mero sussurro de seu nome gela os rabos malditos deles. Vamos atrás de Kaa.

— O que ele faria por nós? Não é da nossa tribo, já que não tem pés e possui os olhos mais malignos — disse Bagheera.

— Ele é muito velho e muito esperto. Acima de tudo, está sempre com fome — disse Baloo, esperançoso. — Prometa a ele muitas cabras.

— Ele dorme por uma lua inteira depois de comer uma vez. Talvez esteja dormindo agora e, ainda que estivesse acordado, se ele preferir abater as próprias cabras?

Bagheera, que não sabia muito sobre Kaa, estava naturalmente desconfiado.

— Nesse caso, você e eu juntos, velho caçador, botaremos um pouco de bom senso na cabeça dele.

Foi aqui que Baloo esfregou seu ombro marrom desbotado contra a pantera, e foram os dois procurar Kaa, a Cobra das Pedras.

Encontraram-no esticado numa elevação quente ao sol da tarde, admirando a bela roupagem nova, pois tinha permanecido em resguardo nos dez últimos dias, trocando de pele, e agora estava esplêndido — agitava sua grande cabeça de nariz rombudo ao longo do chão e torcia os nove metros de seu corpo em vários nós e curvas fantásticas, e lambia os lábios enquanto pensava no jantar que estava por vir.

— Ele não se alimentou — disse Baloo, com um resmungo de alívio, ao notar as belíssimas manchas amarelas e marrons. — Cuidado, Bagheera! Ele sempre fica meio cego após uma troca de pele, e ataca de primeira.

Kaa não era uma cobra venenosa — na verdade, desprezava as Cobras Venenosas porque as considerava covardes; mas a força dele estava em seu abraço, e uma vez que tivesse enrolado os seus grandes anéis ao redor de alguém, não havia nada mais a ser dito.

— Boa caçada! — gritou Baloo, sentado nas patas traseiras.

Assim como todas as cobras da espécie, Kaa era um pouco surdo, e não ouviu o chamado inicialmente.

Então, enrolou-se, pronto para qualquer eventualidade, a cabeça indo para baixo.

— Boa caçada para todos nós — ele respondeu. — Oho, Baloo, o que fazes por aqui? Boa caçada, Bagheera. Ao menos um de nós está precisando de comida. Algum boato de presa por aí? Uma corça ou até mesmo um veado? Estou vazio feito poço seco.

— Estamos caçando — disse Baloo, casualmente. Sabia que não se deve apressar Kaa. Ele é grande demais para isso.

— Permita que eu os acompanhe — disse Kaa. — Um golpe a mais ou a menos não é nada para vocês, Bagheera ou Baloo, mas eu… eu preciso esperar e esperar por dias numa estrada da floresta e escalar durante metade de uma noite na esperança de um macaquinho. *Shhiu!* Os galhos não são mais como na minha juventude. São apenas gravetos podres e ramos secos agora.

— Talvez o seu grande peso tenha alguma coisa a ver com a questão — disse Baloo.

— Estou bem comprido… bem comprido mesmo — disse Kaa, com um pouquinho de orgulho. — Mas, apesar de tudo, a culpa é dessa madeira nova. Quase caí na minha última caçada, cheguei bem perto mesmo, e o barulho do meu escorregão, pois meu rabo não estava bem enrolado na árvore, acordou os Bandar-log, e eles me insultaram com nomes horríveis.

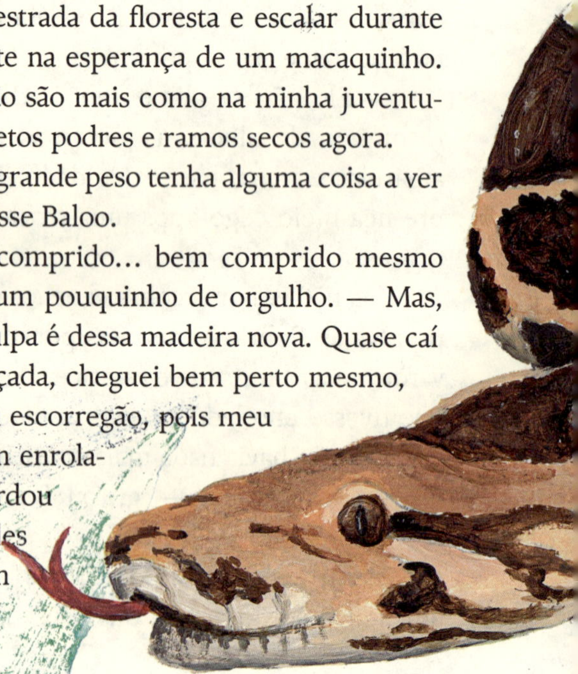

— Minhoca amarela e sem pé — falou Bagheera sob os bigodes, como se estivesse tentando se lembrar de alguma coisa.

— *Sssss!* Eles me chamaram *disso?* — perguntou Kaa.

— Alguma coisa parecida com isso foi o que gritaram para nós na lua passada, mas não demos atenção. Eles falam todo tipo de coisa... até mesmo que você perdeu os dentes e não ousa enfrentar nada que seja maior do que um filhote, porque (olha só como são sem-vergonha esses Bandar-log) você tem medo dos chifres de bodes — Bagheera continuou, de mansinho.

Ora, uma cobra, especialmente um píton velho e velhaco feito Kaa, muito raramente demonstra que está com raiva; mas Baloo e Bagheera viram que os grandes músculos nas laterais da garganta de Kaa, usados para engolir, agitaram-se e cresceram.

— Os Bandar-log mudaram de território — ele disse, baixinho. — Quando vim para o sol hoje, eu os ouvi balançando no topo das árvores.

— São... são os Bandar-log que estamos perseguindo agora — disse Baloo; mas as palavras ficaram presas na garganta, porque era a primeira vez que se lembrava de alguém do Povo da Selva demonstrando interesse nas atividades dos macacos.

— Sem dúvidas, então, não é coisa pequena que faz com que dois caçadores, líderes da Selva, tenho certeza, corram atrás de Bandar-log — respondeu Kaa, cortês, enquanto inchava de curiosidade.

— Certamente — Baloo começou. — Não passo de um velho, e às vezes tolo, Professor da Lei para os filhotes Seeonee, e Bagheera aqui…

— É Bagheera — disse a Pantera Negra, e as mandíbulas dele se fecharam com uma batida, porque não acreditava em humildade. — O problema é o seguinte, Kaa. Aqueles ladrões de nozes e catadores das folhas de palmeiras roubaram o nosso filhote de homem, de quem talvez você já tenha ouvido falar.

— Ouvi algumas coisas por parte de Ikki (suas penas o tornam presunçoso) sobre um negócio-homem sendo aceito numa Alcateia de lobos, mas não acreditei. Ikki é cheio de histórias ouvidas pela metade e muito mal contadas.

— Mas é verdade. Filhote de homem como ele nunca houve — disse Baloo. — O melhor e mais sábio dentre todos os filhotes de homens. Um pupilo meu, que tornará o nome de Baloo famoso em todas as Selvas; e além disso, eu… nós… o amamos, Kaa.

— *Tsc! Tsc!* — disse Kaa, sacudindo a cabeça para frente e para trás. — Eu também sei o que é o amor. Posso contar histórias sobre isso…

— Para isso será preciso uma noite clara quando estivermos todos bem alimentados para podermos elogiar de forma adequada — disse Bagheera, rapidamente. — Nosso filhote de homem está nas mãos dos Bandar-log agora, e sabemos que, entre todos os Povos da Selva, eles só temem Kaa.

— Eles só temem a mim. Com bons motivos — disse Kaa. — Falastrões, tolos, vaidosos… vaidosos, tolos e falastrões... assim são os macacos. Mas um coisa-homem nas mãos deles não é bom augúrio. Eles se cansaram das nozes que pegam e atiram. Carregam um galho por metade de um dia, aspirando grandes feitos com ele, mas então o partem em dois. Aquele homenzinho não é de se invejar. Eles também me chamaram de... "peixe amarelo", não foi?

— Verme... verme... minhoca — disse Bagheera —, assim como de outras coisas que não repito por vergonha.

— Precisamos lembrá-los de falar coisas boas sobre o mestre deles. *Aaa-sssh!* Precisamos ajudar a memória fugidia deles. Agora, para onde foram eles com o seu filhote?

— Só a Selva sabe. Na direção do poente, acredito — disse Baloo. — Pensamos que você saberia, Kaa.

— Eu? Como? Eu os capturo quando vêm na minha direção, mas não caço os Bandar-log, ou sapos, ou qualquer escória verde numa poça, a propósito.

— Aqui em cima, aqui em cima! Aqui em cima, aqui em cima! *Oi! Oi! Oi!* Olhe aqui para cima, Baloo da Alcateia Seeonee.

Baloo ergueu os olhos para ver de onde vinha a voz, e lá estava Rann, o Milhafre, descendo em giros, com o sol brilhando nas abas viradas de suas asas. Já estava quase na hora de Rann dormir, mas ele tinha vasculhado toda a Selva procurando pelo urso, e acabou o perdendo no meio da folhagem.

— O que foi? — disse Baloo.

— Eu vi Mogli com os Bandar-log. Ele me pediu para avisá-lo. Fiquei observando. Os Bandar-log o levaram para além do rio, para a Cidade dos Macacos... as Tocas Frias. Talvez fiquem lá por uma noite ou dez, ou uma hora. Pedi aos morcegos que vigiassem durante a escuridão. Esta é a minha mensagem. Boa caçada a todos vocês aí embaixo!

— Desejo-lhe uma goela cheia e um bom sono, Rann! — gritou Bagheera. — Eu me lembrarei de você no meu próximo abate, e guardarei a cabeça apenas para você, ó, maior dos Milhafres!

— Não foi nada. Não foi nada. O menino usou a Palavra Mestra. Eu não poderia ter feito menos do que isso.

E Rann ascendeu em círculos de novo, indo para o ninho.

— Ele não se esqueceu do uso de sua língua — disse Baloo, com uma risadinha orgulhosa. — E pensar que alguém tão jovem iria se lembrar da Palavra Mestra dos Pássaros enquanto era arrastado pelas árvores!

— Foi incutida nele com a maior firmeza — disse Bagheera. — Mas eu estou orgulhoso dele, e agora precisamos ir até as Tocas Frias.

Todos eles sabiam onde ficava aquele lugar, mas poucos entre o Povo da Selva iam até lá, porque aquilo que eles chamavam de Tocas Frias era uma velha cidade deserta, perdida e enterrada na Selva, e as feras raramente usam um lugar que já foi habitado pelos homens. O javali selvagem, sim, mas as tribos caçadoras, não. Além disso, os macacos viviam lá por tanto tempo quanto era possível dizer que viviam em algum lugar, e nenhum animal de respeito se aproximaria de lá a não ser em épocas de seca, quando os charcos e reservatórios armazenavam um pouco de água.

— É uma viagem que leva metade de uma noite... a toda velocidade — disse Bagheera.

Baloo parecia muito sério.

— Vou o mais rápido que puder.

— Não ousamos esperar por você. Siga, Baloo. Precisamos ser ligeiros em nossos pés, Kaa e eu.

— Com ou sem pés eu consigo ser mais veloz do que todos os seus quatro — disse Kaa, sem rodeios.

Baloo se esforçou para correr, mas precisou sentar--se, ofegante, e por isso eles o largaram para que viesse mais tarde, enquanto Bagheera corria na frente no

passado ágil de pantera. Kaa não disse nada, mas, por mais que Bagheera corresse, a gigantesca cobra o acompanhou. Quando chegaram a um riacho numa colina, Bagheera ganhou distância, porque saltou enquanto Kaa ia nadando, sua cabeça e meio metro de seu pescoço saindo da água, mas em terreno plano Kaa compensou a distância.

— Em nome do Cadeado Quebrado que me libertou — disse Bagheera, ao cair do crepúsculo —, você não é lento.

— É porque estou faminto — disse Kaa. — Além disso, eles me chamaram de sapo manchado.

— Verme... minhoca, e amarelão até a alma.

— É tudo a mesma coisa. Continuemos.

E Kaa parecia se derramar pelo chão, encontrando o caminho mais curto com seus olhos argutos e mantendo-se nele.

Lá nas Tocas Frias, o Povo Macaco nem pensava nos amigos de Mogli. Eles tinham levado o menino para a Cidade Perdida, e se encontravam para lá de satisfeitos consigo mesmos por enquanto. Mogli nunca tinha visto uma cidade indiana antes e, ainda que tudo aquilo pendesse mais para um amontoado de ruínas, parecia tudo maravilhoso e esplêndido demais. Algum rei a tinha construído tempos atrás numa pequena colina. Ainda era possível discernir as calçadas de pedra que levavam até os portões arruinados onde as últimas lascas de madeira ainda se agarravam a dobradiças gastas, enferrujadas. As árvores tinham crescido parede adentro e parede afora; as ameias tinham caído e se deteriorado, e trepadeiras selvagens estavam penduradas nas janelas das torres, em arbustos suspensos nas paredes.

Um grande palácio sem telhado coroava a colina, e o mármore dos pátios e das fontes estava rachado e manchado de vermelho e verde, e até mesmo os paralelepípedos no pátio onde os elefantes do rei costumavam ficar haviam sido empurrados para cima e separados por ervas e jovens árvores. Do palácio era possível ver as fileiras e fileiras de casas sem teto que compunham a cidade parecendo favos de mel recheados de escuridão; o bloco informe de pedra que tinha sido um ídolo na praça onde quatro estradas se encontravam; os buracos e covinhas nas esquinas onde outrora ficavam os poços públicos, e as cúpulas despedaçadas dos templos com figos silvestres brotando de suas laterais.

Os macacos chamavam o lugar de a cidade deles, e fingiam desprezar o Povo da Selva por morar na floresta. Ainda assim, nunca entenderam por que os prédios tinham sido construídos e nem como usá-los. Eles se sentavam em círculos no salão da câmara do conselho do rei, se coçavam na procura por carrapatos e fingiam ser homens; ou corriam para dentro e para fora das casas destelhadas e colecionavam pedacinhos de gesso e tijolos velhos num canto, e se esqueciam de onde os tinham escondido e brigavam e gritavam em turbas violentas, e então paravam para brincar subindo e descendo os terraços no jardim do rei, onde sacudiam as roseiras e laranjeiras por diversão, para assistirem ao despencar de frutas e flores. Tinham explorado todas as passagens e túneis escuros do palácio e as centenas de pequenos quartos escuros; mas nunca se lembravam do que tinham visto ou não, e assim vagavam sozinhos, em duplas ou em grupos, dizendo uns aos outros que agiam como os homens. Bebiam dos charcos e barreavam toda a água, e depois brigavam por ela, e então corriam juntos aos bandos e gritavam:

— Não há ninguém na Selva que seja tão sábio e bom e esperto e gentil como os Bandar-log.

E então recomeçavam tudo até se enfadarem da cidade e voltavam para o topo das árvores, esperando que o Povo da Selva os notasse.

Mogli, que tinha sido treinado na Lei da Selva, não gostava nem compreendia esse estilo de vida. Os macacos o arrastaram até as Tocas Frias no fim da tarde e, em vez de dormirem, como Mogli teria feito depois de uma longa jornada, eles deram as mãos e ficaram dançando e cantando estúpidas canções.

Um dos macacos fez um discurso, e disse aos companheiros que a captura de Mogli marcava um ineditismo na história dos Bandar-log, porque Mogli mostraria a eles como tecer gravetos e unir juncos para servir de proteção contra a chuva e o frio. Mogli pegou algumas vinhas e começou a fiar, e os macacos tentaram imitar; mas logo perderam o interesse e começaram a puxar o rabo uns dos outros e a pular de quatro para cima e para baixo, bufando.

— Quero comer — disse Mogli. — Não conheço essa parte da Selva. Tragam-me comida ou deixem que eu cace por aqui.

Vinte ou trinta macacos saíram pulando para trazer nozes e mamões silvestres; mas começaram a brigar no meio do caminho, e ficou dificultoso demais voltar com o que tinha sobrado das frutas. Mogli estava dolorido e irritado, e faminto também, e vagou pela cidade vazia, oferecendo de tempos em tempos o Chamado de Caça do Estranho, mas ninguém respondeu, e Mogli teve a impressão de que realmente tinha chegado a um lugar muito ruim.

— Tudo aquilo que Baloo falou sobre os Bandar-log é verdade — ponderou consigo mesmo. — Eles não possuem Lei, nem Chamado de Caça nem líderes... nada além de palavras tolas e mãozinhas catadoras, de ladrões. Então, se eu passar fome ou morrer aqui, será tudo culpa minha. Mas preciso tentar voltar para a minha Selva. Baloo com certeza vai bater em mim, mas é melhor do que ficar correndo atrás de pétalas de rosa com os Bandar-log.

Mas, assim que ele caminhou até a muralha da cidade, os macacos o puxaram de volta, dizendo que ele não sabia o quanto era feliz ali e beliscando-o para que se sentisse grato. Ele cerrou os dentes e não disse nada, mas foi com os macacos gritões até um terraço acima dos reservatórios de arenito vermelho que estavam quase cheios de água da chuva. Havia uma casa de veraneio feita de mármore branco e em ruínas no centro do terraço, construída para rainhas mortas cem anos atrás. O teto abobadado havia caído pela metade e bloqueava a passagem subterrânea do palácio, por onde as rainhas costumavam entrar; mas as paredes eram feitas de belas telas de rendilhado de mármore, arabescos brancos leitosos, com ágatas e cornalinas e jaspe e lápis-lazúli, e, quando a lua surgiu atrás da colina, ela brilhou através dos orifícios, projetando sombras no chão como um bordado de veludo preto.

Dolorido, sonolento e faminto como estava, Mogli não pôde deixar de rir quando os Bandar-log começaram, vinte de cada vez, a dizer-lhe como eram grandes, sábios, fortes e gentis, e como ele era tolo por querer ir embora.

— Somos incríveis. Somos livres. Somos maravilhosos. Somos o povo mais maravilhoso de toda a Selva! Todos dizemos isso e deve ser verdade — gritaram. — Ora, como você é um novo ouvinte e pode levar as nossas palavras até o Povo da Selva para que possam nos notar futuramente, a você contaremos tudo sobre as nossas excelências.

Mogli não fez objeção e os macacos se reuniram, centenas e centenas deles, no terraço para ouvir os oradores deles listando elogios aos Bandar-log, e quando um orador pausava para um respiro eles gritavam todos:

— Isso é verdade; todos nós assim o dizemos.

Mogli balançava a cabeça e pestanejava, e assentia quando faziam uma pergunta a ele, e a cabeça dele se encheu de barulho. Tabaqui, o Chacal, deve ter mordido todo mundo aqui, pensou consigo mesmo, e agora estão tomados pela loucura. Isso certamente é *dewanee* — a loucura. Será que eles nunca dormem? Agora há uma nuvem encobrindo a lua. Se ela fosse um pouquinho maior, eu tentaria fugir na escuridão. Todavia estou cansado.

Aquela mesma nuvem estava sendo observada por dois bons amigos na trincheira em ruínas logo abaixo dos muros da cidade, porque Bagheera e Kaa, cientes de como o Povo Macaco era perigoso em grandes números, não queriam correr nenhum risco. Os macacos nunca lutavam a menos que fossem cem para um, e poucos na Selva tentavam a sorte.

— Eu irei até o muro oeste — Kaa sussurrou — e descerei suavemente, com a inclinação do solo ao meu favor. Eles não irão saltar nas *minhas* costas em centenas, mas...

— Eu sei — disse Bagheera. — Seria bom que Baloo estivesse aqui; mas precisamos fazer o que for possível. Quando aquelas nuvens cobrirem a lua, eu irei até o terraço. Eles estão fazendo uma espécie de conselho lá com o garoto.

— Boa caçada — disse Kaa, sombriamente, e deslizou rumo à muralha oeste.

Por acaso aquela era a muralha menos em ruínas de todas, e a grande cobra se demorou um pouquinho antes de encontrar uma maneira de subir as pedras.

A nuvem escondia a lua e, à medida que Mogli imaginava o que aconteceria a seguir, ele ouviu os pés ligeiros de Bagheera no terraço. A Pantera Negra tinha subido o morro quase sem barulho algum, e golpeava — ele sabia que era bem melhor fazer isso do que perder tempo mordendo — para todos os lados no meio dos macacos, que estavam sentados ao redor de Mogli em círculos de cinquenta e sessenta. Houve um grito de pavor e fúria, e então, à medida que Bagheera tropeçava nos corpos que giravam e estrebuchavam debaixo dele, um macaco gritou:

— Ele está sozinho! Matem-no! Matem!

Uma confusão de macacos, mordendo, arranhando, cortando e puxando, se amontoou em Bagheera, enquanto cinco ou seis continham Mogli, arrastando-o para cima da muralha da casa de verão, e o empurrando pelo buraco no domo partido. Um garoto treinado por homens teria se ferido gravemente, porque a queda tinha uns três metros, mas Mogli caiu tal como Baloo o ensinara a cair, e pousou leve.

— Fique aí — gritaram os macacos — até termos matado seu amigo. Mais tarde nós vamos brincar com você, se o Povo Venenoso permitir que você viva.

— Somos um só sangue, você e eu — disse Mogli, rapidamente soltando o Chamado da Cobra.

Ele conseguia ouvir o deslizar e os sibilos nos escombros ao redor dele, e emitiu o Chamado pela segunda vez para ter certeza.

— Abaixem todos os capuzes — disseram meia dúzia de vozes baixas. Toda ruína velha na Índia acaba se tornando moradia de cobras, e a velha casa de verão verdejava em serpentes. — Fique quieto, Irmãozinho, para que seus pés não nos machuquem.

Mogli ficou o mais imóvel possível, espiando o céu aberto e ouvindo o estrondo da luta ao redor da Pantera Negra — os gritos e palavrórios e agarrões, e a tosse rouca, grave, de Bagheera ao se retorcer e mergulhar sob as pilhas de inimigos. Pela primeira vez desde o dia em que nasceu, Bagheera estava lutando pela própria vida.

"Baloo deve estar por perto; Bagheera não viria sozinho", pensou Mogli; e então ele chamou bem alto:

— Corra para o charco, Bagheera! Role até os charcos de água! Role e mergulhe! Corra para a água!

Bagheera ouviu, e o grito que lhe informou que Mogli estava em segurança forneceu a ele uma coragem renovada. A pantera foi abrindo caminho desesperadamente, centímetro a centímetro, indo direto para os reservatórios, golpeando em silêncio.

Então, da parede em ruínas mais próxima da Selva, ergueu-se o estrondoso grito de guerra de Baloo. O velho urso tinha feito o possível, mas não tinha conseguido chegar antes.

— Bagheera — ele gritou —, eu cheguei! Escalei! Eu corri! Ahuwora! As pedras escorregaram sob os meus pés! Aguardem a minha chegada, ó, infames Bandar-log!

Ele saiu ofegante pelo terraço apenas para se embrenhar numa imensidão de macacos, mas se jogou de cócoras e, abrindo as patas dianteiras, abraçou tantos quanto pôde e começou a golpear com um *bate-bate-bate* parecido com os golpes de uma roda de pás.

Um estrondo e respingos disseram a Mogli que Bagheera tinha aberto caminho até o charco, onde os macacos não conseguiam segui-lo. A pantera estava ofegante, com a cabeça quase fora d'água, enquanto os macacos permaneciam três metros abaixo nos degraus de pedra vermelha, dançando para cima e para baixo com raiva, prontos para saltar sobre ele de todos os lados se ele saísse para ajudar Baloo. Foi então que Bagheera ergueu o queixo pingando e, em desespero, deu o Chamado da

Cobra para proteção — "Somos do mesmo sangue, você e eu" —, pois achava que Kaa tinha desistido no último minuto. Mesmo Baloo, meio combalido sob os macacos na beira do terraço, não pôde deixar de rir ao ouvir a grande Pantera Negra pedindo ajuda.

Kaa acabara de passar pela parede oeste, aterrissando com um movimento que atirou um rufo dentro da vala. Não tinha intenção de perder nenhuma vantagem do terreno e se enrolou e desenrolou uma ou duas vezes para se certificar de que cada palmo de seu longo corpo estava funcionando direito.

Enquanto isso, a luta de Baloo continuava, e os macacos gritavam no charco ao redor de Bagheera, e Mang, o Morcego, voando de um lado para o outro, espalhava a notícia sobre a grande batalha na Selva; até mesmo Hathi, o Elefante Selvagem, trombeteou e, ao longe, bandos dispersos do Povo dos Macacos acordaram e vieram saltando pelas estradas das árvores para ajudar seus camaradas nas Tocas Frias; o barulho da luta despertou todos os pássaros diurnos por quilômetros ao redor.

Então Kaa veio certeiro, rápido e ansioso para matar. A força de um píton está em sua cabeçada, apoiada por toda a força e peso de seu corpo. Se você conseguir imaginar uma lança, ou um aríete, ou um martelo pesando quase meia tonelada movido por uma mente fria e calma no cabo, você consegue imaginar, mais ou menos, a aparência de Kaa ao lutar. Um píton de um metro ou um metro e meio de comprimento pode derrubar um homem se o acertar bem no peito, e Kaa tinha dez metros de comprimento, como você bem sabe. Seu primeiro golpe foi desferido no coração da multidão ao redor de Baloo, que foi mandada para longe em silêncio, e não houve necessidade de um segundo ataque. Os macacos se espalharam com gritos de:

— Kaa! É Kaa! Corram! Corram!

Gerações de macacos tinham sido compelidas à obediência por meio de histórias sobre Kaa, que eram contadas pelos anciões; Kaa, o ladrão noturno, que deslizava pelos galhos num silêncio de musgo brotando, e capturava os macacos mais fortes que já existiram; falavam sobre o velho Kaa, que conseguia tão bem se fazer passar por um galho morto ou toco podre que os mais sábios eram enganados até o instante em que o galho os pegava, e aí...

Kaa era tudo aquilo que os macacos temiam na Selva, porque nenhum deles conhecia os limites de seu poder, nenhum deles conseguia encarar sua face e nenhum deles sobrevivia ao seu abraço. E por isso eles fugiram, gaguejando aterrorizados, para as paredes e telhados das casas, e Baloo respirou aliviado. O pelo dele era muito mais grosso do que o de Bagheera, mas tinha sofrido bastante durante a luta. Então Kaa abriu a boca pela primeira vez e falou uma longa palavra sibilada, e os macacos ao longe, que corriam para ajudar na defesa das Tocas Geladas, ficaram onde estavam, encolhidos, até os galhos lotados entortarem e se partirem debaixo deles. Os macacos nas paredes e nas casas vazias cessaram de gritar e, na quietude que recaiu sobre a cidade, Mogli ouviu Bagheera sacudindo os flancos molhados ao emergir do charco.

Então o clamor ressoou de novo. Os macacos pularam mais alto nas muralhas; se agarraram nos pescoços dos enormes ídolos de pedra e berraram ao saltar pelas ameias; enquanto Mogli, dançando na casa de veraneio, espiou pela tela e piou ao modo das corujas por entre os dentes para mostrar seu desprezo e desdém.

— Tire o filhote de homem daquela armadilha; não consigo fazer mais nada — Bagheera ofegou. — Vamos pegar o filhote de homem e partir. Eles podem atacar de novo.

— Eles não irão se mexer até que eu assim ordene. Fiquem paradossss! — Kaa sibilou, e a cidade calou-se uma vez mais. — Eu não pude vir antes, Irmão, mas eu *acho* que ouvi o seu chamado... — Isso foi dito a Bagheera.

— Eu... eu talvez tenha gritado durante a batalha — respondeu Bagheera. — Baloo, está ferido?

— Ainda não sei dizer se eles me picotaram na forma de centenas de ursinhos — disse Baloo, agitando solenemente uma perna e depois a outra. — Uau! Estou dolorido. Acho que devemos as nossas vidas a você, Kaa... Bagheera e eu.

— Não importa. Onde está o homenzinho?

— Aqui na armadilha. Não consigo escalar — gritou Mogli.

A curva do domo partido estava acima da cabeça dele.

— Leve-o embora. Ele dança feito Mao, o Pavão. Ele esmagará nossos pequeninos — disseram as cobras lá dentro.

— Ah! — disse Kaa, com uma risada. — Esse homenzinho tem amigos por toda parte. Afaste-se, Homem; e escondam-se, ó, Povo Venenoso. Vou quebrar a parede.

Kaa olhou cuidadosamente até encontrar uma rachadura descolorada no rendilhado de mármore que indicava um ponto fraco, deu duas ou três cabeçadinhas para ganhar distância e então levantou um metro e meio de corpo do chão, e desferiu meia dúzia de golpes potentes a toda a força e com a ponta do nariz. A tela se partiu e caiu numa nuvem de poeira e entulhos, e Mogli saltou pela abertura e voou até Baloo e Bagheera — um braço ao redor de cada pescoço.

— Você está ferido? — disse Baloo, abraçando o garoto suavemente.

— Estou dolorido, faminto e bem esfolado; mas, ah, eles foram terríveis com vocês, meus Irmãos! Vocês estão sangrando.

— Eles também estão — disse Bagheera, lambendo os lábios e olhando para os macacos mortos no terraço e ao redor do charco.

— Se você está em segurança, não é nada de mais, não é nada de mais, ó, meu orgulho dentre todos os sapinhos! — ganiu Baloo.

— Isso veremos mais tarde — disse Bagheera, numa voz seca que não agradou a Mogli nem um pouco. — Mas eis Kaa, a quem devemos a batalha e a quem você deve a sua vida. Agradeça-o de acordo com os nossos costumes, Mogli.

Mogli se virou e viu a cabeça do enorme píton balançando alguns centímetros acima da sua.

— Então este é o filhote de homem — disse Kaa. — De pele muito macia e nem tão diferente dos Bandar-log. Tome cuidado, Homenzinho, para que eu não o confunda com um macaco durante um crepúsculo depois da troca de pele.

— Somos de um só sangue, você e eu — Mogli respondeu. — Esta noite, eu recebo a minha vida de você. A minha caça será a sua caça se algum dia você sentir fome, ó, Kaa.

— Todas as graças, Irmãozinho — disse Kaa, embora seus olhos lumiassem. — E o que mata um caçador tão ousado? Peço para acompanhá-lo da próxima vez que for sair.

— Eu não mato nada, sou pequeno demais, mas guio as cabras até quem pode fazer isso. Venha até mim quando estiver vazio e veja se falo a verdade. Tenho algumas habilidades aqui — esticou as mãos —, e, se algum dia você cair numa armadilha, pagarei a minha dívida para com você, Bagheera e Baloo. Boa caçada a todos vocês, meus mestres.

— Belas palavras — rosnou Baloo, porque Mogli tinha agradecido de forma muito elegante.

O píton baixou a cabeça nos ombros de Mogli por um minuto.

— Um coração destemido e uma língua galanteadora — disse ele. — As duas coisas te levarão longe na floresta, Homenzinho. Mas agora vá depressa com seus amigos. Vá e durma, porque a lua se vai e o que vai acontecer agora não é adequado aos seus olhos.

A lua afundava atrás das colinas, e as fileiras de macacos em tremedeira, amontoados uns nos outros pelas paredes e ameias, pareciam bordas débeis e esfiapadas de outras coisas. Baloo foi até o charco para tomar um gole, e Bagheera começou a colocar seu pelo em ordem, enquanto Kaa deslizava para o meio do terraço e juntava as mandíbulas com uma batida estridente que atraía para si os olhares de todos os macacos.

— A lua se põe — disse ele. — Ainda há luz para que enxerguem bem?

Das muralhas veio um gemido parecido com o do vento na ponteira das árvores:

— Enxergamos, ó, Kaa!

— Bom! Agora começa a Dança… a Dança da Fome de Kaa. Sentem-se e observem.

Ele se virou duas ou três vezes numa grande forma redonda, trançando a cabeça da direita para a esquerda. Então começou a fazer círculos e oitos com o corpo, e triângulos suaves, lodosos, que derretiam-se em quadrados e formas de cinco lados, montinhos enrolados, nunca em repouso, nunca em correria e nunca cessando a cantiga baixa, assoviada. Tudo escureceu e escureceu até os caracóis que se arrastavam e se deslocavam desaparecerem, mas ainda era possível ouvir o farfalhar de escamas.

Baloo e Bagheera ficaram imóveis feito pedras, rosnando em suas gargantas, os pelos de seus pescoços eriçados, e Mogli assistiu e ponderou.

— Bandar-log — disse a voz de Kaa, por fim —, vocês podem mover pé ou mão sem ordem minha? Falem!

— Sem ordem sua não mexemos pé ou mão, ó, Kaa!

— Bom! Cheguem todos um passo para mais perto de mim.

As fileiras de macacos avançaram sem opção, e Baloo e Bagheera deram um passo adiante junto com eles.

— Mais perto! — sibilou Kaa, e moveram-se todos mais uma vez.

Mogli pousou as mãos em Baloo e Bagheera para afastá-los, e as duas grandes feras se agitaram como se tivessem sido despertadas de um sonho.

— Mantenha a sua mão no meu ombro — sussurrou Bagheera. — Deixe aí ou senão eu voltarei... voltarei para Kaa. *Aah!*

— É só o velho Kaa fazendo círculos na terra — disse Mogli. — Vamos.

E os três se embrenharam por uma fenda numa das paredes que dava para a Selva.

— *Ufa!* — disse Baloo, ao se ver debaixo de árvores quietas outra vez. — Nunca mais vou me aliar a Kaa.

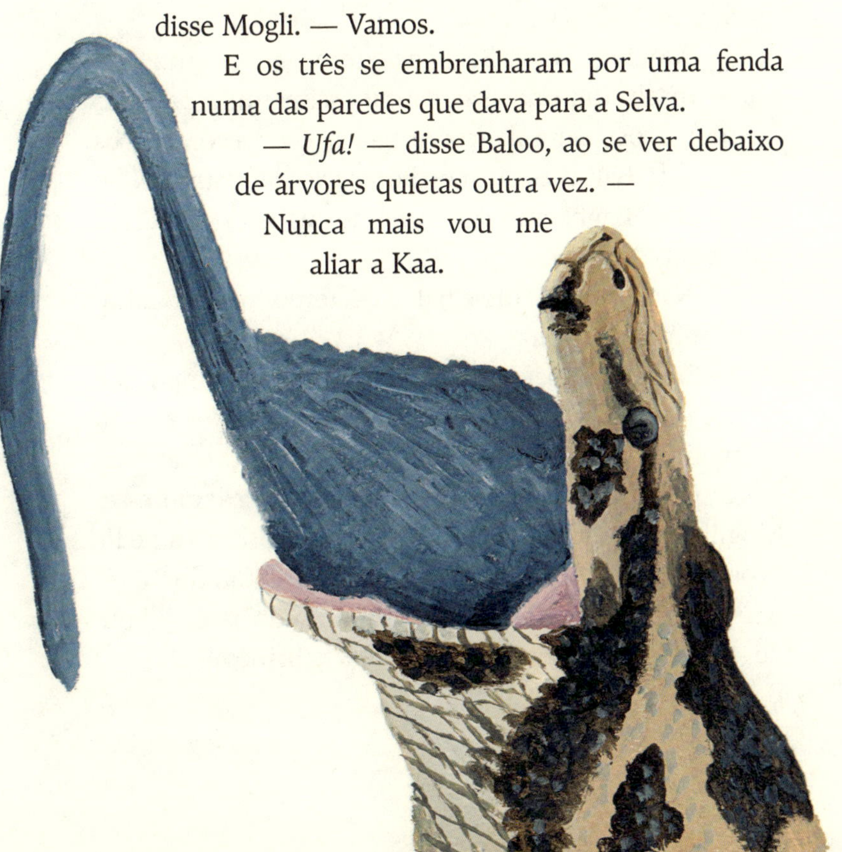

E sacudiu-se todo.

— Ele sabe mais do que nós — disse Bagheera, tremendo. — Tivesse eu ficado um pouquinho mais, teria descido pela goela dele.

— Muitos irão descer por aquela estrada antes que a lua torne a subir — disse Baloo. — Ele terá uma boa caçada... à sua própria maneira.

— Mas qual é o significado de tudo aquilo? — disse Mogli, que não sabia coisa alguma dos poderes fascinantes de um píton. — Eu só vi uma cobrona fazendo círculos idiotas até o cair da noite. E o nariz dele estava todo machucado. Ha! Ha!

— Mogli — disse Bagheera, feroz —, o nariz dele estava machucado por *sua* causa; assim como os meus ouvidos e os meus flancos e patas, e o pescoço e os ombros de Baloo estão mordidos por *sua* causa. Nem Baloo nem Bagheera irão caçar de maneira prazerosa por muitos dias.

— Não é nada — disse Baloo —, temos o nosso filhote de homem de volta.

— Verdade, mas ele nos custou muito tempo que poderia ter sido gasto em uma boa caçada, nos custou ferimentos, pelos, e eu estou bem depenado nas costas e, por último, nos custou honra. Pois, lembre-se, Mogli, eu, que sou a Pantera Negra, fui forçado a pedir proteção a Kaa, e Baloo e eu ficamos estúpidos feito passarinhos com a Dança da Fome. Tudo isso, filhote de homem, aconteceu porque você brincou com os Bandar-log.

— Verdade; é verdade — disse Mogli, triste. — Eu sou um vil filhote de homem, e o meu estômago se entristece dentro de mim.

— *Humpf!* O que diz a Lei da Selva, Baloo?

Baloo não queria causar mais problemas a Mogli, mas não podia interferir na Lei, então murmurou:

— A tristeza nunca adia o sofrimento. Mas lembre-se, Bagheera, ele é bem pequeno.

— Eu me lembrarei disso, mas ele fez traquinagens; e as pancadas precisam ser dadas agora. Mogli, tem alguma coisa a dizer?

— Nada. Eu errei. Baloo e você estão feridos. É justo.

Bagheera deu a ele meia dúzia de tapas amorosos; do ponto de vista de uma pantera, isso mal teria acordado um de seus filhotes, mas para um menino de sete anos, era uma surra daquelas que seria melhor evitar. Quando tudo se consumou, Mogli fungou e se ergueu sem dizer palavra.

— Agora — disse Bagheera —, salte nas minhas costas, Irmãozinho, e iremos para casa.

Uma das belezas da Lei da Selva é que a punição acerta todas as contas. Não há pendências futuras.

Mogli pousou a cabeça nas costas de Bagheera e dormiu tão profundamente que nem acordou ao ser posto ao lado de Mãe Lobo na caverna.

Canção da estrada dos bandar-log

Aqui vamos nós em um festão pelo ar,
A meio caminho da lua enciumada!
Não inveja você nossas
    bandas empinadas?
Não gostaria você de ter mais mãos?
Não gostaria você que fosse a tua
    cauda assim *tão*
Curva na forma do arco do Cupido?
Agora você está bravo, mas isso
    não importa,
Irmão, tua cauda pende para trás!

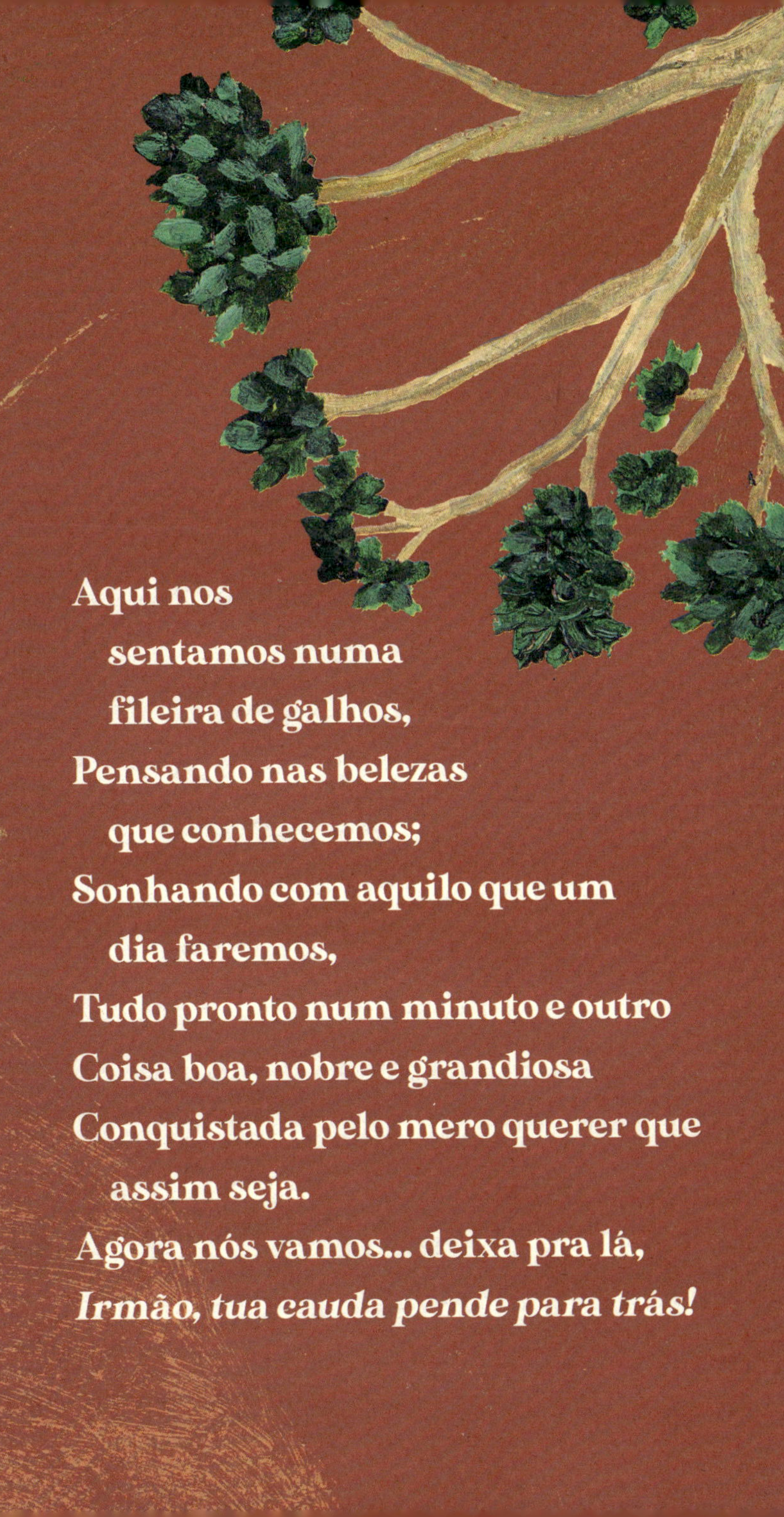

Aqui nos
sentamos numa
fileira de galhos,
Pensando nas belezas
que conhecemos;
Sonhando com aquilo que um
dia faremos,
Tudo pronto num minuto e outro
Coisa boa, nobre e grandiosa
Conquistada pelo mero querer que
assim seja.
Agora nós vamos... deixa pra lá,
Irmão, tua cauda pende para trás!

Todo papo que já ouvimos
Pronunciado por morcegos e
bestas ou pássaros...
Couro ou barbatana ou escama
ou pena...
Tagarelem rápido e bem unidos!
Excelente! Maravilhoso! De novo!
Agora falamos feito homens.
Vamos fingir que somos...
deixa pra lá,
Irmão, tua cauda pende para trás!

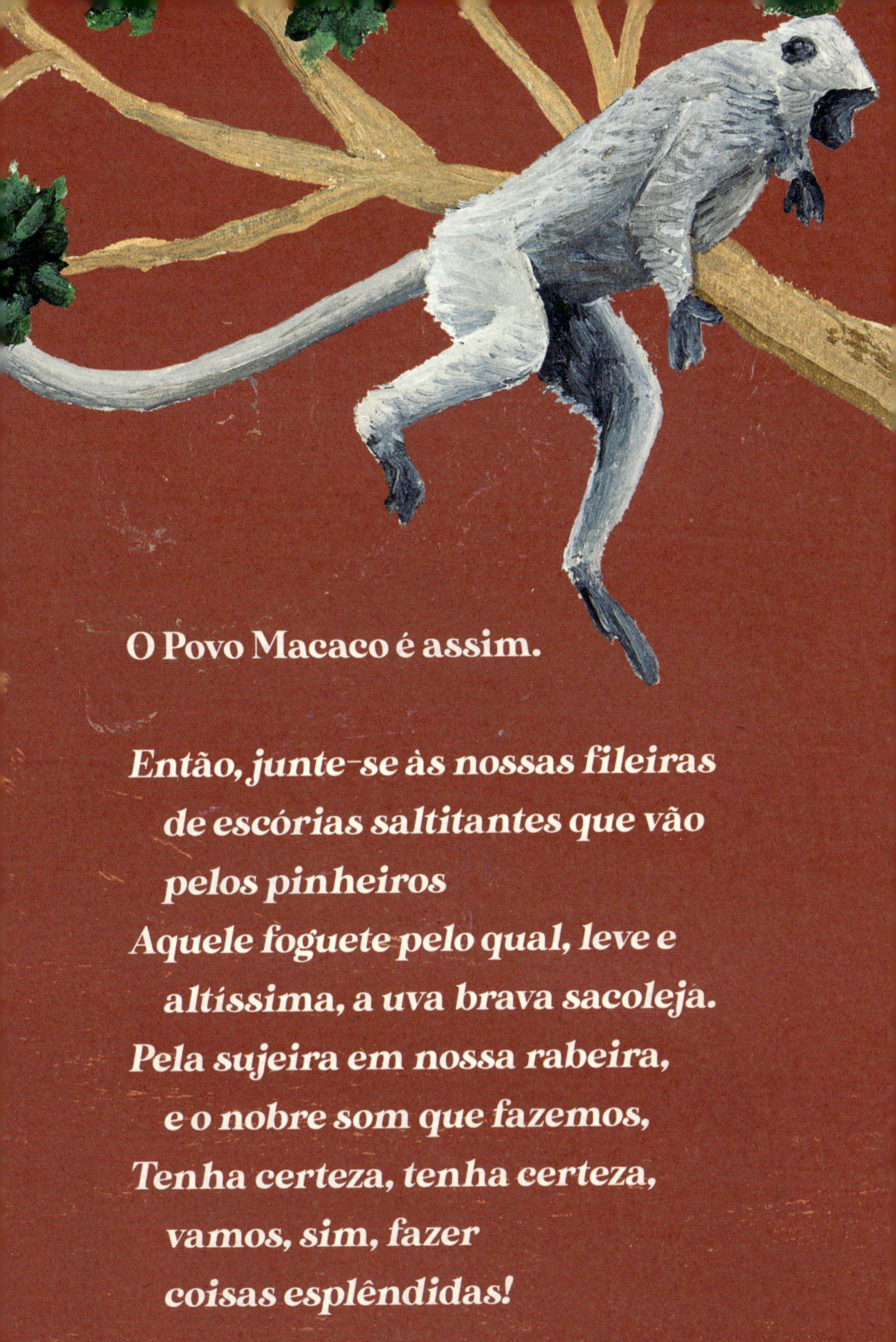

O Povo Macaco é assim.

Então, junte-se às nossas fileiras
de escórias saltitantes que vão
pelos pinheiros
Aquele foguete pelo qual, leve e
altíssima, a uva brava sacoleja.
Pela sujeira em nossa rabeira,
e o nobre som que fazemos,
Tenha certeza, tenha certeza,
vamos, sim, fazer
coisas esplêndidas!

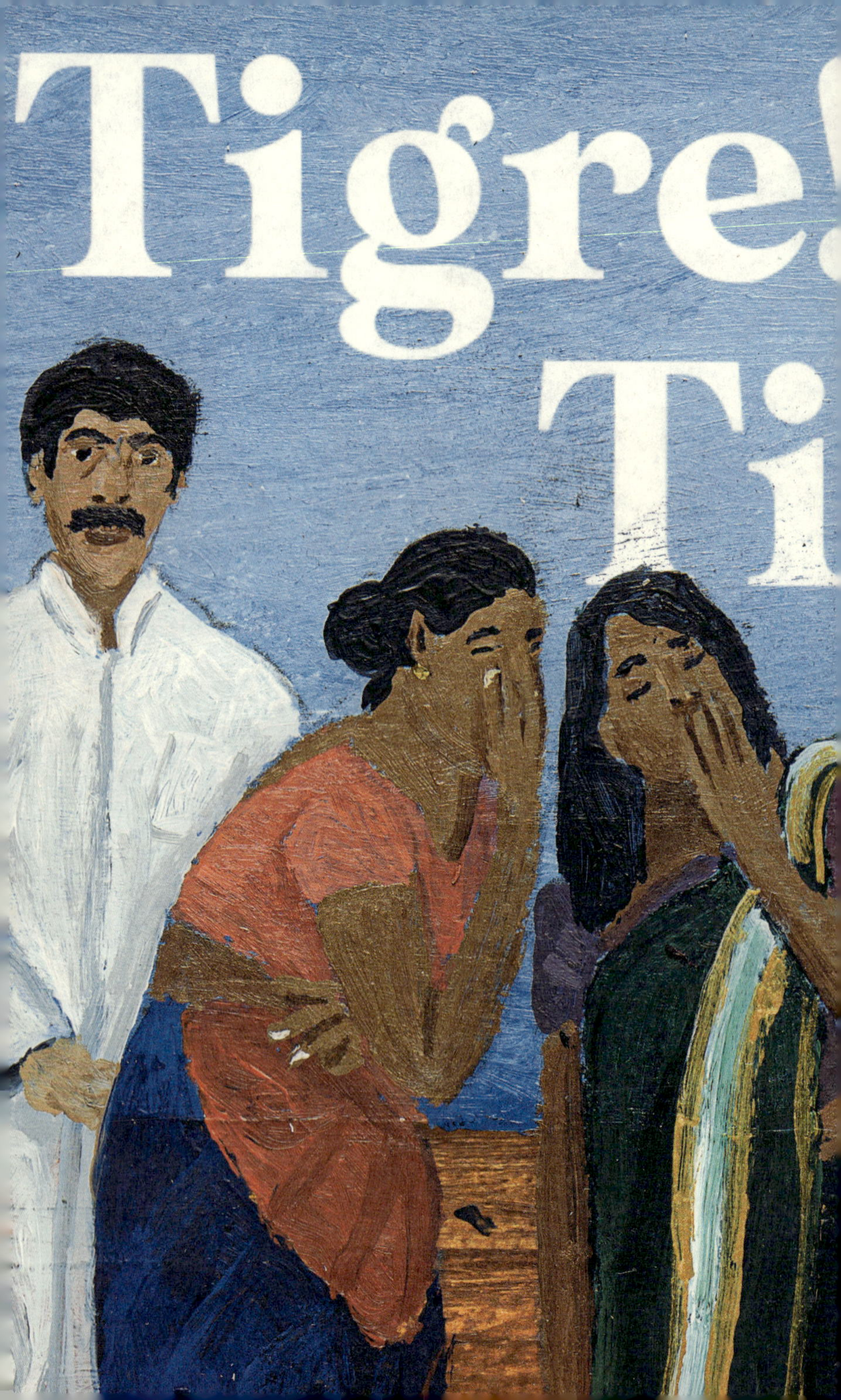
Tigre!
Ti

O que é da caçada, ousado caçador?
Irmão, a vigília foi longa e fria, me trouxe dor.
O que é do veado que fostes matar?
Irmão, deitado na Selva vai se encontrar.
O que é do poder que gerou teu orgulho?
Irmão, escapa de mim todo fagulho
O que é da pressa que tanto te apressa?
Irmão, vou-me para lá... a minha hora é essa.

Agora voltaremos para a penúltima história. Quando Mogli saiu da caverna dos lobos depois da briga com a Alcateia na Pedra do Conselho, ele desceu para as terras aradas onde os aldeões viviam, mas não ficou por ali porque era perto demais da Selva, e ele sabia que tinha feito pelo menos um grande inimigo no Conselho. Então continuou correndo, mantendo-se na estrada áspera que fatiava o vale, e seguiu num trote constante por quase trinta quilômetros até chegar num lugar que não conhecia. O vale se abria numa grande planície salpicada de pedras e cortada por ravinas. Numa ponta se erguia um vilarejo pequeno e, na outra, a Selva despencava até os pastos, e quedava lá como que cortada por uma enxada. Ao largo de toda a planície pastava o gado e pastavam os búfalos, e quando

os menininhos que cuidavam do rebanho viram Mogli, eles gritaram e fugiram, e os cães vadios que rondavam todos os vilarejos da Índia latiram. Mogli continuou andando, porque sentia fome, e quando chegou ao portão do vilarejo, viu um grande arbusto espinhoso que era erguido na frente do portão ao entardecer.

— Humpf! — disse ele, porque já tinha visto mais de uma barricada do tipo em suas patrulhas noturnas atrás de comida. — Então as pessoas daqui também temem o Povo da Selva.

Sentou-se perto do portão e, quando um homem saiu, ele se levantou, abriu a boca e apontou para ela num sinal de que estava com fome. O homem encarou e disparou pela única rua do vilarejo, clamando pelo sacerdote, que era um homem gordo, corpulento, vestido de branco, com uma marca vermelha e amarela na testa. O sacerdote foi até o portão, e com ele uma centena de pessoas, que encararam e conversaram e gritaram e apontaram para Mogli.

— Eles não têm modos, esse Povo dos Homens — disse Mogli para si mesmo. — Só os macacos cinzentos se comportariam assim.

Então jogou seus longos cabelos para trás e fechou a cara para a multidão.

— O que há para temer? — disse o sacerdote. — Olhem para as marcas nos braços e nas pernas dele. São mordidas de lobos. Ele não passa de um menino-lobo fugido da Selva.

Obviamente, quando brincavam juntos, os filhotes mordiam Mogli com mais força do que planejavam, e cicatrizes brancas se espalhavam pelos braços e pernas dele. Mas ele teria sido a última pessoa do mundo a chamar aquilo de mordidas; porque sabia o que eram mordidas de verdade.

— Arré! Arré! — disseram duas ou três meninas juntas. — Mordido por lobos, coitadinho! É um menino bonito. Os olhos dele são que nem chamas vermelhas. Pela minha honra, Messua, ele não é tão diferente assim daquele seu menino que foi levado por um tigre.

— Deixe-me ver — disse uma mulher com anéis de cobre pesados ao redor dos pulsos e tornozelos, e ela avaliou Mogli, protegendo os olhos com a palma da mão. — Realmente, não é mesmo. Ele é mais magro, mas se parece muito com o meu menino.

O sacerdote era um homem esperto, e sabia que Messua era a esposa do homem mais rico do vilarejo. Então, olhou para o céu por um minuto e disse solenemente:

— O que a Selva pegou, a Selva devolve. Leve o menino para sua casa, minha irmã, e não se esqueça de honrar o sacerdote que enxerga tanto da vida dos homens.

— Em nome do Boi que me comprou — disse Mogli para si mesmo. — Esse falatório todo é que nem outra introdução na Alcateia! Bem, se eu sou um homem, um homem devo me tornar.

A multidão abriu espaço quando a mulher começou a guiar Mogli para a cabana dela, onde havia uma cama vermelha laqueada, um grande baú de barro com curiosos padrões em relevo, meia dúzia de panelas de cobre, uma imagem de um deus hindu em uma pequena alcova

e um espelho de verdade nas paredes, tal como são vendidos nas feiras do interior.

Messua deu a ele um longo gole de leite e um pouco de pão, e então pousou a mão na cabeça dele e encarou seus olhos; porque ela achou que talvez fosse o filho dela retornando da Selva para onde o tigre o tinha levado. Então, ela falou:

— Nathoo, ó, Nathoo! — Mogli não pareceu reconhecer o nome. — Você não se lembra do dia em que te dei sapatos novos? — Ela tocou no pé dele, e era duro feito um chifre. — Não — disse ela, com tristeza —, estes pés nunca calçaram sapatos, mas você é muito parecido com Nathoo, e será o meu filho.

Mogli estava inquieto, porque nunca tinha estado sob um teto antes; mas, olhando para a palha, ele viu que conseguiria rasgá-la sem problemas se quisesse fugir, e que a janela não tinha ferrolhos.

— Para que serve um homem — disse ele para si mesmo —, se não compreende a língua dos homens? Agora pareço tão bobo e burro quanto um homem seria conosco na Selva. Preciso aprender o idioma deles.

Não foi por diversão que aprendeu a imitar o chamado dos cervos na Selva e o ronco de porquinhos selvagens durante sua estadia com os lobos. Por isso, assim que Messua pronunciava uma palavra, Mogli a imitava quase perfeitamente, e antes que a escuridão chegasse, ele já tinha aprendido o nome de muitas coisas na cabana.

Houve certa dificuldade na hora de dormir, porque Mogli não queria dormir debaixo de nada que se parecesse tanto com uma armadilha para panteras que nem aquela cabana, e quando a porta foi fechada ele fugiu pela janela.

— Deixe-o à vontade — disse o marido de Messua. — Lembre-se de que ele pode nunca ter dormido numa cama até hoje. Se realmente tiver sido enviado no lugar do nosso filho, não vai fugir.

Então Mogli se esticou numa grama comprida, limpa, na borda do campo, mas, antes que ele fechasse os olhos, um nariz cinza e macio o cutucou debaixo do queixo.

— Eia! — disse Irmão Cinzento (ele era o mais velho dentre os filhotes de Mãe Lobo). — Que recompensa pouca para alguém que o seguiu por trinta quilômetros. Você está cheirando a fumaça de lenha e gado... um homem em tudo já. Acorde, Irmãozinho; trago notícias.

— Estão todos bem na Selva? — disse Mogli, abraçando-o.

— Todos menos os lobos que foram queimados com a Flor Vermelha. Agora, escute só. Shere Khan saiu para caçar bem longe até que o pelo dele cresça de novo, porque está muito chamuscado. Quando voltar, ele jura que irá dispor os seus ossos lá em Waingunga.

— Duas palavras, duas versões. Eu também fiz uma promessinha. Mas notícias são sempre bem-vindas. Estou cansado hoje... muito cansado por causa das novidades, Irmão Cinzento... mas traga-me notícias sempre.

— Você não irá se esquecer de que é um lobo? Os homens não farão com que você se esqueça? — disse Irmão Cinzento, ansioso.

— Nunca. Eu sempre irei me lembrar de que amo você e todos em nossa caverna; mas eu também sempre irei me lembrar de que fui expulso da Alcateia.

— E que ainda pode ser expulso de outra Alcateia. Homens são apenas homens, Irmãozinho, e as palavras deles são como as palavras de rãs na lagoa. Quando eu voltar aqui, vou esperar por você nos bambus que ficam na borda do pasto.

Por três meses depois daquela noite, Mogli quase nunca saiu do portão da aldeia, pois estava muito ocupado aprendendo os modos e os costumes dos homens. Primeiro teve de usar um pano ao redor de si, o que o irritou terrivelmente; e então precisou aprender sobre dinheiro, coisa que não entendia nem um pouco, e sobre aragem, coisa na qual nem via utilidade. E então as criancinhas da aldeia o irritavam sobremaneira. Felizmente, a Lei da Selva tinha lhe ensinado a manter a calma, pois na Selva a vida e a comida dependem de manter a calma; mas quando zombavam dele porque não brincava ou empinava pipa, ou porque pronunciava mal alguma palavra, apenas o conhecimento de que era antidesportivo matar filhotes nus o impedia de pegá-los e parti-los em dois.

Ele não conhecia a própria força, nem um pouquinho. Na Selva, sempre era o mais fraco quando comparado com as feras, mas no vilarejo as pessoas diziam que ele era forte que nem um touro.

E Mogli não fazia a menor ideia da diferença que a casta faz entre um homem e outro. Quando o burro do oleiro escorregou no poço de barro, Mogli puxou-o pelo rabo e ajudou a empilhar os potes para a jornada até o mercado em Khanhiwara. Isso também foi muito chocante, pois o oleiro era um homem de casta inferior, e seu burro era ainda pior. Quando o sacerdote o repreendeu, Mogli ameaçou colocá-lo no burro também, e o sacerdote falou ao marido de Messua que era melhor Mogli começar a trabalhar o mais rápido possível; e o chefe da aldeia disse a Mogli que ele teria de sair com os búfalos no dia seguinte e pastoreá-los enquanto pastavam. Ninguém ficou mais satisfeito do que Mogli; e naquela noite, por ter sido nomeado servo da aldeia, por assim dizer, ele partiu para um círculo que se reunia todas as noites em uma plataforma de alvenaria sob uma grande figueira. Era o clube da aldeia, e o chefe, o vigia e o barbeiro (que conhecia todas as fofocas da aldeia), e o velho Buldeo, o caçador da aldeia, que tinha um mosquete Tower, encontraram-se e fumaram. Os macacos se sentavam e conversavam nos galhos mais altos, e havia um buraco sob a plataforma onde vivia uma cobra, e ela bebia seu pratinho de leite todas as noites porque era sagrada; e os velhos sentavam-se ao redor da árvore e conversavam, e tocavam os grandes huqas (os canos de água) até tarde da noite. Contaram histórias maravilhosas sobre deuses, homens e fantasmas; e Buldeo contou outras ainda mais maravilhosas sobre os costumes das feras na Selva, até que os olhos das crianças sentadas fora do círculo saltaram de suas cabeças. A maioria das histórias era sobre animais, pois a Selva estava sempre à porta deles. O veado e o porco selvagem comiam as colheitas dos homens e, de vez em quando, o tigre levava um homem ao entardecer, à vista dos portões da aldeia.

Mogli, que naturalmente sabia algumas coisinhas sobre aquilo que falavam, precisou cobrir o rosto para não mostrar que estava rindo, enquanto Buldeo, com o mosquete Tower sobre os joelhos, ia de uma história maravilhosa para a outra, e os ombros de Mogli sacudiam.

Buldeo explicava como o tigre que tinha levado o filho de Messua era um tigre-fantasma, e o corpo dele era habitado pelo fantasma de um velho agiota que tinha morrido anos atrás.

— E eu sei que isso é verdade — disse ele — porque Purun Dass andava sempre mancando por causa do tiro que levou numa revolta quando os livros contábeis dele foram queimados, e o tigre do qual estou falando *manca* também, porque as pegadas deixadas pelas patas dele são desiguais.

— Verdade, verdade; isso deve ser verdade — disseram os barbas cinzentas, assentindo em conjunto.

— Todas as suas histórias são invencionices e besteiras assim? — falou Mogli. — Aquele tigre é manco porque nasceu manco, como todo mundo sabe. É papo de criança falar da alma de um agiota numa fera que nunca teve a coragem de um chacal.

Buldeo ficou sem palavras, dada a surpresa, e o chefe encarou Mogli.

— Oho! Mas não é o fedelho da Selva? — disse Buldeo. — Já que você é tão sabido, é melhor levar o couro do tigre até Khanhiwara, porque o Governo colocou uma recompensa de cem rupias pela vida dele. Melhor ainda, não fale quando os mais velhos estiverem conversando.

Mogli se levantou para ir embora.

— Durante toda a noite eu fiquei aqui ouvindo — ele respondeu, por cima do ombro — e, tirando uma coisa e outra, Buldeo não falou uma só palavra verdadeira com relação à Selva, que está bem na porta dele. Como então poderia acreditar nas histórias de fantasmas e deuses e duendes que ele diz ter visto?

— Já passou da hora deste garoto pastorear — disse o chefe, enquanto Buldeo bufava e fungava por causa da impertinência de Mogli.

É costume de grande parte das vilas indianas que alguns garotos levem o gado e os búfalos para pastar bem cedinho e os tragam de volta no início da noite; e o mesmo gado que pisotearia um homem branco até a morte se permite ser golpeado, maltratado e assustado a berros por crianças que mal alcançam seus narizes. Enquanto os meninos ficam com o rebanho, estão seguros, porque nem mesmo um tigre avança contra um bando de gado reunido. Mas, se eles se desgarram para catar flores ou caçar lagartos, de vez em quando são levados embora. Mogli cruzou a rua do vilarejo ao

amanhecer sentado nas costas de Rama, o touro parrudo do rebanho; e os búfalos azul-ardósia, com seus longos chifres voltados para trás e olhos selvagens, saíram de seus estábulos um por um e o seguiram, e Mogli deixou bem claro para as outras crianças que ele era o mestre. Ele bateu nos búfalos com um bambu longo e polido, e disse a Kamya, um dos meninos, para que guiassem o rebanho sozinhos enquanto ele ia com os búfalos, e para que tomassem cuidado para não se afastarem do rebanho.

Um pasto indiano é todo feito de rochas e arbustos e touceiras e pequenas ravinas onde o gado se espalha e desaparece. Os búfalos geralmente ficam perto das lagoas e lugares cheios de lodo, onde chafurdam ou se aquecem na lama quente por horas. Mogli os levou até a borda da planície onde o Rio Waingunga saía da Selva; então saltou do pescoço de Rama, trotou até um broto de bambu e encontrou Irmão Cinzento.

— Ah — disse Irmão Cinzento —, estou esperando aqui há muitos dias. O que é esse tal de pastoreio?

— É uma ordem — disse Mogli. — Eu sou um pastor do vilarejo por enquanto. Quais são as notícias de Shere Khan?

— Ele voltou para este país, e esperou por você durante um bom tempo. Agora ele saiu de novo, porque a caça é pouca. Mas ele planeja te matar.

— Muito bem — falou Mogli. — Enquanto ele estiver fora, você ou um dos irmãos ficará sentado naquela rocha, para que eu possa vê-los quando sair da aldeia. Quando ele voltar, espere por mim na ravina perto da árvore *dhâk* no meio da planície. Não precisamos entrar na boca de Shere Khan.

Então Mogli escolheu um lugar à sombra e deitou-se e dormiu enquanto os búfalos pastavam ao redor dele. Pastorear na Índia é uma das coisas mais preguiçosas do mundo. O gado anda e mastiga, e se deita, e anda de novo, e nem faz barulho. Os búfalos só roncam e raramente dizem alguma coisa, mas se afundam em suas piscinas de lama um atrás do outro, e vão se metendo no barro até que apenas seus narizes e olhos azuis fiquem acima da superfície, e lá ficavam que nem troncos. O sol faz as rochas dançarem no calor, e as crianças pastoras ouvem um milhafre (nunca mais do que um) assoviando quase fora de vista, lá no alto, e sabem que se morressem, ou se uma vaca morresse, aquele milhafre desceria e os outros milhafres a quilômetros de distância o veriam descer e o seguiriam, e outro e mais outro, e pouco antes da morte haveria um bando de milhafres famintos saídos de lugar nenhum. Então as crianças dormiam, acordavam e dormiam de novo, e teciam cestinhos de grama seca e colocavam gafanhotos ali dentro; ou pegavam dois louva-deus e os faziam lutar; ou montavam colares com nozes vermelhas e pretas; ou assistiam a um lagarto tomando banho de sol, ou a uma cobra pegando uma rã perto dos poços de lama. Então cantavam longas canções que tinham colcheias nativas, estranhas, no final, e o dia parecia mais longo do que a vida inteira da maioria das pessoas, e talvez até fizessem castelos de lama com figuras lamacentas de homens e cavalos e búfalos, e colocavam juncos nas mãos dos homens e fingiam que eram reis e que os bonecos eram seus exércitos, ou que eram deuses a serem adorados. Então chegava o fim da tarde, e o chamado das crianças, e os búfalos se levantavam da lama grudenta com barulhos que pareciam tiros disparando um atrás do outro, e todos eles se alinhavam através da planície cinzenta e voltavam para as luzes brilhantes do vilarejo.

Dia após dia, Mogli conduzia os búfalos para seus fossos, e dia após dia ele via as costas de Irmão Cinzento a três quilômetros de distância na planície (e assim ele sabia que Shere Khan não tinha voltado), e dia após dia ele se deitava na grama ouvindo o barulho ao seu redor e sonhando com os velhos tempos na Selva. Se Shere Khan desse um passo em falso com sua pata manca nas selvas de Waingunga, Mogli o teria ouvido naquelas longas e silenciosas manhãs.

E por fim chegou o dia em que ele não viu as costas de Irmão Cinzento no lugar combinado, e ele riu e guiou os búfalos para a ravina perto da árvore *dhâk*, que estava toda coberta de flores vermelho-douradas. Lá estava Irmão Cinzento, com todos os pelos das costas erguidos.

— Ele se escondeu há um mês para te pegar desprevenido. Atravessou as serras ontem à noite com Tabaqui, seguindo seu rastro — disse o lobo, ofegante.

Mogli franziu a testa.

— Não tenho medo de Shere Khan, mas Tabaqui é muito astuto.

— Não tenha medo — disse Irmão Cinzento, lambendo os lábios. — Eu me encontrei com Tabaqui durante a madrugada. Agora ele está compartilhando a sabedoria dele com os milhafres; no entanto, antes que eu quebrasse as costas dele, ele me contou tudo. O plano de Shere Khan é esperar por você no portão da aldeia esta noite... por você e ninguém mais. Agora mesmo ele está deitado na grande ravina seca do Waingunga.

— Ele comeu hoje ou caça de estômago vazio? — disse Mogli, pois a resposta significava vida ou morte para ele.

— Ele matou durante a madrugada, um porco, e também bebeu. Lembre-se, Shere Khan jamais jejuaria, nem mesmo por vingança.

— Oh! Tolo, tolo! É um filhote! Empanturrado e bêbado também, e acha que vou esperar até que acorde? Ora, onde ele está deitado? Se estivéssemos em dez, seríamos capazes de abatê-lo deitado. Estes búfalos não vão atacar a menos que o notem, e eu não falo a língua deles. É possível que a gente encontre a trilha dele, para que os búfalos consigam farejá-lo?

— Ele nadou bem adiante no Waingunga para evitar isso — disse Irmão Cinzento.

— Tabaqui sugeriu isso a ele, tenho certeza. Ele nunca teria pensado nisso sozinho. — Mogli ficou parado com o dedo na boca, pensando. — A grande ravina de Waingunga. Ela se abre para uma planície a uns dois quilômetros daqui. Posso levar o rebanho pela Selva até o topo da ravina e então atacar de cima... mas ele conseguiria escapar lá embaixo. Precisamos fechar aquela saída. Irmão Cinzento, você consegue separar o rebanho em dois para mim?

— Acho que não... mas eu trouxe um sábio ajudante.

Irmão Cinzento saiu trotando e entrou num buraco. E de lá se ergueu uma grande cabeça cinzenta que Mogli conhecia bem, e o ar quente se encheu com o grito mais desolado de toda a Selva — o uivo de caçada de um lobo ao meio-dia.

— Akela! Akela! — disse Mogli, juntando as mãos. — Eu deveria saber que você não se esqueceria de mim. Temos muito trabalho a ser feito. Divida o rebanho em dois, Akela. Mantenha as vacas e os bezerros juntos, e os touros e os búfalos separados.

Os dois lobos correram, enfileirados, entrando e saindo do rebanho, que bufava e jogava a cabeça para o alto, e os animais foram separados em dois grupos. Em um estavam as vacas, com seus filhotes no meio, e elas fitavam e pateavam, prontas para avançar e pisotear até a morte qualquer lobo que sequer ousasse ficar parado. No outro grupo, os touros adultos e jovens fungaram e bateram seus pés, mas ainda que parecessem mais imponentes, eram bem menos perigosos, porque não tinham bezerros a proteger. Nem meia dúzia de homens teria dividido um rebanho com tanta destreza.

— Quais são as ordens? — ofegou Akela. — Eles estão tentando se reunir outra vez.

Mogli subiu nas costas de Rama.

— Leve os touros para a esquerda, Akela. Irmão Cinzento, quando tivermos ido embora, mantenha as vacas unidas, e leve-as até o pé da ravina.

— O quão longe? — indagou Irmão Cinzento, ofegando e batendo as mandíbulas.

— Até que as laterais estejam mais altas do que um pulo de Shere Khan — gritou Mogli. — Mantenha todas por lá até descermos.

Os touros se moveram sob os latidos de Akela, e Irmão Cinzento parou na frente das vacas. Elas avançaram contra ele, e o lobo fugiu pouco antes de eles colocarem as patas na ravina, enquanto Akela guiava os touros para bem longe na esquerda.

— Muito bem! Mais um ataque e eles ficarão bem alertas. Cuidado, viu... cuidado, Akela. Uma mordida alta demais e esses touros vão atacar. Hujah! Este é um trabalho bem mais difícil do que guiar uma gazela. Você imaginava que essas criaturas conseguiam se mover tão depressa? — perguntou Mogli.

— Eu já... cacei animais assim na minha época. — Akela suspirou no meio da poeira. — Devo levá-los para dentro da Selva?

— Sim, vá! Guie-os com suavidade. Rama está cheio de raiva. Oh, se eu ao menos pudesse dizer a ele o que preciso dele hoje!

Os touros foram levados para a direita desta vez, e adentraram o matagal. As outras crianças pastoras, vendo o gado a quilômetros de distância, correram para o vilarejo com toda a velocidade de suas pernas, gritando que os búfalos tinham enlouquecido e fugido.

Mas o plano de Mogli era muito simples. Tudo que ele queria era fazer um grande círculo colina acima e tomar o alto da ravina, e então guiar os búfalos numa descida e pegar Shere Khan entre os touros e as vacas, porque sabia que, depois de uma refeição e de ter se empanturrado de água, Shere Khan não estaria em condições de lutar ou subir as laterais da ravina. Ele agora acalmava os búfalos com a voz, e Akela tinha ficado bem para trás, apenas ganindo uma ou duas vezes para apressar a retaguarda. Era um círculo muito, muito longo, pois eles não queriam chegar muito perto da ravina e de Shere Khan. Por fim, Mogli reuniu o rebanho desnorteado no início da ravina, em um trecho gramado que descia abruptamente até a própria ravina. Daquela altura, era possível ver além da copa das árvores até a planície abaixo; mas o que Mogli observou foram os lados da ravina, e foi com grande satisfação que os viu correndo quase em linha reta para cima e para baixo, e as trepadeiras e vinhas que pairavam sobre eles não ajudariam um tigre disposto a fugir.

— Permita que respirem, Akela — disse Mogli, erguendo a mão. — Ainda não sentiram o cheiro dele. Permita que respirem. Preciso que Shere Khan saiba quem está chegando. Nós já o encurralamos na armadilha.

Ele colocou as mãos na boca e gritou ravina abaixo — era quase como gritar num túnel — e os ecos saltaram de pedra em pedra.

Veio, depois um bom tempo, o rosnado arrastado e sonolento de um tigre gordo e recém-desperto.

— Quem chama? — disse Shere Khan, e um pavão esplêndido levantou voo na ravina, gritando.

— Eu, Mogli. Ladrão de gado, chegou a sua hora de ser levado até a Pedra do Conselho! Para baixo… mande-os para baixo, Akela. Para baixo, Rama, para baixo!

O rebanho pausou por um instante na beira da descida, mas Akela deu voz ao grito de caça e eles desceram um após o outro, tal qual os barcos a vapor disparam nas corredeiras, a areia e as pedras jorrando ao redor. Uma vez iniciada a corrida, não era possível parar, e antes que chegassem ao leito da ravina, Rama acertou Shere Khan e berrou.

— Ha! Ha! — disse Mogli nas costas dele. — Agora você viu!

E a torrente de chifres pretos, focinhos espumantes e olhos fixos rodopiavam pela ravina feito pedras em tempo de enchente; os búfalos mais fracos eram empurrados para as laterais da ravina, onde rasgavam as trepadeiras. Sabiam muito bem o que se desenrolava diante deles — a terrível debandada do rebanho de búfalos, contra a qual tigre nenhum era capaz de se defender. Shere Khan ouviu o troar de cascos, levantou-se e desceu a ravina com dificuldade, procurando de um lado e do outro por algum escape, mas as paredes da ravina eram retas e ele foi obrigado continuar, pesado de janta e bebida, disposto a fazer qualquer coisa em vez de lutar. O rebanho chapinhou o brejinho do qual ele acabara de sair, berrando. Mogli ouviu um berro de resposta no sopé da ravina, viu Shere Khan se virar (o tigre sabia que, se o pior acontecesse, era melhor enfrentar os touros do que as vacas com seus bezerros), e então Rama tropeçou, perdeu o equilíbrio e passou novamente em cima de algo macio e, com os touros em seu encalço, colidiu com o outro rebanho, enquanto os búfalos mais fracos eram erguidos do chão pelo choque do embate. Aquela debandada guiou os dois rebanhos para a planície, escornando, batendo os pés e bufando. Mogli esperou durante algum tempo e escorregou do pescoço de Rama, guiando-o à direita e à esquerda com a vara.

— Depressa, Akela! Separe-os. Disperse-os, ou vão começar a lutar uns com os outros. Leve-os para longe, Akela. Hai, Rama! Hai! Hai! Hai!, minhas crianças. Calma, calma! Está tudo bem.

Akela e Irmão Cinzento correram de um lado para o outro mordiscando as pernas dos búfalo, e, ainda que o rebanho tenha se virado para subir a ravina outra vez, Mogli conseguiu comandar Rama, e os outros o seguiram para os lamaçais.

Shere Khan não precisava de mais pisoteadas. Morto de tudo, e os milhafres já vinham atrás dele.

— Irmãos, aquilo foi morte de cachorro — disse Mogli, tocando na faca que, agora que vivia entre os homens, sempre carregava embainhada ao redor do pescoço. — Mas ele nunca teria lutado. A pele dele ficará bonita na Pedra do Conselho. Precisamos começar a trabalhar imediatamente.

Um menino treinado entre os homens jamais teria sonhado em esfolar sozinho um tigre de três metros, mas Mogli sabia melhor do que ninguém como a pele de um animal se encaixa sobre o corpo e como podia ser removida. Mas era um trabalho árduo, e Mogli cortou, rasgou e grunhiu por uma hora, enquanto os lobos espreguiçavam suas línguas ou avançavam e repuxavam conforme as ordens dele.

De repente uma mão caiu em seu ombro e, olhando para cima, Mogli viu Buldeo acompanhado de seu mosquete Tower. As crianças contaram à aldeia sobre a debandada de búfalos, e Buldeo saiu com raiva, ansioso demais para repreender Mogli por não cuidar melhor do rebanho. Os lobos sumiram de vista assim que viram o homem se aproximando.

— Que presepada é essa? — disse Buldeo, colérico. — Achando que é capaz de esfolar um tigre! Onde os búfalos o mataram? E ainda por cima é o Tigre Manco, e há uma recompensa de cem rupias pela cabeça dele. Bem, vamos deixar passar o seu descuido com o rebanho e talvez eu até te recompense com uma das rupias quando eu levar a pele até Khanhiwara.

Ele remexeu no cinto em busca de uma pederneira e aço, então se abaixou para chamuscar os bigodes de Shere Khan. A maioria dos caçadores nativos chamusca os bigodes de um tigre para evitar que o fantasma dele os assombre.

— Hum! — disse Mogli, mais para si mesmo enquanto arrancava a pele de uma pata dianteira. — Então você irá levar a pele até Khanhiwara por uma recompensa, e talvez até me dê uma rupia? Mas eu já tenho em mente um destino todo meu para essa pele. Ei, velhote, saia daqui com esse fogo.

— Que linguajar é esse para com o chefe caçador do vilarejo? A sua sorte e a estupidez dos seus búfalos te ajudaram nesse abate. O tigre tinha acabado de comer, caso contrário ele estaria a trinta quilômetros daqui a essa altura, você nem sabe como esfolar direito, seu mendiguinho, e por certo eu, Buldeo, não serei ordenado a não

queimar os bigodes dele. Mogli, eu não te darei uma só anna da recompensa, apenas uma bela surra. Largue a carcaça!

— Em nome do Boi que me comprou — disse Mogli, que estava tentando trabalhar no ombro —, será que preciso mesmo ficar de lero-lero com esse macaco velho a tarde inteira? Aqui, Akela, este homem me incomoda.

Buldeo, que ainda pairava sobre a cabeça de Shere Khan, viu-se estirado na grama com um lobo cinzento em cima dele, enquanto Mogli continuava a esfolar como se estivesse sozinho em toda a Índia.

— Si...im — disse ele, por entre os dentes. — Você está absolutamente certo, Buldeo. Você não irá me dar nenhuma anna da recompensa. Existe uma rixa velha entre este tigre manco e eu... uma guerra muito antiga, e... eu venci.

Para que se faça justiça a Buldeo, fosse ele dez anos mais novo, teria tentado a sorte contra Akela se encontrasse o lobo no meio da floresta, mas um lobo que obedecia às ordens daquele garoto que tinha guerras particulares com tigres devoradores de homens não era um animal comum. Era feitiçaria, magia do pior tipo, pensou Buldeo, e ficou se perguntando se o amuleto que tinha ao redor do pescoço o protegeria. Ficou tão quieto quanto a própria quietude, esperando que Mogli se transformasse num tigre a qualquer minuto.

— Marajá! Grande Rei — disse ele, enfim, numa voz sussurrada.

— Sim — disse Mogli, sem voltar a cabeça, com uma risadinha.

— Eu sou um homem velho. Eu não sabia que você era qualquer coisa além de um pastorzinho. Posso me levantar e ir embora, ou o seu servo irá me despedaçar?

— Vá, e que a paz te acompanhe. Só não mexa com a minha caça de novo. Solte-o, Akela.

Buldeo cambaleou até o vilarejo o mais rápido que pôde, olhando para trás por cima dos ombros caso Mogli se transformasse em alguma coisa terrível. Quando chegou no vilarejo, contou uma história de magia e encantamento e feitiçaria que deixou o sacerdote com uma expressão muito séria.

Mogli continuou a trabalhar, mas já se aproximava do crepúsculo quando ele e os lobos arrancaram por completo a grande pele manchada.

— Agora precisamos esconder isso e levar os búfalos para casa! Ajude-me a guiá-los, Akela.

O rebanho se agrupou no crepúsculo enevoado e, quando eles se aproximaram do vilarejo, Mogli viu luzes e ouviu as conchas e sinos do templo assoviando e batendo. Metade da vila parecia estar esperando por ele nos portões.

— Isso é porque matei Shere Khan.

Foi o que ele disse a si mesmo; mas uma chuva de pedras assoviou perto das orelhas dele, e os aldeões gritaram:

— Feiticeiro! Filho de lobo! Demônio da Selva! Vá embora! Vá embora, rápido, ou o sacerdote vai te transformar em lobo uma vez mais. Atire, Buldeo, atire!

O velho mosquete Tower disparou com um estrondo, e um jovem búfalo berrou de dor.

— Mais bruxaria! — gritaram os aldeões. — Ele consegue desviar balas. Buldeo, aquele era o *seu* búfalo.

— Ora, o que é isso? — disse Mogli, surpreso, à medida que mais pedras voavam.

— Eles não são muito diferentes da Alcateia, estes seus irmãos — disse Akela, sentando-se cheio de

compostura. — Sou da opinião de que, se os tiros significam alguma coisa, é que você está sendo expulso.

— Lobo! Filhote de lobo! Vá embora! — gritou o sacerdote, agitando um ramo de *tulsi*, uma planta sagrada.

— De novo? Da última vez foi porque eu era homem. Desta vez é porque sou lobo. Vamos, Akela.

Uma mulher — era Messua — correu até o rebanho e gritou:

— Oh, meu filho, meu filho! Estão dizendo que você é um feiticeiro capaz de se transformar em fera à vontade. Eu não acredito, mas vá embora ou eles vão te matar. Buldeo falou que você é um bruxo, mas sei que você vingou a morte de Nathoo.

— Volte, Messua! — gritou a multidão. — Volte ou vamos te apedrejar.

Mogli deu uma risadinha feia, porque uma pedra o acertou bem na boca.

— Volte para lá, Messua. Esta é mais uma das tolices que contarão debaixo da grande árvore durante a noite. Pelo menos eu paguei pela vida do seu filho. Adeus; e corra depressa, porque o rebanho que debandarei será mais veloz do que os tijolos deles. Eu não sou um feiticeiro, Messua. Adeus! Agora, uma vez mais, Akela — ele gritou. — Traga o rebanho.

Os búfalos estavam ansiosos para entrar no vilarejo. Mal precisaram do grito de Akela, mas dispararam pelo portão como se fossem um redemoinho, espalhando o populacho a torto e a direito.

— Contem bem! — gritou Mogli, em zombaria. — Pode ser que eu tenha roubado um deles. Contem bem, porque eu não mais irei pastorear por vocês. Fiquem bem, filhos de homens, e agradeçam a Messua pelo fato de eu não vir com meus lobos e caçá-los pelas ruas.

Deu meia-volta e foi-se com o Lobo Solitário; e ficou contente ao erguer os olhos no rumo das estrelas.

— Chega de dormir em armadilhas, Akela. Vamos pegar a pele de Shere Khan e partir. Não; não iremos ferir o vilarejo, porque Messua foi boa para mim.

Quando a lua subiu acima da planície, fazendo-a parecer toda leitosa, os aldeões aterrorizados viram Mogli com dois lobos em seu encalço e um volume acima da cabeça, trotando na passada firme dos lobos, aquela que é capaz de consumir os muitos quilômetros como fogo. Então eles tocaram os sinos do templo e sopraram as conchas mais alto do que nunca; e Messua chorou, e Buldeo enfeitou a história de suas aventuras na Selva, terminando por dizer que Akela ficou de pé e falou como homem.

A lua acabava de descer quando Mogli e os dois lobos chegaram à Pedra do Conselho, e se detiveram na caverna de Mãe Lobo.

— Eles me expulsaram da Alcateia de Homens, Mãe — gritou Mogli —, mas eu venho até aqui com a pele de Shere Khan para manter minha palavra.

Mãe Lobo saiu da caverna num passo duro, com os filhotes atrás de si, e os olhos dela brilharam ao ver a pele.

— Eu disse a ele naquele dia, quando ele enfiou a cabeça e os ombros nesta caverna atrás da sua vida, Rãzinha... eu disse a ele que o caçador seria caçado. Bem feito.

— Irmãozinho, foi bem feito mesmo — disse uma voz grave no matagal. — Estávamos solitários na Selva sem a sua companhia.

E Bagheera veio correndo até os pés descalços de Mogli. Subiram juntos a Pedra do Conselho, e Mogli esticou a pele na pedra lisa onde, no passado, Akela costumava se sentar, e a prendeu com quatro lascas de bambu, e Akela se deitou sobre ela e emitiu o velho chamado do Conselho:

— Vejam... vejam bem, ó, Lobos!

Exatamente como tinha feito quando da primeira vez de Mogli ali.

Desde que Akela tinha sido deposto, a Alcateia estava sem líder, caçando e lutando ao seu bel-prazer. Mas, por hábito, responderam ao chamado, e alguns deles estavam mancos por causa das armadilhas nas quais tinham caído, e outros mancavam por causa de tiros, e alguns estavam sarnentos porque tinham comido carne estragada, e muitos estavam sumidos; mas todos que restaram foram até a Pedra do Conselho e viram a pele esfolada de Shere Khan ali, e as enormes garras penduradas na ponta de pés vazios, murchos. Foi então que Mogli improvisou uma canção sem forma, uma canção que surgiu na garganta dele sozinha, e ele gritou bem alto, saltando para cima e para baixo na pele amarrotada e marcando o tempo com os calcanhares até que todo o ar desaparecesse, enquanto Irmão Cinzento e Akela uivavam entre os versos.

— Vejam bem, ó, Lobos. Mantive ou não minha palavra? — disse Mogli ao terminar, e os lobos responderam:

— Sim.

E um velho lobo uivou.

— Lidere-nos outra vez, ó, Akela. Lidere-nos outra vez, ó, filhote de Homem, porque estamos cansados da selvageria e queremos ser o Povo Livre uma vez mais.

— Não — ronronou Bagheera —, não pode ser assim. Quando estiverem alimentados de novo, a loucura pode se abater sobre vocês de novo. Não é sem motivos que são chamados de Povo Livre. Lutaram pela liberdade e ela agora pertence a vocês. Comam dela, ó, Lobos.

— Tanto a Alcateia de Homens como a Alcateia dos Lobos me expulsaram — disse Mogli. — Agora eu caçarei sozinho na floresta.

— E nós caçaremos com você — disseram os quatro filhotes.

Então Mogli partiu, e na Selva caçou ao lado dos quatro filhotes daquele dia em diante. Mas ele nem sempre ficou em solidão, porque anos depois se tornou um homem e se casou.

Mas é uma história de gente grande.

A canção de Mogli

Que ele cantou na Pedra do Conselho quando dançou sobre a pele de Shere Khan

A Canção de Mogli – eu, Mogli, a canto.
Permita que a Selva ouça tudo que fiz.

Shere Khan anunciou meu abate, minha morte! Nos portões crepusculares ele mataria Mogli, aquela Rã!

Ele comeu e ele bebeu. Beba bastante, Shere Khan, pois quando irá você beber outra vez? Dorme e sonha com a matança.

Eu sozinho nas aragens. Irmão Cinzento, venha ter comigo! Venha, Lobo Solitário, pois caçada parruda se ergue para nós.

Traga os grandes búfalos, os touros de pele azulada e olhos raivosos. Guia todo rebanho de acordo com minha vontade.

Ainda dormes, Shere Khan? Desperta, ó, desperta! Aqui estou e os touros atrás de nós.

Rama, o Rei dos Búfalos, bateu os pés. Águas do Waingunga, para onde foi Shere Khan?

Ele não é Ikki, aquele que escava, nem Mao, o Pavão, aquele que voa. Ele não é Mang, o Morcego, para se prender nos galhos. Bambuzinhos que gemem juntos digam-me para onde foi o tigre?

Uau! Lá está! Ahoo! Lá está. Sob os pés de Rama eis o Manco! Levanta, Shere Khan! Levanta e mata! Cá tem carne; parta pescoços bovinos!

Psiu! Ele dorme. Não o despertaremos, pois há força em demasia. Os milhafres desceram para averiguar. As formigas pretas vieram para ver. Há uma grande reunião em seu nome.

Alala! Não tenho roupas sobre mim. Os milhafres verão minha nudez. Tenho vergonha de encarar tanta gente

Empresta-me seu cobertor, Shere Khan. Empresta-me seu belo colete estampado para que eu chegue na Pedra

Pelo Boi que me comprou, uma promessa
eu fiz, uma pequena promessa. Só
me falta a tua pele para cumprir
minha palavra.

Com a faca – a faca dos homens – com a
faca do caçador, do homem, eu tomarei
como sendo meu presente.

Águas do Waingunga, testemunhem Shere
Khan me doando sua pele por causa
do amor que me nutre. Puxa, Irmão
Cinzento! Puxa, Akela! Pesada é a pele de
Shere Khan.

Enfurecida está a Alcateia de Homens.
Jogam pedras e falam feito criança.
Minha boca sangra. Vamos fugir.

Durante toda a noite, através da noite,
corram, meus irmãos. Largaremos
as luzes do vilarejo e seguiremos a
lua baixa.

Águas do Waingunga, a tribo dos homens
me expulsou. Eu não os feri, mas eles
tinham medo de mim. Por quê?

Alcateia dos Lobos, vocês também me expulsaram. A Selva está fechada para mim, e os portões das vilas. Por quê?

Tal como voa Mang por entre feras e aves, voo eu por entre a vila e a vida na Selva. Por quê?

Danço sobre a pele de Shere Khan, mas o coração meu é cheio de peso. Minha boca cortada e ferida por pedras da vila, mas o coração se vê leve pois volto à Selva. Por quê?

As duas coisas lutam em mim feito cobras que se combatem na primavera. Água sai dos meus olhos, mas eu rio quando cai. Por quê?

Sou dois Moglis, mas a pele de Shere Khan está sob meus pés.

Toda a Selva sabe que matei Shere Khan. Vejam... vejam bem, ó, Lobos!

Ahae! Meu coração pesa com tudo aquilo que não compreendo.

Como surgiu o medo

O rio é escasso – a poça secou
Seremos amigos, você e eu;
De flanco poeirento e papada febril
E cada um se impelindo pela margem
Silenciado por um medo árido,
Largado o intento de caçada ou abate.
Agora, enxerga o cervo sob a mãe
O lobo descarnado da Alcateia, tão
temeroso também,
E o touro grande, inabalável, nota
As presas que rasgaram de seu pai a goela.
O rio é escasso – a poça secou
E seremos companheiros, você e eu,
Até que aquela nuvem – Boa Caçada! – liberte
A chuva que reparte a nossa Trégua das Águas.

A Lei da Selva — que é, por uma boa margem, a mais antiga no mundo — já se ocupou de quase todo tipo de eventualidade capaz de sobrevir ao Povo da Selva, até os dias de hoje seu código é tão perfeito como só algo nascido do tempo e costume é capaz de ser. Você deve se lembrar de que Mogli passou grande parte da vida na Alcateia Seeonee, aprendendo a Lei com Baloo, o Urso Marrom; e foi Baloo quem disse a ele, num momento de impaciência do garoto com tantas ordens, que a Lei era que nem uma trepadeira gigante, porque recaía sobre as costas de todos, e ninguém era capaz de escapar dela.

— Quando você tiver vivido tanto quanto eu, Irmãozinho, haverá de ver que a Selva inteira obedece a pelo menos uma Lei. E não será coisa bonita de se ver — disse Baloo.

O papo entrou por um ouvido e saiu pelo outro, porque um menino que passa a vida inteira comendo e dormindo não se preocupa com nada, até o momento em que algo o encara de frente. Mas, certo ano, as palavras de Baloo se mostraram verdadeiras, e Mogli viu a Selva inteira obedecendo à Lei.

Tudo começou durante a estiagem quase completa das Chuvas de inverno, e; Ikki, o Porco-Espinho, se deparou com Mogli num bambuzal e contou que os inhames selvagens estavam arrefecendo. Ora, todo mundo sabe como Ikki é ridiculamente meticuloso na sua escolha de alimentos e não come nada que não seja do melhor e mais fresco. Então Mogli riu e disse:

— O que eu tenho a ver com isso?

— Pouca coisa *por enquanto* — disse Ikki, agitando seus espinhos de um jeito endurecido e desconfortável —, mas veremos mais tarde. Tem mergulhado na lagoa funda e pedregosa abaixo da Pedra das Abelhas, Irmãozinho?

— Não. Aquela água idiota está sumindo, e eu não quero rachar a cabeça — disse Mogli, que, naqueles dias, se achava tão sabido quanto cinco membros do Povo da Selva juntos.

— Você não sabe o que está perdendo. Uma rachadura talvez deixasse entrar um pouco de sabedoria aí dentro.

Ikki se abaixou rapidamente para impedir que Mogli puxasse os pelos do seu nariz, e Mogli, então, contou a Baloo o que Ikki tinha dito. Baloo pareceu muito sério, e murmurou consigo mesmo:

— Se eu estivesse sozinho, mudaria meu lugar de caça agora, antes que os outros pensassem nisso. Mas ainda assim... caçar no meio de estranhos termina em briga, e eles podem ferir o Filhote de Homem. Precisamos aguardar e ver como será o florescer da árvore mohwa.

Naquela primavera, as árvores de mohwa, das quais Baloo tanto gostava, não floresceram. As flores cerosas, esverdeadas e de cor creme foram mortas pelo calor antes de nascerem, e apenas algumas pétalas malcheirosas caíram quando ele ficou nas patas traseiras e balançou a árvore. Então, centímetro a centímetro, o calor descontrolado penetrou no coração da Selva, tornando-a amarelada, marrom e, por fim, preta. Os crescimentos verdes nas laterais das ravinas queimaram até se tornarem fios quebradiços e filetes retorcidos de matéria morta; as poças escondidas afundaram e endureceram, deixando uma última marca de pegada em suas bordas, como se tivessem sido fundidas em ferro; as trepadeiras de caule suculento caíram das árvores às quais se agarravam e morreram a seus pés; os bambus murcharam, fazendo barulho quando sopravam os ventos quentes, e o musgo se desprendeu das rochas no fundo da Selva, até que ficaram tão nuas e quentes quanto as pedras azuis trêmulas no leito do riacho.

Os Pássaros e o Povo Macaco foram para o norte no início do ano, pois sabiam o que estava por vir; e o cervo e o porco selvagem fugiram para os campos destruídos das aldeias, morrendo, às vezes, diante dos olhos de homens fracos demais para matá-los. Chil, o Milhafre, ficou para trás e engordou, pois a carniça era muita, e noite após noite ele trazia a notícia aos animais, fracos demais para abrir caminho até novos campos de caça, de que o sol estava matando a Selva num diâmetro de três dias de voo.

Mogli, que nunca soube o que significava a fome de verdade, voltou-se para o mel velho, de três anos,

raspado de colmeias desertas nas rochas — um mel preto como abrunho e empoeirado de açúcar seco. Também caçou larvas que perfuravam profundamente a casca das árvores e roubou as vespas em ninhadas jovens. Toda a caça na Selva não passava de pele e osso, e Bagheera, que matava três vezes em uma mesma noite, dificilmente conseguia uma refeição completa. Mas a falta de água era o pior de tudo, pois, ainda que o Povo da Selva beba raramente, ele bebe muito de uma vez.

E o calor continuou e sugou toda a umidade, até que finalmente o canal principal do Waingunga se tornou o único riacho a carregar um filete de água entre as suas margens mortas; e quando Hathi, o Elefante Selvagem, que vive por cem anos ou mais, viu uma longa e estreita crista azul de rocha seca bem no centro do riacho, soube que estava olhando para a Pedra da Paz, e então, bem ali, ele ergueu sua tromba e proclamou a Trégua da Água, tal como seu pai havia proclamado cinquenta anos antes. O veado, o porco selvagem e o búfalo começaram a gritar com as vozes roucas; e Chil, o Milhafre, voou em grandes círculos por toda parte, assobiando e gritando o aviso.

De acordo com a Lei da Selva, é crime de morte abater num bebedouro uma vez que tenha sido declarada uma Trégua da Água. A razão disso é que beber vem antes de comer. Todos na Selva podem se arrastar de alguma forma quando apenas a caça é escassa; mas água é água, e, quando há apenas uma fonte de abastecimento, toda a caça para enquanto o Povo da Selva vai lá para suas necessidades. Nas épocas boas, quando a água abundava, quem descia para beber no Waingunga — ou em qualquer outro lugar, diga-se de passagem — corria risco de vida, e esse risco não diminuía o fascínio dos acontecimentos noturnos. Descer com tanta astúcia que nenhuma folha se movia; mergulhar até os joelhos nas águas

rasas que abafam todo o barulho por trás; beber, olhando para trás por cima do ombro, todos os músculos prontos para o primeiro ataque desesperado de intenso terror; rolar na margem arenosa e voltar, com o focinho molhado e bem roliço, para o rebanho admirado, era algo que agradava a todos os jovens de chifres altos, precisamente porque sabiam que a qualquer momento Bagheera ou Shere Khan poderiam saltar sobre eles e derrubá-los. Mas agora toda aquela diversão de vida e morte havia acabado, e o Povo da Selva veio, faminto e cansado, para o rio encolhido — tigre, urso, veado, búfalo e porco, todos juntos —, e bebeu das águas imundas e pairou acima delas, exausto demais para se mover.

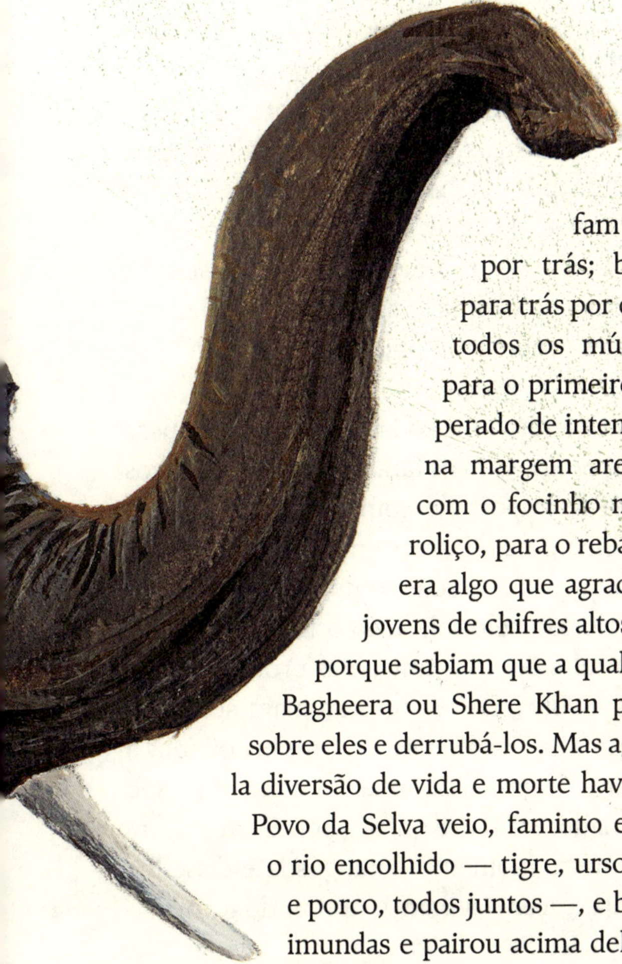

O cervo e o porco vagaram o dia todo em busca de algo melhor do que cascas secas e folhas murchas. Os búfalos não tinham encontrado poças que os refrescassem, nem colheitas verdes para roubar. As cobras tinham deixado a Selva e descido até o rio na esperança de encontrar um sapo perdido. Elas se enrolavam em pedras molhadas e nunca se ofereciam para atacar, nem mesmo quando o focinho de um porco fuçando as desalojava. As tartarugas do rio tinham sido mortas havia muito tempo por Bagheera, o mais esperto dos caçadores, e os peixes haviam se enterrado profundamente na lama seca. Apenas a Pedra da Paz se estendia sob as águas rasas como uma longa serpente, e as pequenas ondulações cansadas assobiavam ao secar em seu lado quente.

Era aqui que Mogli vinha todas as noites em busca de frescor e companhia. O mais faminto de seus inimigos dificilmente teria se importado com o menino naquela época. Sua pele nua o fazia parecer mais magro e miserável do que qualquer um de seus companheiros. Seu cabelo estava descolorido pelo sol; suas costelas se destacavam como as costelas de uma cesta, e as protuberâncias em seus joelhos e cotovelos, onde costumava se apoiar ao andar de quatro, davam a seus membros encolhidos a aparência de hastes de grama nodosas. Mas seu olho, sob o topete emaranhado, era frio e quieto, pois Bagheera era seu conselheiro neste momento de angústia e disse-lhe para ir com calma, caçar devagar, e nunca, de forma alguma, perder a paciência.

— É uma época cruel — disse a Pantera Negra, numa noite quente —, mas que vai passar se conseguirmos sobreviver até o fim dela. O seu estômago está cheio, Filhote de Homem?

— Tem algo no meu estômago, mas não serve de muita coisa. Você acha, Bagheera, que as Chuvas se esqueceram de nós e não voltarão mais?

— Eu, não! Ainda veremos a mohwa florescer, e os gaminhos todos gordos de grama nova. Desça até a Pedra da Paz e ouça as notícias. Suba nas minhas costas, Irmãozinho.

— Não é hora de carregar peso. Eu consigo ficar de pé sem ajuda, mas... realmente, não somos bois gordos, nenhum de nós.

Bagheera olhou ao longo de seu flanco esfarrapado e empoeirado e sussurrou.

— Ontem à noite eu matei um boi sob o jugo. Eu me rebaixei tanto que acho que nem teria ousado pular se ele estivesse solto. *Uau!*

Mogli riu.

— Sim, que belos caçadores somos nós agora — disse ele. — Muito corajoso, veja-me só... comendo larvas.

E os dois desceram juntos pela vegetação crepitante até a margem do rio e a rede de cardumes que se estendia dela em todas as direções.

— A vida da água não é longa — disse Baloo, se juntando a eles. — Veja só. Ali estão trilhas parecidas com as estradas feitas pelos Homens.

Na planície da margem mais distante, a grama dura da Selva tinha morrido em pé e, uma vez morta, mumificado. Os rastros batidos do veado e do porco, todos indo em direção ao rio, haviam listrado aquela planície sem cor com ravinas empoeiradas abertas na grama de três metros e, por mais cedo que fosse, cada longa avenida cheia de recém-chegados, que corriam ao rumo da água. Dava para ouvir as corças e os filhotes tossindo na poeira parecida com rapé.

Rio acima, na curva da lagoa lenta lamacenta ao redor da Pedra da Paz, a Protetora da Trégua da Água; nela eis Hathi, o Elefante Selvagem, com seus filhos, magro e cinza ao luar, balançando para frente e para trás — sempre balançando. Logo abaixo dele estava a vanguarda dos cervos; abaixo destes, novamente o porco e o búfalo selvagem; e na margem oposta, onde as árvores altas desciam até a beira da água, ficava o lugar reservado para os Comedores de Carne — o tigre, os lobos, a pantera, o urso e os outros.

— Somos todos regidos por uma única Lei, realmente — disse Bagheera, entrando na água e olhando para a linha de chifres batendo e olhos em alerta, bem ali onde o veado e o porco se empurravam de um lado para o outro. — Boa caçada, todos vocês meus irmãos — ele acrescentou, estirando-se por completo, um flanco jogado para fora das águas rasas; e então, por entre os dentes — Mas, em nome da Lei, seria uma *bela* caçada por aqui.

As orelhas abertas do cervo captaram a última frase e um sussurro assustado percorreu as fileiras.

— A Trégua! Lembre-se da Trégua!

— Paz aí, paz! — gorgolejou Hathi, o Elefante Selvagem. — A Trégua se mantém, Bagheera. Não é oportuno falar de caça.

— Quem sabe disso melhor do que eu? — respondeu Bagheera, revirando os olhos amarelos riacho acima. — Eu agora sou um devorador de tartarugas... um pescador de sapos. Ngaayah! Bem queria eu que mastigar gravetos me bastasse!

— *Nós* também queríamos que assim fosse, de verdade — baliu um gamo novo, que tinha acabado de nascer naquela primavera e que não gostava nem um pouco daquilo. Por mais acabado que estivesse o Povo da Selva, nem mesmo Hathi conseguiu segurar uma risadinha; enquanto Mogli, apoiado nos cotovelos dentro da água quente, riu bem alto, e dissipou a espuma com as batidas de seus pés.

— Belas palavras, brotinho com chifres — ronronou Bagheera. — Quando a Trégua chegar ao fim, contarei isso ao seu favor.

E olhou atenciosamente da escuridão para se certificar de que reconheceria o gamo novamente.

Aos poucos a conversa se espalhou para cima e para baixo nos bebedouros. Podia-se ouvir o porco bufando e lutando por mais espaço; os búfalos grunhiam entre si enquanto avançavam pelos bancos de areia, e os veados contavam histórias lamentáveis de suas longas andanças com pés doloridos em busca de comida. De vez em quando eles faziam alguma pergunta aos Comedores de Carne do outro lado do rio, mas todas as notícias eram ruins, e o rugido do vento quente da Selva ia e vinha entre as rochas e os galhos barulhentos, e espalhava galhos e poeira na água.

— Também morrem os Homens à beira de suas plantações — disse um jovem sambhur. — Passei por três entre o pôr do sol e a noite. Estirados no chão, e o Gado junto. E, em breve, ficaremos nós imóveis também.

— O rio baixou desde a noite passada — disse Baloo. — Ó, Hathi, você alguma vez já viu seca assim?

— Ela vai passar, vai passar — disse Hathi, atirando água em suas costas e flancos.

— Temos alguém aqui que não vai durar muito — disse Baloo; e olhou para o menino que amava.

— Eu? — disse Mogli, indignado, sentando-se na água. — Eu não tenho pelos compridos para cobrir o meu corpo, mas... mas se o *seu* pelo fosse arrancado, Baloo...

Hathi sacudiu-se todo diante da ideia, e Baloo respondeu com severidade:

— Filho de Homem, não é adequado que se diga uma coisa dessas a um Professor da Lei. Nunca fui visto sem o meu pelo.

— Não, eu não quis ofender, Baloo; mas é só que você é, por assim dizer, que nem o coco na casca, e eu sou o mesmo coco, só que todo pelado. Ora, a sua pelugem marrom...

Mogli estava sentado de pernas cruzadas, explicando as coisas com o dedo indicador como sempre, quando Bagheera estendeu a pata e o puxou de costas para a água.

— Cada vez pior — disse a Pantera Negra quando o menino se levantou, cuspindo. — Primeiro a pele de Baloo é arrancada, e agora ele é um coco. Cuidado para que ele não faça com você aquilo que faz com os cocos maduros.

— E o que seria isso? — disse Mogli, pego distraído, ainda que aquela fosse uma das pegadinhas mais velhas da Selva.

— Quebrar a sua cabeça — Bagheera disse, baixinho, submergindo-o outra vez.

— Não é de bom tom zombar de um tutor — disse o urso, quando Mogli foi mergulhado pela terceira vez.

— Que feio! Mas o que você esperava? Essa coisinha pelada correndo pra cá e pra lá é uma zombaria aos que um dia já foram grandes caçadores, e, por esporte, já puxou os bigodes do melhor dentre nós. — Quem disse isso foi Shere Khan, o Tigre Manco, que ia mancando até a água. Aguardou durante um tempo para saborear a sensação que causava entre os veados na margem oposta, rosnando: — A Selva agora se tornou um berçário para filhotes pelados. Olhe para mim, Filhote de Homem!

Mogli olhou — ou melhor, encarou — da forma mais insolente que podia e, num minuto, Shere Khan virou-se, desconfortável.

— Filhote de Homem isso, Filhote de Homem aquilo — ele resmungou, bebendo sua água. — O pequenino não é nem homem nem filhote, ou teria medo. Na próxima estação eu já me vejo tendo de pedir licença a ele para beber. Argh!

— Pode ser que isso aconteça — disse Bagheera, olhando bem nos olhos dele. — Pode ser que isso aconteça... ora, Shere Khan! Qual foi a vergonha que o trouxe aqui hoje?

O Tigre Manco havia mergulhado o queixo e a papada na água, e listras escuras e oleosas flutuavam rio abaixo.

— Um homem! — disse Shere Khan calmamente. — Eu o matei há uma hora — prosseguiu, ronronando e rosnando para si mesmo.

A fileira de animais se agitou e balançou de um lado para o outro, e um sussurro foi subindo até se tornar um grito.

— Homem! Homem! Ele matou um homem!

Então, todos olharam para Hathi, o Elefante Selvagem, mas ele não pareceu ouvir. Hathi nunca faz nada até que seja a hora certa, e este é um dos motivos pelos quais ele tanto vive.

— Numa estação dessas, você mata um homem! Não havia nenhuma outra caça por aí? — disse Bagheera, zombeteiro, emergindo da água manchada e sacudindo cada pata ao modo dos gatos.

— Eu o matei porque assim o desejei... não por comida. — O sussurro horrorizado começou outra vez, e o olhinho branco de Hathi, observador, se moveu na direção de Shere Khan. — Porque eu quis — Shere Khan falou lentamente. — Agora venho beber aqui e me limpar. Alguém ousará me proibir?

As costas de Bagheera começaram a se curvar que nem um bambu na ventania, mas Hathi ergueu a tromba e falou baixinho.

— O seu abate foi por diversão? — indagou; e, quando Hathi faz uma pergunta, é melhor responder.

— Mesmo que tenha sido. Era o meu direito e era a minha Noite. Você bem sabe, ó, Hathi.

Shere Khan falava de modo quase cortês.

— Sim, eu sei — Hathi respondeu; e, depois de um breve silêncio: — Já satisfez a sua sede?

Como
surgiu
o medo

— Por agora, sim.

— Então vá. O rio é para ser bebido, não maculado. Ninguém, além do Tigre Manco, teria se vangloriado de seu direito numa temporada na qual... na qual sofremos juntos... Homem e Povo da Selva. Esteja você limpo ou impuro, volte para a sua casa, Shere Khan!

As últimas palavras soaram como trombetas de prata, e os três filhos de Hathi avançaram meio passo, embora não houvesse necessidade. Shere Khan se esgueirou para longe sem ousar rosnar, pois ele sabia — e todo mundo sabe — que, nas últimas instâncias, Hathi é o Mestre da Selva.

— Que direito é esse ao qual Shere Khan se refere? — Mogli sussurrou no ouvido de Bagheera. — Matar um Homem é sempre vergonhoso. A Lei assim diz. Mas, ainda assim, Hathi...

— Pergunte a ele. Eu não sei, Irmãozinho. Tendo direito ou não, se Hathi não tivesse falado, eu teria ensinado algumas coisinhas ao carniceiro manco. Vir até a Pedra da Paz tendo acabado de matar um homem... e contar vantagem disso... é coisa de chacal. Além disso, ele manchou água boa.

Mogli aguardou por um instante, até reunir coragem, porque ninguém ousava se dirigir a Hathi, e então gritou:

— Qual é o direito de Shere Khan, ó, Hathi?

As duas margens ecoaram suas palavras, pois todos os Povos da Selva são bem curiosos e tinham acabado de ver algo que ninguém parecia entender, exceto Baloo, que estava muito pensativo.

— É uma velha história — disse Hathi —, uma história mais velha do que a Selva. Que se faça silêncio nas margens e eu contarei a história.

Houve um instante de empurra-empurra entre os porcos e os búfalos, e então os líderes dos rebanhos grunhiram, um após o outro.

— Estamos esperando.

E Hathi avançou até quase afundar os joelhos na lagoa perto da Pedra da Paz. Por mais que estivesse magro, enrugado e de presas amareladas, ele ainda aparentava ser o que a Selva sabia que ele era: o mestre.

— Vocês, crianças, devem saber — começou ele — que, dentre todas as coisas, a mais temida é o Homem.

E houve um murmúrio de concordância.

— Esta história tem a ver com você, Irmãozinho — disse Bagheera a Mogli.

— Eu? Eu sou da Alcateia... um caçador pertencente ao Povo Livre — Mogli respondeu. — O que tenho a ver com os homens?

— E vocês nem sabem por que temem o Homem? — Hathi continuou. — Este é o motivo. No início da Selva, e ninguém sabe quando foi isso, nós, da Selva, caminhávamos juntos, sem temer um ao outro. Naqueles dias não havia seca, e as folhas e flores e os frutos cresciam na mesma árvore, e não comíamos nada além de folhas e flores e grama e frutas e cascas.

— Ainda bem que eu não nasci nessa época — disse Bagheera. — Cascas só servem para afiar as garras.

— E o Senhor da Selva era Tha, o Primeiro dos Elefantes. Ele ergueu a Selva de águas profundas com sua tromba; e onde marcou o chão com suas presas, lá correram os rios; e onde ele bateu os pés, lá brotaram os lagos de água boa; e quando ele soprou sua tromba, assim, surgiram as árvores. Foi dessa forma que Tha criou a Selva; e foi dessa forma que a história foi passada a mim.

— E ela não emagreceu nadinha com as recontagens — Bagheera sussurrou, e Mogli riu atrás de suas mãos.

— Naqueles dias não havia milho ou melões ou pimentas ou cana-de-açúcar, nem havia cabaninhas como aquelas que todos vocês já viram; e o Povo da Selva não sabia nada sobre o Homem, mas vivia unido na Selva, formando um só povo. Mas logo começaram a disputar comida, ainda que houvesse pastagem para todos. Eram preguiçosos. Todos queriam comer onde se deitavam, como às vezes fazemos quando as chuvas de primavera são boas. Tha, o Primeiro dos Elefantes, estava ocupado criando novas Selvas e guiando os rios em suas margens. Ele não podia andar por todos os lugares; logo, fez do Primeiro dos Tigres o mestre e juiz da Selva, a quem o Povo da Selva deveria levar seus problemas. Naqueles dias o Primeiro dos Tigres comia frutas e grama junto com os outros. Ele era tão grande quanto eu, e era muito bonito, todo colorido que nem o broto da trepadeira amarela. Não havia listra ou marca alguma em sua pelagem naqueles dias áureos em que o Povo da Selva era novo. Todo o Povo da Selva ia ter com ele sem medo, e a palavra dele era a Lei da Selva. Nós éramos, lembrem-se bem, um só povo.

"Mas, ainda assim, certa noite aconteceu uma contenda entre dois gamos — uma briga de pastoreio parecida com as que vocês hoje resolvem usando os chifres e as patas dianteiras —, e dizem que enquanto os dois conversavam diante do Primeiros dos Tigres, que estava deitado entre as flores, um cervo o empurrou com seus chifres, e o Primeiro dos Tigres esqueceu que era o mestre e juiz da Selva e, saltando sobre aquele cervo, quebrou o pescoço dele.

"Até aquela noite, nenhum de nós havia morrido, e o Primeiro dos Tigres, vendo o que havia feito e ficando tolo com o cheiro do sangue, fugiu para os pântanos do Norte, e nós da Selva, deixados sem juiz, começamos a lutar entre nós; e Tha ouviu o barulho e voltou. Então alguns de nós disseram isso e alguns de nós disseram aquilo, mas Tha viu o cervo morto entre as flores e perguntou quem o havia matado, e nós da Selva não contamos, porque o cheiro de sangue nos tornou tolos. Corremos de um lado para o outro em círculos, pulando, gritando e balançando a cabeça. Então Tha deu uma ordem para que as árvores baixas e as trepadeiras rastejantes da Selva identificassem o matador do cervo, para que ele o visse novamente, e disse:

"— Quem agora será o mestre do Povo da Selva?

"Então, o Macaco Cinzento que vive nos galhos saltou e respondeu:

"— Agora serei eu o mestre da Selva.

"Tha riu ao ouvir isso e falou:

"— Que seja.

"E saiu muito irritado.

"Crianças, vocês conhecem o Macaco Cinzento. Ele era como ainda o é. No início ele se fez de sábio, mas logo começou a se coçar e pular para cima e para baixo, e quando Tha voltou, encontrou o Macaco Cinzento pendurado, de cabeça para baixo, num galho, zombando daqueles abaixo; e eles o zombavam de volta. E não havia Lei na Selva... apenas baboseiras e palavras sem sentido.

"Então, Tha conclamou a todos nós e disse:

"— O primeiro dos seus mestres trouxe a Morte para a Selva, e o segundo trouxe a Desonra. Agora, está na hora de uma Lei, e uma Lei que não seja quebrada por vocês. Vocês conhecerão o Medo e, quando se encontrarem com ele, saberão que ele é o seu mestre.

"Então a Selva disse:

"— O que é o Medo?

"E Tha respondeu:

"— Procurem até encontrá-lo.

"Pois subimos e descemos a Selva em busca do Medo, e imediatamente os búfalos..."

— Urgh! — disse Mysa, o líder dos búfalos, lá na margem deles.

— Sim, Mysa, foram os búfalos. Eles voltaram com a notícia de que o Medo estava numa caverna da Selva, e que ele não tinha pelos e andava apoiado nas pernas traseiras. Então nós, da Selva, seguimos o rebanho até a caverna, e o Medo estava parado na entrada dela, e ele era, tal como os búfalos o haviam descrito, pelados e andavam apoiados nas patas traseiras. Quando ele nos viu, gritou, e a voz dele nos encheu do medo que agora sentimos quando hoje o ouvimos, e nós fugimos, pisoteando e ferindo uns aos outros porque estávamos com medo. Naquela noite, assim me foi dito, nós da Selva não dormimos juntos como era do nosso costume, mas cada tribo partiu sozinha... o porco com o porco, o veado com o veado; chifre com chifre, casco com casco... cada um com o seu, e assim ficou.

"Apenas o Primeiro dos Tigres não ficou conosco, porque ainda estava escondido nos pântanos do Norte, e quando ficou sabendo da Coisa que tínhamos visto na caverna, ele disse:

"— Verei a tal Coisa e quebrarei o pescoço dela.

"E então ele correu durante a noite inteira até chegar à caverna; mas as árvores e as vinhas em seu caminho, lembrando-se das ordens de Tha, baixaram seus galhos e o marcaram enquanto ele corria, riscando os dedos delas em suas costas, seus flancos, sua testa e em sua papada. Onde quer que elas encostassem, lá ficava uma marca e uma listra em sua pelugem amarela. E *as tais listras eles exibem até hoje!* Quando o Primeiro dos Tigres chegou na caverna, Medo, o Pelado, esticou a mão e o chamou:

"— O Listrado que vem durante a noite.

"E o Primeiro dos Tigres temeu o Pelado, e correu de volta para os pântanos, uivando."

Mogli riu baixinho nessa parte, o queixo dentro d'água.

— Tão alto gemeu que Tha o ouviu e disse:

"— Qual é o motivo de tanta tristeza?

"E o Primeiro dos Tigres, levantando o focinho para o céu recém-criado, e que agora é tão antigo, disse:

"— Devolva-me o meu poder, ó, Tha. Passo vergonha diante de toda a Selva e fugi de um Pelado, e ele me chamou de um nome vergonhoso.

"— E por quê? — disse Tha.

"— Porque estou manchado com a lama dos pântanos — disse o Primeiro dos Tigres.

"— Nade, então, e role na grama molhada, e se for lama, ela será lavada — disse Tha.

"E o Primeiro dos Tigres nadou e rolou e rolou sobre a grama, até a Selva girar e girar diante de seus olhos, mas nem uma só listra em toda a sua pele foi alterada, e Tha, observando-o, riu. Então o Primeiro dos Tigres disse:

"— O que eu fiz para que isso sobrevenha a mim?

"Tha respondeu:

"— Você matou o cervo, e soltou a Morte pela Selva, e com a Morte veio o Medo, de modo que os Povos da Selva temem uns aos outros, assim como você teme o Pelado.

"O Primeiro dos Tigres respondeu:

"— Eles não irão me temer, pois eu os conheço desde o começo.

"Tha disse:

"— Vá e veja por si mesmo.

"E o Primeiro dos Tigres correu para lá e para cá, chamando em voz alta o veado e o porco e o sambhur e o porco-espinho e a todos os Povos da Selva, e todos eles fugiram daquele que havia sido seu juiz, porque tinham medo.

"Então o Primeiro dos Tigres voltou, com seu orgulho despedaçado, e, batendo com a cabeça no chão, rasgou a terra com os pés e disse:

"— Lembre-se de que eu já fui o Mestre da Selva. Não se esqueça de mim, ó, Tha! Que os meus filhos se lembrem de que já fui honrado e sem medo!

"E Tha respondeu:

"— Isso eu farei, porque você e eu, juntos, vimos o nascer da Selva. Por uma noite em cada ano, será como antes de o cervo ser morto para você e os seus filhos. Em tal noite, se você se encontrar com o Pelado, e o nome dele é Homem, você não o temerá, mas ele terá medo de você, como se fosse juiz da Selva e mestre de todas as coisas. Seja misericordioso para com ele em sua noite de medo, porque você sabe muito bem o que é o Medo.

"Então o Primeiro dos Tigres respondeu:

"— Isso me agrada.

"Mas depois, quando foi beber, fitou as listras escuras em seu flanco e nas laterais de seu corpo, e lembrou-se do nome que o Pelado tinha dado a ele e encolerizou-se. Por um ano ele esperou nos pântanos até que Tha mantivesse a promessa. E, numa noite em que o Chacal da Lua [a Estrela D'alva] mostrou-se claro acima de toda a Selva, ele sentiu que aquela era a sua Noite e foi até a caverna para ter com o Pelado. E então aconteceu como Tha havia prometido, pois o Pelado caiu diante dele e se estirou no chão, o Primeiro dos Tigres o golpeou e partiu as costas dele, pois acreditava que só havia uma Coisa na Selva, e que assim tinha matado o Medo. Então, enquanto farejava sua caça, ouviu Tha voltando das florestas do Norte, e logo a voz do Primeiro dos Elefantes, que é a mesma voz que ouvimos agora..."

Trovões berravam nas colinas secas e marcadas, mas não traziam chuva — apenas calor — relâmpagos piscavam ao longo dos cumes. Hathi continuou:

— *Essa* foi a voz que ele ouviu, e ela dizia: É esta a tua misericórdia?

"O Primeiro dos Tigres lambeu os lábios e disse:

"— Que diferença faz? Eu matei o Medo.

"E Tha respondeu:

"— Ó, cego e tolo! Você desatou os pés da Morte, e ela seguirá o seu rastro até que morra. Você ensinou o Homem a matar.

"O Primeiro dos Tigres, congelado ao lado de sua vítima, disse:

"— Ele está como o gamo ficou. Não há Medo. Agora eu julgarei os Povos da Selva uma vez mais.

"E Tha respondeu:

"— Nunca mais virá o Povo da Selva ao seu encontro. Eles nunca mais irão cruzar a sua trilha, nem dormirão ao seu lado, nem seguirão a sua deixa, nem visitarão o seu lar. Apenas o Medo irá persegui-lo, e com um golpe que você não será capaz de ver, irá dominá-lo. Ele abrirá o chão sob os seus pés e fará vinhas se enrolarem em seu pescoço, e fará troncos de árvores se erguerem ao seu redor, mais altos do que você será capaz de saltar e, por fim, tomará a sua pele para cobrir os filhotes dele durante a geada. Você não demonstrou piedade a ele e nenhuma piedade será demonstrada a você.

"O Primeiro dos Tigres sentia-se muito ousado porque a Noite ainda era dele, e ele falou:

"— A Promessa de Tha é a Promessa de Tha. Ele não irá tomar a minha Noite?

"E Tha disse:

"— A Noite é sua, como falei, mas há um preço a ser pago. Você ensinou o Homem a matar, e ele aprende rápido.

"O Primeiro dos Tigres falou:

"— Cá está ele, sob os meus pés, de costas partidas. Que a Selva fique ciente de que eu matei o Medo.

"E Tha riu e falou:

"— Você matou um dentre muitos, mas você mesmo deverá contar à Selva... porque a sua Noite chegou ao fim.

"Então veio o dia; e da boca da caverna saiu mais um Pelado, e ele viu a morte no caminho, e o Primeiro dos Tigres acima dela, e tomou da vara afiada..."

— Eles agora lançam um negócio que corta — disse Ikki, descendo pela margem; pois Ikki era considerado um belo petisco pelos gondes (eles o chamavam de Ho-Igoo), logo, ele sabia algumas coisas sobre a machadinha gonde, que é capaz de voar por uma clareira feito libélula.

— Era uma vara pontiaguda, como as que eles colocam no fundo de uma armadilha — disse Hathi —, e jogando-a, atingiu o Primeiro dos Tigres profundamente no flanco. E a tudo sucedeu como Tha havia dito, pois o Primeiro dos Tigres correu uivando para cima e para baixo na Selva até conseguir arrancar o bastão, e toda a Selva ficou sabendo que o Pelado poderia atacar de longe, e o temeram ainda mais do que antes. E foi assim que aconteceu de o Primeiro dos Tigres ensinar o Pelado a matar, e vocês sabem o mal que isso causou a todos os nossos povos, por causa do laço, da armadilha, da armadilha escondida, do bastão voador e da mosca pungente que sai da fumaça branca [Hathi falava do rifle], e da Flor Vermelha, que nos empurra ao ar livre. No entanto, por uma noite no ano, o Pelado sente medo do Tigre, como Tha prometeu, e nunca o Tigre deu motivos a ele para temer menos. Onde o encontra, ali o mata, lembrando-se de como o Primeiro dos Tigres foi envergonhado. Quanto ao resto, o Medo caminha de um lado para o outro da Selva, dia e noite.

— Ahi! Aoo! — disse o veado, pensando em tudo o que isso significava para eles.

— E apenas na ocorrência de um grande Medo, como acontece no momento, é que nós, da Selva, somos capazes de colocar os nossos medinhos de lado e nos encontrarmos em um só lugar, como estamos fazendo.

— O Homem só teme o Tigre por uma noite? — perguntou Mogli.

— Apenas por uma noite — disse Hathi.

— Mas eu... mas nós... a Selva inteira sabe que Shere Khan mata Homens duas ou três vezes em uma lua.

— Mesmo assim. *Nestes momentos*, ele ataca pelas costas e vira a cabeça ao golpear porque sente muito medo. Se o Homem olhasse para ele, Shere Khan fugiria. Mas, na Noite dele, ele avança abertamente na vila. Caminha por entre as casas e enfia a cabeça nas entradas, e os homens se abaixam, e bem ali são mortos. Uma morte naquela Noite.

— Oh! — disse Mogli para si mesmo, rolando dentro da água. — *Agora* eu entendo por que Shere Khan me fez olhar para ele! Ele não teve sorte, porque não conseguiu manter os olhos firmes, e... e eu com certeza não caí aos pés dele. Mas, ora, eu não sou um homem, eu sou parte do Povo Livre.

— Hum! — disse Bagheera, no fundo de sua garganta peluda. — O Tigre sabe quando é a Noite dele?

— Nunca, não até que o Chacal da Lua se liberte da bruma noturna. De vez em quando calha de ser num verão quente e de vez em quando durante as chuvas... a tal Noite do Tigre. Mas, se não fosse o Primeiro dos Tigres, isso nunca teria acontecido, nenhum de nós teria conhecido o medo.

O veado resmungou, triste, e os lábios de Bagheera se curvaram num sorriso malvado.

— Os homens sabem... dessa história? — disse ele.

— Ninguém além dos tigres sabe disso, e nós, os elefantes... os filhos de Tha. Agora, vocês, perto da água, ouviram, e eu falei.

Hathi mergulhou a tromba no rio num sinal de que não queria mais falar.

— Mas... mas... mas... — disse Mogli, se virando para Baloo. — Por que o Primeiro dos Tigres não continuou a comer grama e folhas e árvores? Ele só quebrou o pescoço do gamo. Ele não *comeu*. O que o levou a comer carne quente?

— Ele foi marcado pelas árvores e pelos cipós, Irmãozinho, e eles o transformaram na coisa listrada que vemos hoje. Jamais comeria ele dos frutos delas; mas, daquele dia em diante, ele se vingou no veado e nos outros Comedores de Relva — disse Baloo.

— Então você conhecia a história, hein? Por que eu nunca a ouvi?

— Porque a Selva está cheia de histórias do tipo. Se eu começasse, jamais terminaria. Solte a minha orelha, Irmãozinho.

Só para que você tenha uma ideia do escopo da Lei da Selva, traduzi em versos (Baloo sempre os recitava numa espécie de cantoria) algumas das leis que se aplicam aos lobos. Existem, é claro, centenas e centenas mais, mas estas servirão como exemplos das decisões mais simples.

A Lei da Selva

Eis a Lei da Selva – velha e veraz feito céu
Prospera Lobo que a segue, mas perece quem a
quebra

Tal qual trepadeira no tronco, corre aqui, corre
acolá o mandamento nosso
O poder da Alcateia reside no Lobo, e o poder do
Lobo na Alcateia reside.
Limpeza do nariz à cauda é mister; beba no fundo,
mas nunca em demasia no fundo;
Aparta a noite pra tua caça, e guarda o dia pro
teu sono.
Ao chacal é permitida a rabeira do Tigre, mas,
Filhote, quando crescidos forem os teus bigodes
Atenta pro coração caçador do Lobo – buscai o
teu alimento.

Aos Senhores da Selva reserva a tua paz – Tigre,
Pantera, Urso;

Não incomodarás Hathi, o Silencioso, nem
zombarás do Javali recolhido no covil.
Se matilha avista matilha, e nenhuma sai da trilha
Repousa até que o líder fale – que prevaleça talvez
o palavreado.

Quando em disputa com um Lobo da Matilha,
aparta tu e ele para o longe de uma trilha,
Que outros não tomem parte da contenda e nem
seja o bando consumido pela guerra.

A Toca do Lobo é seu refúgio, e lá fez um lar
Não entrará um Lobo Chefe nem ao Conselho é
lícito se aproximar.

A Toca do Lobo é seu refúgio, mas sendo o escavo
muito raso
O Conselho deverá avisá-lo, e assim deve ele alterá-lo

Se o abate pretere a meia-noite, toma do sussurro e
não desperta o mundo aos uivos,
Para que não fujam das colheitas os cervos, e para
que os irmãos não partam em vão.

Matar por si próprio, pelos companheiros
e filhotes conforme for preciso, e a vocês
é permitido;

Mas que não seja pelo prazer de matar, e sete vezes
ouça que ao homem não matarás

Ao tomar o abate do mais fraco, não consuma tudo
por orgulho;
Ao mais cruel o despojo do bando; então abandona
ao tolo o crânio e o rabo.

O abate do bando é a carne do bando. Como onde
aprouver eis a lei;
E não é lícito que se leve carne ao covil, ou a
morte chegará.

A matança do lobo é a carne do lobo. Que faça ele
como quiser

Mas, até que permita ele, o bando não come
da mata.

Ao filhote é dado um ano. É lícito a ele tomar aquilo
que desejar de qualquer um
Tendo comido o assassino, que tome ele da goela se
quiser; e nenhum pedido será recusado.

O lar por direito é o direito da Mãe. De tudo pode
ela reivindicar
Um naco de cada caça alimenta sua ninhada, e a
ninguém é lícito recusá-la.
A caverna por direito é o direito do Pai – caça ele
sozinho
E se vê livre dos chamados da Alcateia; só o
Conselho pode julgá-lo.

Por sua idade e astúcia, por sua mordida
e pata,
Aquilo que a Lei não diz, torna Lei a palavra do
Chefe

Ouça as Leis da Selva, são muitas e são potentes;
São a cabeça e o casco da Lei, anca e corcunda

Obedeça!

O
avanço
5

da
selva

Vela-os, cubra-os, cerque-os –
Flor, trepadeira e erva daninha –
Esqueçamos a visão e o som,
O cheiro e o toque da raça!
Cinza gorda e negra junto à pedra do altar,
Eis a chuva de claros pés,
E crescem os campos não semeados,
E ninguém os assustará novamente;
E as paredes cegas desmoronam,
desconhecidas, derrubadas
E que não se habite novamente!

Você deve se lembrar de que, após a prega da pele de Shere Khan na Pedra do Conselho, Mogli falou a todos que restavam na Alcateia Seeonee que, dali em diante, caçaria sozinho na Selva; e os quatros filhos de Mãe e Pai Lobo responderam que caçariam com ele. Mas não é fácil mudar a vida de um minuto para o outro — especialmente na Selva. A primeira coisa que Mogli fez, quando a Alcateia desordenada se debandou, foi caminhar até a caverna e dormir por um dia e uma noite. Então contou a Mãe Lobo e Pai Lobo tudo que eles poderiam entender acerca de suas aventuras entre os homens; e, quando ele fez o sol matinal reluzir para cima e para baixo em sua lâmina de esfolar — a mesma que havia usado em Shere Khan —, eles responderam que ele tinha aprendido alguma coisa. Então, Akela e Irmão Cinzento precisaram explicar a parte deles na guiada dos búfalos pela ravina, e Baloo se aprochegou na colina para ouvir todos os detalhes, e Bagheera se coçou de puro deleite pela forma como Mogli lidou com sua guerra.

O nascer do sol já tinha passado havia muito, mas ninguém nem sonhava em dormir e, de vez em quando, durante a conversa, Mãe Lobo jogava a cabeça para trás e fungava fundo de satisfação quando o vento trazia o cheiro da pele de tigre na Pedra do Conselho.

— Mas, sem Akela e Irmão Cinzento aqui — Mogli falou, no fim —, eu não poderia ter feito nada. Ó, mãe, mãe! Se você tivesse visto os touros pretos descendo a ravina, ou correndo pelos portões enquanto a Alcateia de Homens atirava pedras em mim!

— Fico contente por não ter visto a última parte — disse Mãe Lobo, enrijecida. — Não é do *meu* feitio ver meus filhotes sendo jogados de um lado para o outro que nem chacais. *Eu* teria cobrado um preço da Alcateia de Homens; mas eu teria poupado a mulher que te deu leite. Sim, eu teria poupado somente a ela.

— Paz, Raksha, paz! — disse Pai Lobo, preguiçoso. — A nossa Rã voltou... tão sábio que o próprio pai precisa lamber seus pés; e que diferença faz um corte a mais ou a menos na cabeça? Deixe os Homens em paz.

Baloo e Bagheera ecoaram:

— Deixe os Homens em paz.

Mogli, a cabeça apoiada no flanco de Mãe Lobo, sorriu contente e falou que, por sua vez, ele nunca mais queria ver ou ouvir falar ou sentir o cheiro dos Homens outra vez.

— Mas e se — disse Akela, inclinando uma orelha —, mas e se os homens não te deixarem em paz, Irmãozinho?

— Somos *cinco* — disse Irmão Cinzento, olhando ao redor para a companhia e batendo as mandíbulas na última palavra.

— Nós também participaríamos de tal caçada — disse Bagheera, com uma sacudidela do rabo, olhando para Baloo. — Mas por que pensar em Homens agora, Akela?

— Por este motivo — o Lobo Solitário respondeu: — Quando a pele daquele salafrário amarelo foi pendurada na pedra, eu voltei pela nossa trilha até a aldeia pisando nas minhas pegadas, me virando e me deitando para confundir a trilha caso alguém nos seguisse. Mas quando confundi a trilha a tal ponto que eu mesmo mal a conhecia, Mang, o Morcego, veio num rasante por entre as árvores e se dependurou acima de mim. Disse Mang: "A aldeia dos Homens, de onde expulsaram o Filhote de Homem, está zumbindo que nem um ninho de vespas".

— Foi por causa de uma pedra que eu atirei — riu Mogli, que costumava se divertir atirando mamões maduros em ninhos de vespas e depois correndo até a lagoa mais próxima antes que elas o alcançassem.

— Perguntei o que Mang tinha visto. Ele falou que a Flor Vermelha florescia no portão da vila, e os homens carregavam armas. Ora, *eu* sei muito bem — Akela baixou o olhar para as velhas cicatrizes em seu flanco e nas laterais — que os homens não carregam armas por prazer. Neste momento, Irmãozinho, um homem armado procura a nossa trilha... se, em verdade, já não estiver nela.

— Por que estaria ele? Os Homens me expulsaram. Do que mais precisam? — disse Mogli, irritado.

— Você é um homem, Irmãozinho — Akela devolveu. — Não cabe a *nós*, os Caçadores Livres, dizer o motivo pelo qual os seus semelhantes fazem ou deixam de fazer alguma coisa.

Ele mal teve tempo de levantar a pata quando a faca de esfolar cortou profundamente o solo onde ela estivera. Mogli atacou mais rápido do que um olho humano comum poderia seguir, mas Akela era um lobo; e mesmo um cachorro, que está muito distante do lobo selvagem, seu ancestral, pode ser despertado de um sono profundo por uma roda de carroça tocando seu flanco, e é capaz de saltar ileso antes que a roda passe por cima dele.

— Da próxima vez — disse Mogli calmamente, devolvendo a faca à bainha —, fale da Alcateia de Homens e de Mogli em dois fôlegos… não em um.

— Uff! Que dente afiado — disse Akela, cheirando o corte da lâmina no chão —, mas morar com a Alcateia de Homens estragou o seu olhar, Irmãozinho. Eu poderia ter matado um cervo enquanto você atacava.

Bagheera ficou de pé, ergueu a cabeça o máximo possível e enrijeceu cada curva do corpo. Irmão Cinzento seguiu o exemplo dele rapidamente, mantendo-se um pouco à esquerda para catar o vento que vinha da direita, enquanto Akela avançava uns cinquenta metros na direção do vento, meio agachado, endurecido também. Mogli olhou cheio de inveja. Conseguia farejar como poucos humanos, mas nunca tinha adquirido a sensibilidade prodigiosa do nariz da Selva; e seus três meses na vila esfumaçada o tinham atrasado bastante. No entanto, ele umedeceu os dedos, esfregou no nariz e se levantou para capturar o aroma mais no alto, que, embora seja o mais fraco, é o mais verdadeiro.

— Homem! — Akela rosnou, baixando sobre as patas.

— Buldeo! — disse Mogli, sentando-se. — Ele está seguindo nossa trilha, e lá está o brilho do sol em sua arma. Olhem!

Não foi mais do que um respingo de luz do sol nas pinças de latão do velho mosquete Tower, que durou uma fração de segundo, mas nada na Selva piscava como aquele clarão, exceto quando as nuvens corriam sobre o céu. Nessas horas, qualquer pedaço de mica, ou pocinha, ou mesmo uma folha bem polida brilha feito heliografia. Mas aquele dia estava parado e sem nuvens.

— Eu sabia que os homens viriam — disse Akela, triunfante. — Não sem motivos eu liderei a Alcateia.

Os quatro filhotes não disseram nada, mas foram colina abaixo rastejando sobre a barriga, fundindo-se aos espinhos e às relvas como se fossem toupeiras num gramado.

— Para onde vão, sem dizer nada? — Mogli chamou.

— Pssiu. Rolaremos o esqueleto dele até aqui antes do meio-dia! — Irmão Cinzento respondeu.

— Voltem, voltem e esperem! Homem não come Homem! — gritou Mogli.

— Quem era um lobo até agora há pouco? Quem atirou uma faca contra mim por pensar que ele poderia ser um Homem? — disse Akela, quando os quatro lobos se viraram carrancudos e se ajoelharam.

— Eu preciso ficar me explicando por todas as minhas escolhas? — disse Mogli furiosamente.

— Isso é um Homem! Assim fala um Homem! — murmurou Bagheera sob os bigodes. — Assim falavam os homens ao redor das gaiolas do Rei, em Oodeypore.

Nós, da Selva, sabemos que o Homem é o mais sábio dentre todos. Mas, se confiássemos em nossos ouvidos, saberíamos também que, dentre todas as coisas, ele é o mais tolo. — Erguendo a voz, acrescentou: — O Filhote de Homem tem razão neste ponto. O Homem caça em bandos. Matar um, a menos que saibamos o que os outros farão, é uma caçada ruim. Venham, vejamos quais são as intenções deste Homem em relação a nós.

— Não iremos — Irmão Cinzento rosnou. — Cace sozinho. *Nós* sabemos pensar por nós mesmos. O esqueleto já estaria pronto para ser trazido a essa altura.

Mogli olhava para cada um de seus amigos, com o peito arfante e os olhos cheios de lágrimas. Avançou para os lobos e, caindo de joelhos, disse:

— E eu não sei pensar por mim? Olhem para mim!

Eles olharam inquietos, e, quando seus olhos vagavam, ele os chamava de volta repetidamente até que seus pelos se arrepiassem por todo o corpo e todos os membros deles tremessem enquanto Mogli os encarava sem parar.

— Ora — disse ele —, entre nós cinco, quem é o líder?

— Você é o líder, Irmãozinho — disse Irmão Cinzento, e lambeu o pé de Mogli.

— Sigam-me, então — disse Mogli, e os quatro foram em seu encalço com o rabo entre as pernas.

— Isso é coisa de ter vivido entre a Alcateia de Homens — disse Bagheera, deslizando atrás deles. — Agora, aqui na Selva, existe algo para além da Lei da Selva, Baloo.

O velho urso não disse nada, mas pensou muitas coisas.

Mogli avançou silenciosamente pela Selva, nos ângulos corretos da trilha de Buldeo, até que, abrindo caminho lá embaixo, viu o velho, mosquete no ombro, correndo pela trilha da noite anterior num trote de cão.

Você deve se lembrar de que Mogli tinha saído da aldeia com o fardo pesado da pele crua de Shere Khan em seus ombros, enquanto Akela e Irmão Cinzento trotavam atrás dele para que a trilha tripla ficasse bem marcada. Neste momento, Buldeo chegou no ponto em que Akela, como você bem sabe, tinha voltado e misturado tudo. Então ele se sentou, tossiu e grunhiu, e fez pequenas incursões na Selva para reencontrar a trilha e, durante todo aquele tempo, poderia ter acertado uma pedra naqueles que o observavam. Ninguém consegue ser tão silencioso quanto um lobo que não quer ser ouvido; e Mogli, embora os lobos achassem que ele se movia muito desajeitadamente, era capaz de ir e vir feito uma sombra. Eles cercaram o velho como um cardume de botos cerca um navio a toda velocidade e, enquanto o faziam, conversavam despreocupadamente, pois a fala deles ficava abaixo da extremidade mais baixa da escala que seres humanos não treinados conseguem ouvir. [A outra extremidade é delimitada pelo guincho agudo de Mang, o Morcego, que muitas pessoas não conseguem captar. A partir dessa nota começa toda a conversa dos pássaros, morcegos e insetos.]

— Isso é melhor do que qualquer abate — disse Irmão Cinzento, à medida que Buldeo se inclinava, espiava e bufava. — Ele parece um porco perdido nas selvas à beira do rio. O que está dizendo?

Buldeo murmurava ferozmente.

Mogli traduziu:

— Está dizendo que Alcateias de lobos devem ter dançado ao meu redor. Está dizendo que nunca viu uma trilha assim em toda a vida. Diz que está cansado.

— Ele terá descansado antes de continuar — disse Bagheera calmamente, enquanto circundava um tronco naquele jogo de cabra-cega que estavam jogando. — O que a coisa esguia está fazendo *agora*?

— Comendo ou soprando fumaça da boca. Os homens estão sempre brincando com a boca deles — disse Mogli; e os rastreadores silenciosos viram o velho encher e acender e tragar um narguilé, e guardaram bem o cheiro do tabaco, para que, se fosse necessário, pudessem reconhecer Buldeo no mais profundo breu.

Então, um grupinho de carvoeiros veio descendo pela trilha e, naturalmente, parou para conversar com Buldeo, cuja fama de caçador se estendia por pelo menos trinta quilômetros ao redor. Todos se sentaram e fumaram, e Bagheera e os outros se aproximaram e observaram enquanto Buldeo contava a história de Mogli, o menino-diabo, de ponta a ponta, com acréscimos e invenções. Contou como ele, Buldeo, tinha matado Shere Khan; e como Mogli se transformou em um lobo e lutou contra ele durante uma tarde inteira, e depois se transformou em menino novamente e enfeitiçou o rifle de Buldeo, de modo que a bala fez uma curva, quando atirada na direção de Mogli, e matou um dos próprios búfalos de Buldeo; e como a aldeia, sabendo que ele era o caçador mais corajoso de Seeonee, o tinha enviado para matar esse filho do diabo.

Nesse meio-tempo, a aldeia tinha capturado Messua e seu marido, que eram, sem dúvida alguma, o pai e a mãe dessa criança do diabo, e os prendera em sua própria cabana, e logo iria torturá-los para fazê-los confessar que eram bruxos e bruxas, e então seriam queimados até a morte.

— Quando? — perguntaram os carvoeiros, porque gostariam muito de estar presentes na cerimônia.

Buldeo respondeu que nada aconteceria até que ele voltasse, porque a aldeia queria que, primeiro, ele matasse o Menino da Selva. Depois disso eles se livrariam de Messua e do marido dela, e dividiriam as terras e os búfalos deles entre os aldeões. O marido de Messua possuía também alguns búfalos para lá de excelentes. Destruir bruxos era uma coisa muito boa, segundo Buldeo; e gente que recebia crianças-Lobos saídas da Selva eram, claramente, os piores tipos de bruxos.

Mas, disseram os carvoeiros, o que aconteceria se os ingleses ficassem sabendo disso? Os ingleses, tinham ouvido dizer, eram completamente malucos, e não permitiriam que fazendeiros de bem matassem bruxos em paz.

Ora, respondeu Buldeo, o chefe da aldeia diria que Messua e o marido tinham morrido por causa de picadas de cobra. *Tudo* isso já tinha sido combinado e a única coisa que faltava era matar o menino-lobo. Eles, por acaso, não teriam visto nada que tivesse a ver com tal criatura?

Os carvoeiros olharam ao redor, cheios de cautela, e agradeceram às estrelas por não terem visto nada; mas não tinham dúvida de que, se tinha alguém que pudesse encontrá-lo, seria um homem corajoso feito Buldeo. O sol estava baixando e eles tiveram a ideia de ir até a aldeia de

Buldeo para ver a tal bruxa má. Buldeo respondeu que, ainda que fosse o dever dele matar a criança-Demônio, não poderia deixar que um grupo de homens desarmados atravessasse a Selva, que poderia plasmar o demônio-Lobo diante deles a qualquer momento, caso o caçador não estivesse junto. Ele, portanto, os acompanharia, e se a criança feiticeira aparecesse — bem, ele mostraria ao menino como o melhor caçador de Seeonee lidava com aquele tipo de coisa. O sacerdote, disse ele, tinha dado a ele um amuleto contra a criatura que tornava tudo muito seguro.

— O que ele está dizendo? O que ele está dizendo? O que ele está dizendo?

Os lobos repetiam isso a cada poucos minutos; e Mogli foi traduzindo até chegar na parte da história que falava sobre a bruxa, o que fugia um pouco de sua compreensão, e falou que o homem e a mulher que tinham sido tão gentis com ele estavam presos numa armadilha.

— E Homem pode colocar outro Homem em armadilhas? — perguntou Bagheera.

— Assim ele diz. Não consegui entender a conversa. Um bando de loucos, é o que são. O que tem Messua e o marido dela a ver comigo para que sejam colocados numa armadilha; e que conversa toda é essa de Flor Vermelha? Preciso averiguar isso. Seja lá o que for que vão fazer com Messua, não farão até que Buldeo volte. E então…

Mogli pensou bastante, com os dedos brincando ao redor do cabo da faca de esfolar, enquanto Buldeo e os carvoeiros andavam, valentes, numa fila única.

— Hei de voltar com a ventania nos pés até a Alcateia de Homens — Mogli, por fim, disse.

— E aqueles outros? — perguntou Irmão Cinzento, olhando esfomeado para as costas marrons dos carvoeiros.

— Acompanhe-os com uma canção — falou Mogli, sorrindo. — Não quero que cheguem nos portões da aldeia até que esteja escuro. Você consegue enrolá-los?

Irmão Cinzento arreganhou os dentes com desdém.

— Podemos fazê-los dar voltas e voltas que nem bodes grudados correndo em círculos... se conheço bem os Homens.

— Disso eu não preciso. Cante um pouco para eles, não quero que se sintam sozinhos na estrada. E, Irmão Cinzento, a canção não precisa ser do tipo suave. Vá com eles, Bagheera, e os ajude com a canção. Quando o breu abocanhar, encontrem-se comigo perto da aldeia... Irmão Cinzento conhece o lugar.

— Trabalhar para o Filhote de Homem não é coisa pouca. Quando irei dormir? — disse Bagheera, bocejando, embora seus olhos mostrassem que estava se deliciando com o entretenimento. — Eu, cantando para homens pelados! Tentemos, então.

Ele baixou a cabeça, para que o som viajasse, e soltou um longo, longo uivo de "Boa Caçada" — um chamado da meia-noite em plena tarde, o que já era bem terrível, para começo de conversa. Mogli o ouviu ribombar, e subir, e descer, e morrer numa espécie de guincho assustador atrás de si, e riu consigo mesmo enquanto corria pela Selva. Ele conseguia enxergar os carvoeiros embolados em um nó; a velha arma de Buldeo tremendo feito folha de bananeira, para todos os rumos da bússola ao mesmo tempo. Então, Irmão Cinzento soltou o chamado Ya-la-hi! Yalaha!, que é usado para guiar os cervos quando a Alcateia guia as nilgó, as grandes vacas azuis, diante deles, e o som parecia vir das entranhas mais profundas da terra, mais perto e mais perto e mais perto, até acabar num tipo de grito com mordida. Os outros três responderam, e até mesmo Mogli era capaz de jurar que a Alcateia inteira estava em uníssono, e todos começaram a esplendorosa Canção da Manhã, com todas as viradas, floreios e notas fortes que um lobo de fala grossa da Alcateia conhece. Aqui está uma versão tosca da canção, mas você precisa imaginar como ela soa ao partir a tarde silenciosa da Selva:

Hora atrás não pendia de nossos corpos
Sombras pela planície;
Agora, segue a nossa trilha em pretume,
E corremos nós de volta pra casa.
Na calada manhã se ergue cada rocha,
  graveto
Bem no alto e bem duro, bem cru:
Solte então o teu Chamado: "Bom
  descanso
Aos que seguem a Lei da Selva!"

Agora unidos, pele e chifre
Nos antros escondidos;
Agora, agachados e quietos, rumo a
  caverna e colina
Rumam os Barões da Selva.
Agora, fortes e firmes, laboram os bois
  do Homem,
Repuxando os arados há pouco fatiados;
Agora, em despojado pavor, eis a
  vermelha aurora

Acima do descampo iluminado.
Êia! Volta pra casa! O sol alumia
Por detrás da grama que respira:
E rachando o bambu rebento
Corre o suspiro do aviso.
Pelo dia que se estranha, vagamos
E avaliamos a floresta com
olhos brilhantes;
Enquanto gritam os patos selvagens
sob os céus
"O Dia... o Dia do Homem!"

O orvalho que empapava nossos pelos
Evaporou ou foi levado embora;
E lá onde bebíamos, à margem da poça
Bem ágil se torna argila.
O Escuro traidor entrega cada listra
De garra despontada ou coberta;
Pois que ouça o Chamado: "Bom
descanso a todos
Que seguem a Lei da Selva!"

Mas tradução nenhuma é capaz de transmitir o efeito disso, ou o deboche gritado que os Quatro afivelaram em cada palavra daquilo, enquanto ouviam as árvores batendo quando os homens rapidamente subiram nos galhos, e Buldeo começou a repetir encantamentos e simpatias. Então, deitaram-se e dormiram, porque, tal como todos aqueles que vivem de suas atividades, eram metódicos de pensamento; e ninguém trabalha direito sem dormir.

Enquanto isso, Mogli colocava quilômetros atrás de si, quatorze a cada hora, gingando, deliciado em se ver tão capaz após os vários meses aprisionado entre os homens. A única ideia em sua cabeça era tirar Messua e o marido dela da armadilha, fosse qual fosse; porque ele tinha uma desconfiança natural de armadilhas. Mais tarde, ele prometeu a si mesmo, cobraria da aldeia inteira seu pagamento.

Já era crepúsculo quando viu os bem conhecidos pastos, e a árvore dhak onde Irmão Lobo esperara por ele na manhã em que matou Shere Khan. Raivoso como estava de toda a corja e comunidade dos Homens, algo subiu por sua garganta e o fez engolir ar quando viu os telhados da vila. Notou que todos tinham voltado mais cedo do que o normal dos pastos, e que, em vez de tratarem do preparo da janta, estavam reunidos sob a árvore da aldeia, e conversavam e gritavam.

— Os homens estão sempre criando armadilhas para os homens, caso contrário não se sentem felizes — disse Mogli. — Numa outra noite a armadilha foi para Mogli... mas aquela noite já parece tão distante, tantas Chuvas atrás. A de hoje é para Messua e o homem dela.

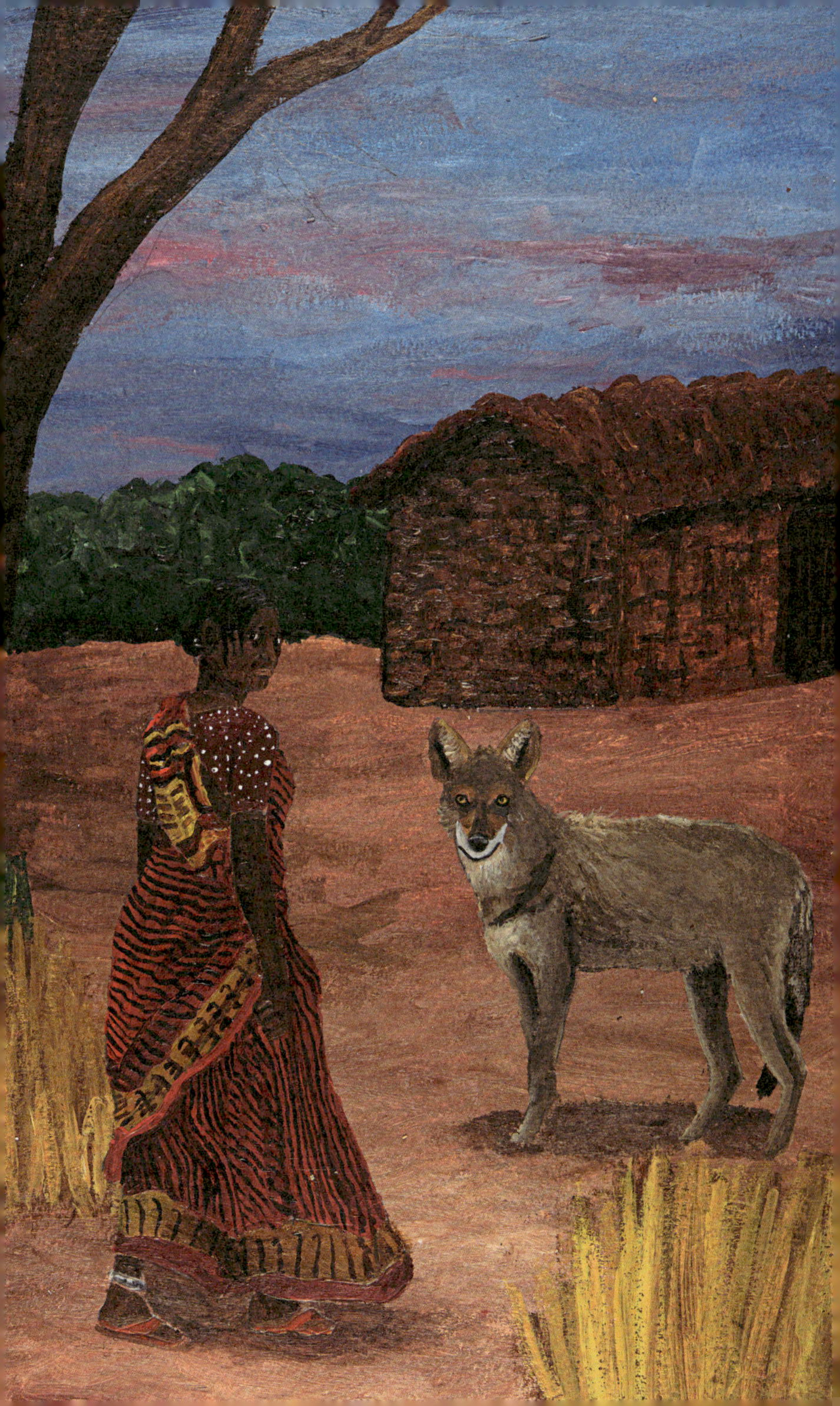

Amanhã, e por muitas outras noites depois, será a vez de Mogli novamente.

Ele rastejou ao redor da parede externa até chegar à cabana de Messua e olhou pela janela, quarto adentro. Lá jazia Messua, amordaçada e com os pés e mãos amarrados, respirando com dificuldade e gemendo: seu marido estava amarrado à cabeceira da cama pintada de cores vivas. A porta da cabana, que dava para a rua, se via bem fechada, e três ou quatro pessoas estavam sentadas de costas para ela.

Mogli conhecia os costumes e modos dos aldeões muito bem. Ele pensava que, desde que pudessem comer, e falar, e fumar, eles não fariam mais nada; mas assim que estivessem alimentados, eles se tornariam perigosos. Buldeo não demoraria a chegar e, se os companheiros de Mogli tivessem feito a parte deles, Buldeo teria uma história muito interessante para contar. Então Mogli entrou pela janela e, pairando sobre o homem e a mulher, cortou as amarras deles, removendo as mordaças, e circulou pela cabana em busca de um pouco de leite.

Messua estava meio enlouquecida de dor e medo (ela tinha apanhado e sido apedrejada durante toda a manhã), e Mogli colocou a mão em cima da boca dela bem a tempo de conter um grito. O marido dela estava apenas atordoado e furioso, e sentou-se, removendo poeira e coisinhas de sua barba estragada.

— Eu sabia... eu sabia que ele viria — Messua chorou por fim. — Agora eu *sei* que ele é meu filho!

E ela abraçou Mogli junto ao coração. Até aquele momento, Mogli tinha se mantido perfeitamente firme, mas aí ele começou a se tremer todo, e isso o surpreendeu imensamente.

— Qual é o motivo dessas mordaças? Por que amarraram vocês? — perguntou ele, depois de uma pausa.

— Para sermos mortos por tomarmos você como filho... por que mais? — disse o homem, mal-humorado. — Olha! Estou sangrando.

Messua não falou nada, mas foi para os ferimentos dela que Mogli olhou, e eles o ouviram ranger os dentes ao ver o sangue.

— Quem fez isso? — disse ele. — Há um preço a ser pago.

— Foi coisa da aldeia toda. Eu era rico demais. Eu tinha muito gado. *Logo*, ela e eu somos feiticeiros, porque demos abrigo a você.

— Eu não compreendo. Permita que Messua conte a história.

— Eu te dei leite, Nathoo; você não se lembra? — Messua falou timidamente. — Porque você era o meu filho, a quem o tigre levou, e porque eu muito te amei. Eles disseram que eu era a sua mãe, a mãe do diabo, e, por isso, mereço a morte.

— E o que é um diabo? — disse Mogli. — A Morte eu já vi.

O homem olhou para o alto de forma séria, mas Messua riu.

— Está vendo? — disse ela ao marido. — Eu sabia... eu disse que ele não era um feiticeiro. Ele é o meu filho... meu filho!

— Filho ou feiticeiro, que bem isso nos faz? — o homem respondeu. — Já estamos praticamente mortos.

— Adiante está a estrada para a Selva. — Mogli apontou pela janela. — Suas mãos e pés estão livres. Vá, agora.

— Não conhecemos a Selva, meu filho, como... como você a conhece — começou Messua. — Eu não acho que conseguiria ir longe.

— E os homens e mulheres nos encontrariam e nos arrastariam até aqui de novo — falou o marido.

— Hum! — disse Mogli, e tocou na palma da própria mão com a ponta de sua faca de esfolar. — Eu não desejo causar mal a ninguém nesta aldeia... *ainda*. Mas não acho que eles irão barrar vocês. Daqui a pouco eles terão muito mais no que pensar. Ah! — Ele ergueu a cabeça e ouviu a gritaria e os pulos do lado de fora. — Então eles deixaram que Buldeo voltasse para casa?

— Ele foi mandado hoje de manhã para te matar — chorou Messua. — Você se encontrou com ele?

— Sim... nós... eu me encontrei com ele. Ele tem uma bela história para contar e, enquanto estiver contando, há tempo para muita coisa ser feita. Mas primeiro quero saber o que eles farão. Pensem para onde vocês querem ir e me digam quando eu voltar.

Ele se espremeu pela janela e correu novamente para além do muro da aldeia, até ficar a uma distância boa para ouvir a multidão ao redor da figueira. Buldeo estava deitado no chão, tossindo e gemendo, e todos faziam perguntas a ele. O cabelo dele tinha caído sobre os ombros; as mãos e as pernas estavam esfoladas por ter subido em árvores, e ele mal conseguia falar, mas sentia muito bem a importância de sua posição naquele momento. De tempos em tempos, dizia alguma coisa sobre demônios e demônios cantantes, e encantamento mágico, só para dar ao povo um gostinho do que estava por vir. Então, pediu água.

— Ah! — disse Mogli. — Papo furado... papo furado! Falação, falação! Os Homens são irmãos de sangue dos Bandar-log. Agora ele precisa lavar a boca com água; agora ele precisa soprar fumaça; e, quando tudo isso acabar, ele ainda precisa contar a história dele. Eles são muito espertos... homens. Eles não irão deixar ninguém para trás vigiando Messua até que os ouvidos deles estejam empanturrados com as histórias de Buldeo. E... eu estou começando a ficar preguiçoso que nem eles!

Ele se sacudiu e correu de volta para a cabana. Assim que chegou na janela, sentiu um toque em seu pé.

— Mãe — disse ele, porque o toque daquela língua ele conhecia bem. — O que *você* está fazendo aqui?

— Ouvi meus filhos cantando pela floresta e segui aquele que eu mais amava. Rãzinha, desejo ver a mulher que te deu leite — disse Mãe Lobo, toda recoberta em orvalho.

— Ela foi amarrada e eles planejam matá-la. Eu cortei as amarras e ela fugirá pela Selva com o marido.

— Eu irei com eles. Estou velha, mas não estou desdentada.

Mãe Lobo empinou-se e olhou pela janela, para dentro da cabana escura.

Em um minuto ela se abaixou silenciosamente, e tudo que disse foi:

— Eu te dei o seu primeiro leite; mas Bagheera estava falando a verdade: o Homem volta para o Homem no fim.

— Talvez — disse Mogli, com uma expressão de desagrado no rosto. — Mas hoje eu me encontro bem longe dessa estrada. Espere aqui, mas não deixe que ela veja.

— *Você* nunca me temeu, Rãzinha — disse Mãe Lobo, voltando para a grama alta e sumindo, como ela sabia fazer.

— E agora — disse Mogli, alegre, entrando na cabana outra vez — estão lá todos ao redor de Buldeo, que conta os fatos que não aconteceram. Quando o falatório dele terminar, eles dizem que virão aqui, de certeza, com a Flor... com fogo e queimarão vocês. E então?

— Eu conversei com o meu homem — disse Messua. — Khanhiwara fica a cinquenta quilômetros daqui, mas lá em Khanhiwara pode ser que encontremos os ingleses...

— E que Alcateia é essa? — disse Mogli.

— Não sei. Eles são brancos, e é dito que governam a terra inteira, e não aceitam que pessoas sejam queimadas ou castigadas sem testemunhas. Se conseguirmos fugir esta noite, viveremos. Caso contrário, morreremos.

— Permaneçam vivos, então. Homem nenhum irá cruzar os portões esta noite. Mas o que *ele* está fazendo?

O marido de Messua estava apoiado nas mãos e joelhos, escavando a terra no canto da cabana.

— É o dinheirinho dele — disse Messua. — Não podemos levar mais nada.

— Ah, sim. O negócio que passa de uma mão para outra e nunca esquenta. Isso também é necessário fora daqui? — perguntou Mogli.

O homem o encarou furioso.

— Ele é um tolo, e não um demônio — murmurou. — Com dinheiro eu posso comprar um cavalo. Estamos machucados demais para andar muito, e a aldeia irá nos alcançar em uma hora.

— Eu digo que eles *não* irão segui-los até que eu permita; mas um cavalo é uma boa ideia, porque Messua está cansada.

O marido dela se levantou e amarrou a última rupia em sua cintura. Mogli ajudou Messua a passar pela janela, e o ar frio da noite a reviveu, mas a Selva sob a luz das estrelas parecia escura e terrível.

— Vocês sabem qual é o caminho para Khanhiwara? — Mogli sussurrou.

Eles assentiram.

— Bom. Lembrem-se: não temam. E não precisam ter pressa. Apenas... apenas saibam que pode haver uma cantoria Selva afora, atrás e adiante.

— Você acha que iríamos nos arriscar a passar uma noite na Selva por algo menos do que o medo de morrer queimados? É melhor ser morto por feras do que por homens — disse o marido de Messua; mas a mulher olhou para Mogli e sorriu.

— Estou dizendo... — Mogli continuou, como se fosse Baloo repetindo uma antiga Lei da Selva pela centésima vez a um filho idiota. — Estou dizendo que nenhum dente na Selva está arreganhado contra vocês. Nenhum homem, nenhuma fera poderá detê-los até que estejam perto de Khanhiwara. Alguém irá vigiá-los pelo caminho. — Ele virou-se rapidamente para Messua, dizendo. — *Ele* não acredita, mas você acredita em mim?

— Ah, com certeza, meu filho. Homem, fantasma ou lobo da Selva, eu acredito.

— *Ele* ficará com medo quando ouvir meu povo a cantar. Você saberá e compreenderá. Vá, agora, e devagar, porque não é preciso ter pressa alguma. Os portões estão fechados.

Messua se jogou chorando aos pés de Mogli, mas ele a ergueu rapidamente com um tremor. Então, ela se pendurou no pescoço dele e o chamou por todos os nomes bentos nos quais conseguia pensar, mas o marido dela olhou invejoso para além dos campos e falou:

— *Se* chegarmos em Khanhiwara, e eu for ouvido pelos ingleses, darei entrada num processo tão grande contra o sacerdote, o velho Buldeo e os outros que vou roer até os ossos da aldeia. Eles vão me pagar dobrado por deixar minhas colheitas e os meus búfalos passando fome. A justiça será feita.

Mogli riu.

— Eu não sei o que é justiça, mas... volte nas próximas Chuvas e veja o que sobrou.

Eles correram na direção da Selva, e Mãe Lobo saltou de seu esconderijo.

— Siga-os! — disse Mogli. — E vigie para que toda a Selva mantenha aqueles dois em segurança. Compartilhe a palavra. Eu chamaria Bagheera também.

Um longo, longo uivo subiu e desceu, e Mogli viu o marido de Messua estremecer e se virar, quase decidido a correr de volta para a cabana.

— Continue — Mogli falou alegremente. — Eu falei que poderia haver um pouco de cantoria. O chamado irá acompanhá-los até Khanhiwara. É o Favor da Selva.

Messua impeliu o marido adiante, e a escuridão pousou sobre eles e Mãe Lobo no momento em que Bagheera se ergueu de quase debaixo dos pés de Mogli, tremendo com deleite por causa do tipo de noite que enlouquece o Povo da Selva.

— Eu me envergonho dos seus irmãos — disse ele, ronronando.

— Como assim? Eles não cantaram belamente para Buldeo? — indagou Mogli.

— Bem demais! Bem demais! Eles fizeram com que até mesmo *eu* me esquecesse do meu orgulho e, em nome do Cadeado Quebrado que me libertou, eu saí cantando pela Selva como se estivesse cortejando durante a primavera! Você não nos ouviu?

— Eu tinha outras preocupações. Pergunte a Buldeo se ele gostou da canção. Mas onde estão os quatro? Eu não quero que ninguém da Alcateia de Homens atravesse os portões esta noite.

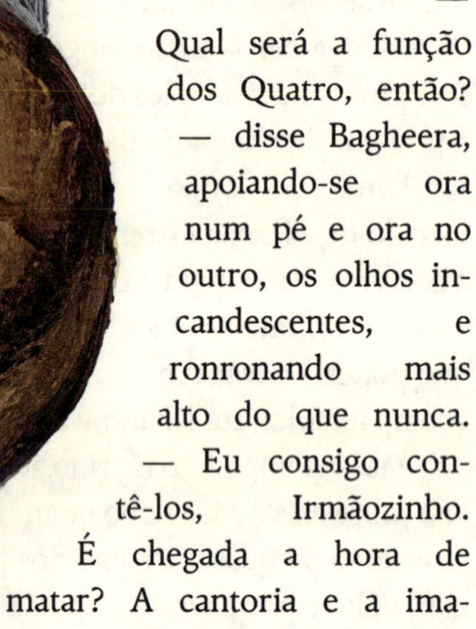

— Qual será a função dos Quatro, então? — disse Bagheera, apoiando-se ora num pé e ora no outro, os olhos incandescentes, e ronronando mais alto do que nunca. — Eu consigo contê-los, Irmãozinho. É chegada a hora de matar? A cantoria e a imagem de homens subindo em árvores me deixaram muito animado. O que é o Homem para que nos importemos com ele? Um cavouqueiro marrom e pelado, sem pelos e desdentado, devorador da terra? Eu o segui durante um dia todo, ao meio-dia, sob a luz branca. Eu o guiei como os lobos guiam o gamo. Eu sou Bagheera! Bagheera! Bagheera! Tal como danço com a minha sombra, assim dancei com aqueles homens. Veja!

A grande pantera saltou como um gato salta numa folha seca que gira acima de sua cabeça, golpeou à esquerda e à direita no ar vazio, que cantou ao ser golpeado, pousou silenciosamente e saltou de novo e de novo, enquanto o meio ronronado, meio rosnado ia se encorpando que nem vapor numa caldeira.

— Eu sou Bagheera, na Selva, noite adentro, e a minha força reside em mim. Quem pode conter o meu golpe? Filhote de Homem, com um voleio da minha pata eu poderia esmagar sua cabeça como se fosse uma rã morta no meio do verão!

— Bata, então! — disse Mogli, usando o dialeto da aldeia, *não* a fala da Selva, e as palavras humanas fizeram Bagheera se deter por completo, apoiado em patas traseiras que tremiam debaixo dele, a cabeça no mesmo nível que a de Mogli.

Uma vez mais Mogli encarou, tal como havia encarado os filhotes rebeldes, bem no fundo dos olhos verde-berilo, até que a vermelhidão por trás deles se apagasse que nem o brilho de um farol sumindo trinta quilômetros mar adentro; até que os olhos baixassem, e a cabeçorra fosse junto, caindo cada vez mais, e a aspereza rubra de uma língua lixasse a sola do pé de Mogli.

— Irmão... Irmão... Irmão! — o menino sussurrou, acariciando a pantera de modo firme e leve, indo do pescoço até as costas arqueadas. — Fique quieto, fique quieto! A culpa é da noite, e não sua.

— Foram os aromas da noite — disse Bagheera, penitente. — O ar grita para mim. Mas como *você* sabe disso?

Claro que o ar que circunda uma vila indiana é repleto de todos os tipos de cheiro, e, para qualquer criatura que obtém quase todos os pensamentos através do nariz, os aromas são tão enlouquecedores quanto música e drogas são para seres humanos. Mogli acariciou a pantera por mais alguns minutos, e ela se deitou que nem um gato diante do fogo, as patas aninhadas sob o peito e os olhos semicerrados.

— Você é da Selva e também *não* é da Selva — disse ele por fim. — E eu sou apenas uma pantera negra. Mas eu te amo, Irmãozinho.

— Eles se alongam demais na conversa debaixo da árvore — disse Mogli, sem notar a última frase. — Buldeo deve ter contado muitas histórias. Em breve virão para arrastar a mulher e o homem dela para fora da armadilha e colocá-los dentro da Flor Vermelha. E aí encontrarão a armadilha quebrada. Ha! Ha!

— Olha, escute — disse Bagheera. — A febre já saiu do meu sangue agora. Permita que *me* encontrem por lá! Poucos sairiam de suas casas depois de me ver. Não seria a primeira vez que eu estaria numa armadilha; e eu não acho que eles irão *me* conter usando cordas.

— Fique esperto, então — disse Mogli, rindo; porque começava a sentir-se tão imprudente quanto a pantera, que deslizou para dentro da cabana.

— Bah! — resmungou Bagheera. — Este lugar fede a Homem, mas eis uma cama parecida com aquela que eles me deram nas celas do Rei em Oodeypore. Agora eu irei me deitar. — Mogli ouviu as fibras da cama rangendo sob o peso do enorme bruto. — Pelo Cadeado Quebrado que me libertou, eles vão achar que pegaram uma grande caça! Venha e sente-se ao meu lado, Irmãozinho; nós daremos uma "boa caçada" a eles, juntos!

— Não; tenho outro pensamento no meu estômago. A Alcateia de Homens não ficará sabendo do meu quinhão nos acontecimentos. Cace por si próprio. Não quero vê-los.

— Que assim seja — disse Bagheera. — Ah, aí vêm eles!

A conferência debaixo da figueira se tornava mais e mais barulhenta, lá na ponta do vilarejo. Irrompeu em gritaria e num aglomerado de homens e mulheres correndo pela rua, agitando tacapes e bambus e foices e facas. Buldeo e o sacerdote vinham na frente da manada, mas a multidão não ficava muito atrás, e gritava:

— Bruxa, bruxo! Vamos ver se moedas quentes os fazem confessar! Queimem a cabana com eles dentro! Vamos mostrar o que acontece com quem abriga demônios-lobos! Não, vamos bater neles primeiro! Tochas! Mais tochas! Buldeo, prepare as balas!

Aqui houve uma pequena dificuldade com o fecho da porta. Ele tinha sido bem cerrado, mas a multidão, em conjunto, o arrancou, e a luz das tochas inundou o quarto onde, estendido em comprido na cama, patas cruzadas e levemente penduradas em uma das pontas, preto como o Poço e terrível como um demônio, estava Bagheera. Houve um instante de silêncio desesperado enquanto as primeiras fileiras da multidão se agarravam e abriam caminho para trás da soleira, e, naquele minuto, Bagheera levantou a cabeça e bocejou — de forma elaborada, cuidadosa e exagerada — como bocejaria quando queria insultar um igual. Os lábios com bigodes recuaram e subiram; a língua vermelha se enrolou; o maxilar inferior caiu e caiu até que fosse possível ver metade da goela quente; e os gigantescos dentes de cachorro se destacaram nas gengivas, até ressoarem juntos, em cima e embaixo, que nem a combinação de um cofre clicando em suas bordas. No instante seguinte, a rua estava vazia; Bagheera saltou pela janela de trás e ficou ao lado de Mogli, enquanto as pessoas numa torrente barulhenta e volumosa se arrastavam e caíam umas sobre as outras num pânico apressado para chegar às suas próprias cabanas.

— Eles não irão se mexer até que o dia nasça — disse Bagheera, baixinho. — E agora?

O silêncio do sono da tarde parecia ter dominado a aldeia; mas era possível ouvir o som de pesadas caixas de grãos sendo arrastadas sobre o chão de terra e colocadas contra as portas. Bagheera estava certo; a aldeia não se mexeria até o amanhecer. Mogli ficou parado e pensou, e seu rosto ficou cada vez mais e mais sombrio.

— O que foi que eu fiz? — vangloriou-se Bagheera, finalmente se levantando.

— Nada além de uma boa ação. Vigie-os até que o dia chegue. Eu vou dormir.

Mogli correu para a Selva e tombou feito um morto numa pedra, e dormiu e dormiu o dia todo, até que a noite voltasse.

Quando despertou, Bagheera estava ao seu lado, e havia um cervo recém-abatido aos seus pés. Bagheera observou com curiosidade enquanto Mogli manejava a faca, comia e bebia, e se virava com o queixo apoiado nas mãos.

— O homem e a mulher estão seguros e Khanhiwara está no alcance da visão deles — disse Bagheera. — A sua mãe da Selva mandou uma mensagem por meio de Chil, o Milhafre. Encontraram um cavalo antes da meia-noite de quando foram soltos, e viajaram velozes. Isso não é bom?

— Isso é bom — respondeu Mogli.

— E a sua Alcateia de Homens na aldeia não fez nada até que o sol estivesse bem alto hoje de manhã. Então comeram e voltaram depressa para suas casas.

— Eles, por acaso, te viram?

— Pode ser que tenham visto. Eu estava rolando na terra em frente ao portão hoje de manhã e talvez tenha cantado um pouquinho. Agora, Irmãozinho, não há mais nada a ser feito. Venha caçar comigo e com Baloo. Ele encontrou colmeias novas que pretende mostrar, e todos nós te queremos de volta como era antigamente. Afaste esse olhar que assusta até mesmo eu! O homem e a mulher não serão colocados na Flor Vermelha, e está tudo bem na Selva. Não digo a verdade? Vamos nos esquecer da Alcateia de Homens.

— Eles serão esquecidos em breve. Onde Hathi irá se alimentar está noite?

— Onde quiser. Quem pode falar pelo Silencioso? Mas, por qual motivo? O que Hathi pode fazer que nós não possamos?

— Invoque-o e os três filhos dele para que venham aqui ter comigo.

— Mas de verdade, Irmãozinho, não... não é adequado dizer "Venha" e "Vá" para Hathi. Lembre-se, ele é o Mestre da Selva e, antes que a Alcateia de Homens tivesse mudado suas feições, ele ensinou a você as Palavras Mestras da Selva.

— É tudo a mesma coisa. Eu tenho uma Palavra Mestra para ele agora. Diga-lhe que venha ter com Mogli, a Rã: e, se ele não ouvir de primeira, diga a ele que venha por causa do Saque nos Campos de Bhurtpore.

— O Saque nos Campos de Bhurtpore. — Bagheera repetiu duas ou três vezes para ter certeza. — Irei. Hathi, no máximo, ficará bravo comigo, e eu bem daria uma lua inteira de comida para ouvir uma Palavra Mestra que é capaz de compelir até mesmo o Silencioso.

Ele saiu, largando para trás um Mogli que se ocupava de esfaquear o chão furiosamente. Mogli nunca tinha visto sangue humano em sua vida até o momento em que viu e — o que significava muito mais para ele — sentiu o cheiro do sangue de Messua nas mordaças que a prendiam. E Messua tinha sido gentil com ele, e, pelo que sabia de amor, ele amava Messua tão completamente quanto odiava o resto da humanidade. Mas, por mais profundamente que os odiasse, as palavras deles, a crueldade deles e a covardia deles, não havia nada que a Selva pudesse oferecer que pudesse forçá-lo a tomar uma vida humana, e ter aquele cheiro horrível de sangue em suas narinas outra vez. O plano dele era mais simples, porém muito mais minucioso; e ele riu consigo mesmo ao se lembrar de que tinha sido uma das velhas histórias de Buldeo, contada debaixo da figueira numa noite, que havia colocado a ideia na cabeça dele.

— Aquilo *realmente* era uma Palavra Mestra — Bagheera sussurrou em seu ouvido. — Eles estavam se alimentando perto do rio e obedeceram como se fossem gado. Olha só até onde vieram!

Hathi e seus três filhos tinham chegado, do modo que costumavam chegar, sem qualquer barulho. A lama do rio ainda fresca nas laterais, e Hathi mastigava, todo pensativo, o caule verde de uma bananeira que ele tinha arrancado com as presas. Mas cada linha em seu vasto corpo mostrava a Bagheera, que conseguia ver muito bem as coisas com as quais se deparava, que ali não estava o Mestre da Selva falando com um Filhote de Homem, mas alguém cheio de medo vindo se apresentar a um outro que nada temia. Os três filhos rolaram de um lado para o outro, atrás do pai.

Mogli mal tinha levantado a cabeça quando Hathi disse a ele:

— Boa caçada.

Mogli se manteve balançando e bamboleando, e mudando o peso de um pé para o outro, por muito tempo antes de falar, e quando abriu a boca, dirigiu-se a Bagheera, não aos elefantes.

— Vou contar uma história que foi contada a mim pelo caçador que hoje foi caçado por você — disse Mogli. — Tem a ver com um elefante, velho e sábio, que caiu numa armadilha, e as pontas afiadas dentro do fosso o perfuraram de pouco acima do calcanhar até a crista do ombro, deixando uma marca branca. — Mogli esticou a mão e, à medida que Hathi se movia, o brilho do luar revelava uma longa cicatriz branca no flanco de ardósia do elefante, como se ele tivesse sido golpeado por um chicote em brasa. — Homens foram tirá-lo da armadilha — Mogli continuou —, mas ele partiu as cordas deles, pois a força era grande demais, e se afastou até que suas feridas estivessem curadas. Então, certa noite, ele voltou furioso aos campos dos tais caçadores. E agora eu estou me lembrando de que ele tinha três filhos. Tudo isso aconteceu muitas, muitas Chuvas atrás, e num lugar muito distante... lá nos campos de Bhurtpore. O que aconteceu com os tais campos na colheita seguinte, Hathi?

— Foram colhidos por mim e pelos meus três filhos — disse Hathi.

— E com a aragem que sucede a colheita? — disse Mogli.

— Não houve aragem — disse Hathi.

— E com os homens que viviam perto das plantações verdejantes que brotavam do chão? — disse Mogli.

— Foram embora.

— E com as cabanas nas quais os homens dormiam? — disse Mogli.

— Arrancamos e despedaçamos os telhados, e a Selva engoliu as paredes — disse Mogli.

— E o que mais? — disse Mogli.

— Tanto terreno quanto eu puder percorrer em duas noites, de leste a oeste, e de norte a sul, tanto quanto eu puder caminhar em três noites, a Selva ocupou. Deixamos entrar na Selva cinco aldeias; e naquelas aldeias e em suas terras, pastos e campos de cultivo macios, não há um homem hoje que tire sua comida do solo. Esse foi o Saque dos Campos de Bhurtpore, que eu e meus três filhos fizemos; e agora eu pergunto,

Filhote de Homem, como essa história chegou até você? — disse Hathi.

— Um homem me contou, e agora vejo que até mesmo Buldeo é capaz de dizer a verdade. Você fez muito bem, Hathi da Marca Branca; mas precisa fazer ainda melhor da próxima vez, porque agora é guiado por um homem. Você conhece a aldeia da Alcateia de Homens que me expulsou? Ele são preguiçosos, tolos e cruéis; brincam com suas bocas e não matam os fracos por comida, mas por diversão. Depois de alimentados eles são capazes de atirar seus semelhantes dentro da Flor Vermelha. Isso eu testemunhei. Não é direito que continuem a viver por aqui. Eu os odeio!

— Então, mate — disse o mais jovem dos três filhos de Hathi, catando um tufo de grama, batendo-o contra as patas dianteiras para remover a terra, e atirando para longe, enquanto seus olhinhos vermelhos espiavam furtivamente de um lado para o outro.

— Para que me serviriam ossos brancos? — Mogli respondeu, irritado. — Eu por acaso sou um filhote de lobo para sair brincando com uma cabeça no sol? Eu matei Shere Khan e a pele dele agora apodrece na Pedra do Conselho; mas... mas eu não sei para onde Shere Khan se foi e meu estômago continua vazio. Agora vou tomar aquilo que posso ver e tocar. Que a Selva caminhe por aquela vila, Hathi!

Bagheera estremeceu e se encolheu. Ele conseguiria entender se, no pior dos casos, houvesse uma corrida rápida pela rua do vilarejo e um golpe de direita e esquerda na multidão, ou uma matança astuta de homens enquanto eles aravam no crepúsculo; mas esse estratagema para extinguir deliberadamente uma aldeia inteira da vista de homens e feras o assustava. Agora ele entendia por que Mogli mandara chamar Hathi. Ninguém, exceto o elefante de vida longa, poderia planejar e executar uma guerra tão imensa.

— Que fujam eles tal como fugiram os homens nos campos de Bhurtpore, até que a chuva seja a única aragem por ali, e que o barulho da chuva batendo em folhas grossas seja o único tamborilar... até que Bagheera e eu nos abriguemos no lar dos sacerdotes, e que o cervo venha beber no charco atrás do templo! Que a Selva caminhe por aquela vila, Hathi!

— Mas, eu... mas nós não temos problemas com eles, e precisamos da cólera incandescente de uma grande dor para destruirmos os locais em que dormem os homens — disse Hathi, cheio de dúvidas.

— Você, por acaso, é o único comedor de mato na Selva? Guia o teu povo. Permita que o veado e o porco e o nilgó cuidem disso. Você nem precisa mostrar um palmo de pele até que os campos estejam pelados. Que a Selva caminhe por aquela vila, Hathi!

— Não haverá matança? Minhas presas ficaram vermelhas no Saque dos Campos de Bhurtpore, e eu não gostaria de despertar aquele cheiro outra vez.

— Nem eu. Eu não desejo nem que os ossos deles repousem na terra pura. Que partam em busca de um novo lar. Não podem ficar aqui. Eu vi e senti o cheiro do sangue da mulher que me deu comida... a mulher que eles teriam matado se não fosse por mim. Apenas o cheiro de mato novo naqueles degraus pode afastar o cheiro. Ele queima dentro da minha boca. Que a Selva caminhe por aquela vila, Hathi!

— Ah! — disse Hathi. — E assim foi com a queimadura da estaca na minha pele até vermos a morte da vila brotando na primavera. Agora entendo. A sua guerra será a nossa guerra. Permitiremos que a Selva caminhe por aquela vila!

Mogli mal teve tempo de recuperar o fôlego — tremia todo de raiva e ódio antes de o local onde se encontravam os elefantes ficar vazio, e Bagheera olhava aterrorizado para ele.

— Pelo Cadeado Quebrado que me libertou! — disse a pantera negra por fim. — *Você* é aquela coisinha pelada em nome da qual eu falei na Alcateia quando tudo era novo? Mestre da Selva, quando minha força desaparecer, fale em meu nome... fale em nome de Baloo... fale em nome de todos nós. Somos apenas filhotes diante de ti! Galhos partidos sob os pés! Filhotes perdidos da mãe corça!

A ideia de Bagheera sendo um filhote perdido perturbou Mogli sobremaneira e ele riu e recuperou o fôlego, e chorou e riu de novo, até saltar dentro de uma lagoa para se conter. Então, nadou de um lado para o outro, mergulhando e emergindo dos riscos de luar como se fosse uma rã, aquela que o nomeava.

A essa altura, Hathi e seus três filhos haviam se voltado, cada um, para um ponto da bússola, e caminhavam silenciosamente pelos vales a dois quilômetros de distância. Marcharam por dois dias — ou seja, longos cento e dois quilômetros — pela Selva; e cada passo e

cada movimento de suas trombas eram reconhecidos, notados e comentados por Mang e Chil, pelo Povo dos Macacos e por todos os pássaros. Então eles começaram a se alimentar e se alimentaram silenciosamente por mais ou menos uma semana. Hathi e seus filhos são como Kaa, o Píton. Eles nunca se apressam até que seja necessário.

No fim daquele período correu pela Selva um rumor — e ninguém sabia quem o tinha começado — de que havia comida e água de melhor qualidade em tal e tal vale. Os porcos — que, obviamente, vão até os confins da terra em busca de uma boa refeição — foram os primeiros, chafurdando as pedras, e os veados seguiram, com as raposinhas que se alimentam dos mortos e de rebanhos moribundos; e os nilgós de ombros largos foram em paralelo com os veados, e os búfalos selvagens dos pântanos foram atrás dos nilgós. O menor dos movimentos teria redirecionado os rebanhos dispersos e desgarrados que pastavam e passeavam e bebiam e pastavam novamente; mas sempre que havia um alarme, alguém se levantava e os acalmava. Em determinado momento, poderia ser Ikki, o Porco-

-Espinho, cheio de notícias de boa comida um pouco mais adiante; em outro, Mang, gritando alegremente e batendo as asas em uma clareira para mostrar que estava vazia; ou Baloo, com a boca cheia de raízes, cambaleando ao longo de uma fila vacilante e meio assustadiça, que voltava, então, desajeitada, à estrada certa. Muitas criaturas recuaram, fugiram ou perderam o interesse, mas muitas seguiram em frente. Ao fim de mais uns dez dias, a situação era a seguinte. Os cervos, os porcos e os nilgós estavam andando e andando em um círculo de oito ou dezesseis quilômetros, enquanto os Comedores de Carne lutavam em torno da borda. E o centro desse círculo era a aldeia, e ao redor da aldeia as colheitas amadureciam, e nas plantações sentavam-se homens naquilo que chamavam de *machans* — plataformas parecidas com poleiros de pombos, feitas de varas no topo de quatro postes — e que eram usadas para afugentar pássaros e outros ladrões. Então, os cervos não precisaram mais de persuasão alguma. Os Comedores de Carne estavam logo atrás e os impeliram adiante.

Foi numa noite escura que Hathi e seus três filhos desceram da Selva e quebraram as estacas dos *machans* com suas trombas; elas caíram como um talo quebrado de cicuta em flor, e os homens que caíram dali ouviram o gorgolejar profundo dos elefantes em seus ouvidos. Então a vanguarda dos desnorteados exércitos de veados se desfez e inundou as pastagens da aldeia e os campos arados; e os porcos selvagens de cascos afiados vieram com eles, e os que os cervos deixaram os porcos estragaram, e de tempos em tempos um alarme de lobos sacudia os rebanhos, e eles corriam para lá e para cá desesperadamente, pisando na cevada jovem e cortando as margens dos canais de irrigação. Antes do amanhecer, a pressão do lado de fora do círculo cedeu em um ponto. Os Comedores de Carne recuaram e deixaram um caminho aberto para o sul, e massas de veados fugiram por ali. Outros, mais ousados, deitaram-se nos matagais para terminar a refeição na noite seguinte.

Mas o trabalho estava praticamente feito. Quando os aldeões olharam pela manhã, viram que suas colheitas tinham sido perdidas. E isso significava a morte se não fugissem dali, pois viviam ano após ano tão perto da fome quanto a Selva estava perto deles. Quando os búfalos foram enviados para pastar, os animais famintos descobriram que os cervos tinham limpado as pastagens e então vagaram pela Selva e se afastaram, com seus companheiros selvagens; e quando o crepúsculo caiu, os três ou quatro pôneis que pertenciam à aldeia estavam em seus estábulos com as cabeças esmagadas. Apenas Bagheera poderia ter desferido aqueles golpes, e tão somente Bagheera teria pensado em arrastar insolentemente a última carcaça para o meio da rua.

Os aldeões não tiveram coragem de acender fogueiras nos campos naquela noite, então Hathi e seus três filhos foram dar cabo do que tinha restado; e por onde Hathi passa, nada resta. Os homens tinham decidido viver de suas sementes de milho armazenadas até que as chuvas caíssem, e então trabalhariam como servos até que pudessem recuperar o ano perdido; mas, enquanto o negociante de grãos pensava em seus engradados de milho bem cheios e nos preços que cobraria na venda deles, as presas afiadas de Hathi cutucavam o canto de sua casa de barro e esmagavam o grande baú de vime, enchendo de esterco a caixa de riquezas.

Quando essa última perda foi descoberta, foi a vez do sacerdote falar. Ele havia orado a seus próprios deuses sem resposta. Pode ser, disse ele, que, inconscientemente, a aldeia tivesse ofendido a algum dos Deuses da Selva, pois, sem dúvida, a Selva estava contra eles. Então eles mandaram chamar o chefe da tribo mais próxima de gondes errantes — caçadores pequenos, sábios e muito negros, que moravam na Selva profunda, cujos pais vieram da raça mais antiga da Índia — os proprietários aborígenes da terra. Eles deram as boas-vindas ao chefe gonde com o que tinham, e ele ficou em uma perna só, com o arco na mão e duas ou três flechas envenenadas cravadas em seu coque, olhando meio com medo e meio com desdém para os aldeões ansiosos e seus campos arruinados. Eles desejavam saber se os deuses dele — os deuses antigos — estavam zangados com eles e quais sacrifícios deveriam ser oferecidos. O gonde não disse nada, mas pegou um rastro da karela, a videira que produz a amarga cabaça selvagem, e o amarrou de um lado para o outro na porta do templo na face da imagem hindu de olhar fixo. Então, gesticulou no rumo da estrada para Khanhiwara e voltou para sua Selva e observou o Povo da Selva vagando por ela. Ele sabia que, quando a Selva se move, apenas os homens brancos têm alguma chance de detê-la.

Não havia necessidade de perguntar o que ele queria dizer. A cabaça selvagem cresceria onde eles um dia tinham adorado seu Deus e, quanto mais cedo eles se salvassem, melhor.

Mas é difícil arrancar uma aldeia de suas amarras. Enquanto havia restos de comida do verão, eles permaneceram, e tentaram colher nozes na Selva, mas sombras com olhos brilhantes os observavam e rolavam diante deles mesmo ao meio-dia; e, quando corriam assustados para dentro de suas paredes, nos troncos das árvores em que haviam passado, nem cinco minutos, cascas eram arrancadas e cinzeladas com os golpes de alguma grande pata com garras. Quanto mais eles se mantinham em sua aldeia, mais ousadas ficavam as coisas selvagens que saltitavam e berravam nas pastagens do Waingunga. Não tiveram tempo de remendar e rebocar as paredes dos fundos dos estábulos vazios que davam para a Selva; os porcos selvagens as pisotearam, e as trepadeiras de raízes nodosas correram atrás e lançaram seus cotovelos sobre o solo recém-conquistado, e a grama áspera eriçou-se atrás das videiras como as lanças de um exército de duendes após uma retirada. Os homens solteiros fugiram primeiro e levaram a notícia de que a aldeia estava condenada. Quem poderia lutar, diziam eles, contra a Selva, ou contra os Deuses da Selva, quando a própria cobra da aldeia havia deixado seu buraco na plataforma sob a figueira-da-índia? Assim, seu pequeno comércio com o mundo exterior encolheu à medida que os caminhos percorridos ao longo do campo se tornavam cada vez mais escassos e fracos. Por fim, as trombetas noturnas de Hathi e seus três filhos pararam de incomodá-los; pois eles não tinham mais do que ser roubados. A colheita no solo e as sementes no solo foram colhidas. Os campos periféricos já perdiam sua forma, e era hora de se lançarem na caridade dos ingleses em Khanhiwara.

Ao estilo que era tradicional a eles, foram adiando a partida até o dia em que as primeiras chuvas os pegaram e os telhados não consertados permitiram uma inundação, e o pasto chegou até o tornozelo deles, e toda a vida brotou de uma vez após o calor do verão. Então, se foram — homens, mulheres e crianças — sob uma chuva quente e ofuscante da manhã, mas olharam para trás, naturalmente, para uma olhada de despedida em suas casas.

Eles ouviram, enquanto a última família desafortunada entrava em fila pelo portão, um estrondo de vigas e palha caindo atrás das paredes. Viram um tronco preto brilhante e serpenteante erguer-se por um instante, espalhando palha encharcada. Ele desapareceu e houve outro estrondo, seguido de um guincho. Hathi arrancava os telhados das cabanas como se arranca nenúfares, e uma viga ricocheteou e o espetou. Ele só precisava disso para liberar toda sua força, pois, de todas as coisas na Selva, o elefante selvagem enfurecido é o mais desenfreadamente destrutivo. Hathi chutou para trás uma parede de barro, que desmoronou com o golpe e, tendo desmoronado, derreteu em lama amarela sob a torrente de chuva. Então girou e gritou, e disparou pelas ruas estreitas, encostando-se nas cabanas à direita e à esquerda, estremecendo as portas malucas e amassando as cavernas; enquanto isso, seus três filhos se enfureceriam atrás, como haviam se enfurecido no Saque dos Campos de Bhurtpore.

— A Selva irá engolir estas cascas — disse uma voz baixa no meio dos escombros. — É o muro lá de fora que precisa abaixar a cabeça.

E Mogli, com a chuva escorrendo pelos braços nus, saltou para trás de uma parede que abrigava um búfalo cansado.

— Tudo no tempo certo — ofegou Hathi. — Oh, mas as minhas presas estavam vermelhas em Bhurtpore; para a muralha exterior, crianças. Força com a cabeça. Juntos! Agora!

Os quatro empurraram, cada um de um lado; a parede externa inchou, rachou e caiu, e os aldeões, mudos de horror, viram as cabeças selvagens e cobertas de argila dos destruidores na brecha irregular. Então fugiram, sem casa e sem comida, descendo o vale, enquanto sua aldeia, destruída, revirada e pisoteada, se desfazia atrás deles.

Um mês depois, o lugar era um montículo com covinhas, recoberto de um material verde e macio; e no fim das Chuvas, havia a Selva rugindo em plena explosão no local que, seis meses antes, estava sendo arado.

A canção de Mogli contra as pessoas

Soltarei contra você as videiras de
pés velozes–
Chamarei a Selva que silencia sua fala!
Que telhado resiste a ela,
As vigas tombarão,
E a Karela, amarga Karela,
Tudo há de cobrir!
Cantará o meu povo nos seus portões,
No batente do seu armazém quem se
prende é o morcego
E a cobra coloca vigia,
Por uma lareira não varrida;
E a Karela, amarga Karela,
Dará frutos na sua cama!
Não vereis meus flagelos; vós os ouvireis
e adivinhareis;
À noite, antes do nascer da lua, buscarei
a minha trégua,
E o lobo é o seu pastor

Rumo ao marco removido,
E a Karela, amarga Karela,
Semeará onde você amou!

Com as mãos de um exército,
ceifarei o seu campo;
E sua vista verá o rastro do meu ceifeiro,
buscando o pão que se perdeu,
E os cervos serão bois
Num promontório não cultivado,
E a Karela, amarga Karela,
Folhará onde você construir!
Desamarrei contra ti as vinhas
de pés tortos,
Enviei a Selva para inundar suas falas.
As árvores – as árvores estão em você!
As vigas tombarão,
E a Karela, amarga Karela,
Cobrirá vocês!

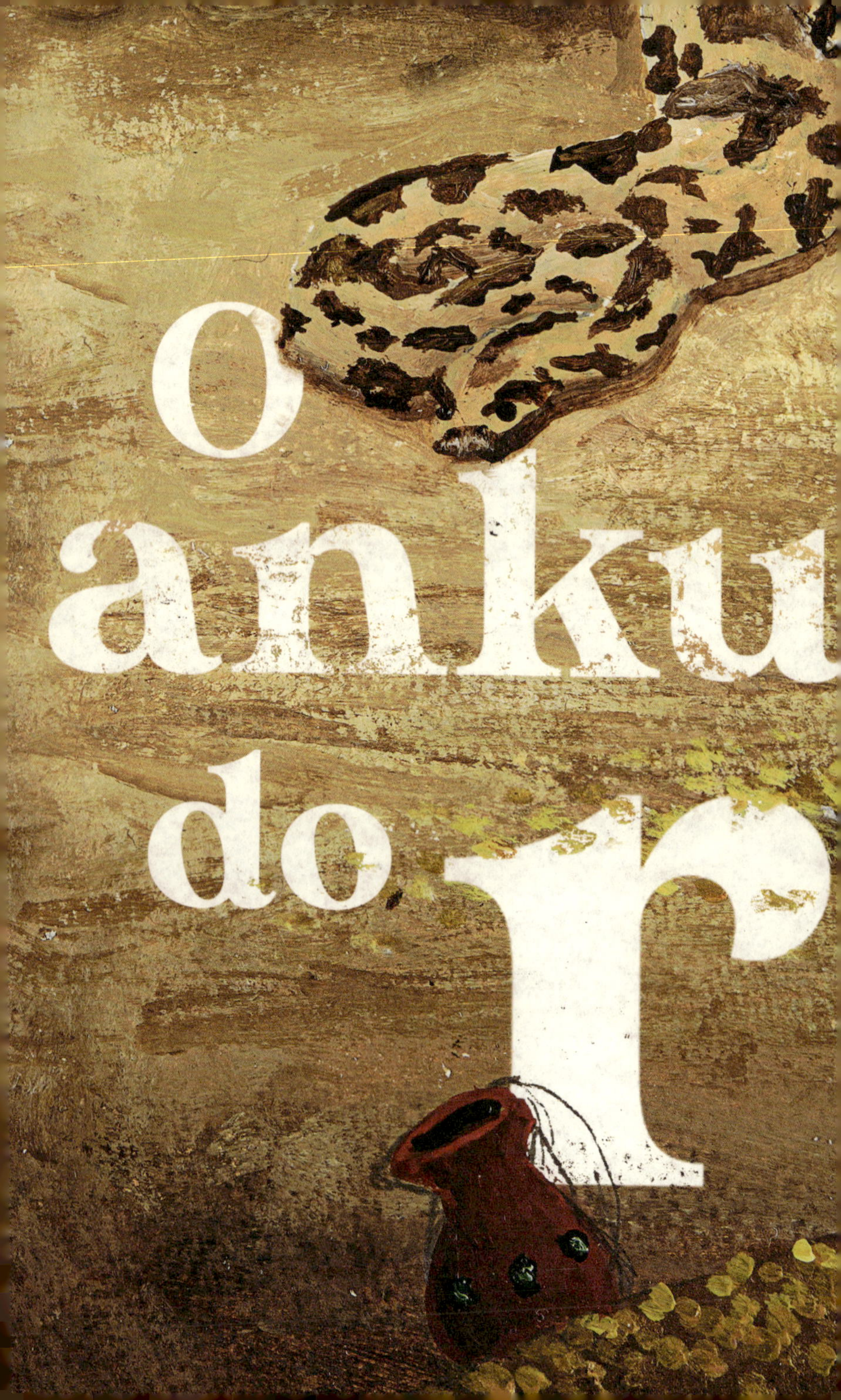
o
anku
do
r

Os quatro insatisfeitos, que nunca se
contentam, desde o broto do Orvalho...
A boca de Jacala, e a gula do Milhafre,
e as mãos do Macaco, e os Olhos
dos Homens.

Provérbio da Selva

Kaa, o grande Píton das Rochas, pelo que devia ser a ducentésima vez desde seu nascimento, tinha trocado de pele; e Mogli, que nunca se esquecia de que devia a vida a Kaa por causa do acontecido nas Tocas Geladas, do qual você deve se lembrar, foi parabenizá-lo. A troca de pele sempre deixa a cobra amuada e triste até que a pele nova comece a reluzir e fique toda bonita. Kaa nunca mais riu de Mogli, mas o aceitou, tal como os outros da Selva tinham feito, como Mestre da Selva, e levava a ele todas as notícias que um píton do seu tamanho ouvia. O que Kaa não sabia acerca do Miolo da Selva — a vida que corre perto da terra ou debaixo dela, a rocha, o mato e a vida no tronco da árvore — podia ser escrito na menor de suas escamas.

Naquela tarde, Mogli repousava nas grandes espirais formadas pelo corpo de Kaa, cutucando a pele velha e lascada que jazia toda enrolada e retorcida entre as rochas, tal como Kaa a tinha deixado. Kaa, com muita cortesia, colocou-se sob os ombros largos e nus de Mogli, de modo que o menino, realmente, se via deitado numa poltrona viva.

— Parece perfeita até mesmo para as escamas dos olhos — disse Mogli, baixinho, brincando com a pele velha. — É tão esquisito ver a pele que cobre a cabeça de alguém nos pés dela!

— Ah, mas eu não tenho pés — disse Kaa — e, já que é um costume do meu povo, eu não estranho. A sua pele nunca envelhece e fica toda áspera?

— Quando isso acontece eu a lavo, Cabeça Chata; mas é verdade, durante os tempos de quentura eu bem que gostaria de poder abandonar minha pele sem dor alguma e correr pelado.

— Eu lavo e *também* troco de pele. Como está a minha nova pele?

Mogli passou a mão pelas marcas diagonais nas costas imensas.

— O casco da Tartaruga é mais duro, mas não tão alegre — disse ele, julgando. — A Rã, que me nomeia, é mais alegre, mas não tão forte. É uma coisa bonita de se ver... que nem o vaga-lume na boca de um lírio.

— É preciso água. Uma pele nova nunca fica muito colorida antes do primeiro banho. Vamos nos banhar.

— Eu o carrego — disse Mogli; e ele se abaixou, rindo, para erguer o meio do corpo enorme de Kaa, bem na parte mais grossa.

Era como se um homem estivesse tentando erguer um cano de um metro; e ainda assim Kaa ficou imóvel, bufando em divertimento. Então, o passatempo comum da noite começou — o Garoto com toda sua força, e o Píton, em sua gloriosa pele nova, erguendo-se um contra o outro numa luta — um duelo de visão e força. Obviamente, Kaa

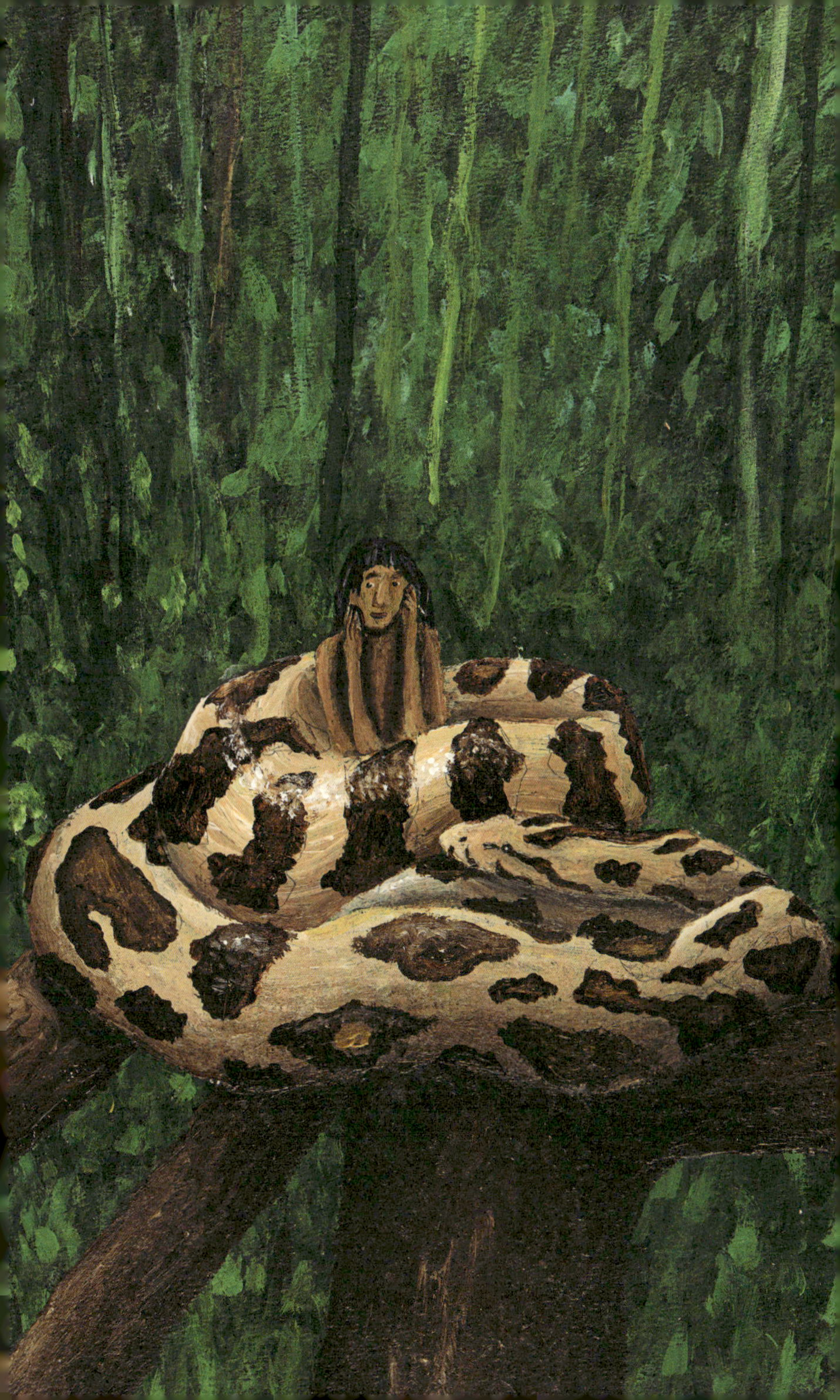

poderia ter esmagado uma dúzia de Moglis se assim quisesse; mas ele brincava com cuidado, e nunca usava mais do que um décimo de sua força. Como Mogli era forte o bastante para aguentar umas pancadas, Kaa ensinara a ele este jogo, que fortalecia os membros dele como nada mais fortaleceria. De vez em quando, Mogli ficava enrolado até quase o pescoço nas voltas ondulantes de Kaa, lutando para livrar um braço e agarrar o pescoço do píton. Então, Kaa se esgueirava rapidamente, e Mogli, usando os dois pés ligeiros, tentava agarrar aquele rabo enorme que ia para trás em busca de alguma pedra ou galho. Eles se balançavam para frente e para trás, cabeça a cabeça, cada um esperando pela sua chance, até que o belo grupo, digno de uma estátua, se fundia num redemoinho de círculos amarelos e pretos, e pernas e braços que se debatiam, tentando emergir de novo e de novo.

— Ora, ora, ora! — disse Kaa, dando cabeçadas que nem a mão veloz de Mogli era capaz de evitar. — Veja só! Encostei em você, Irmãozinho! Aqui e aqui! Suas mãos estão dormentes? Aqui, de novo!

A brincadeira sempre terminava do mesmo jeito — com um mergulho direto de cabeça que derrubava o menino várias e várias vezes. Mogli nunca aprendia como se defender daquele mergulho-relâmpago, e, como Kaa tinha dito, não adiantava nem mesmo tentar.

— Boa caçada! — Kaa resmungou enfim; e Mogli, como sempre, foi jogado a seis metros de distância, rindo e ofegando.

Ele se levantou com os dedos cheios de mato e seguiu Kaa até o local de banho da cobra sabida — uma piscina escura, funda, cercada de pedras, e que ficava ainda mais interessante por causa dos troncos de árvores submersos. O menino entrou, bem no estilo da Selva, sem o menor barulho, e mergulhou fundo; e também emergiu sem dar um pio, e ficou de costas, os braços atrás da cabeça, observando a lua acima das pedras e partindo o reflexo dela na água com seus dedões. A cabeça em forma de diamante de Kaa fatiou a lagoa que nem uma lâmina e repousou no ombro de Mogli. Ficaram parados, se luxuriando na água fresca.

— Isso é *muito* bom — disse Mogli, sonolento. — A essa hora, lá na Alcateia de Homens, pelo que me lembro, eles se deitavam em pedaços duros de madeira dentro de suas armadilhas de lama e, tendo fechado cuidadosamente as janelas limpas, colocavam panos horríveis em suas cabeças e entoavam canções pavorosas com seus narizes. Aqui na Selva é bem melhor.

Uma cobra apressada deslizou por uma pedra e foi beber água. Ofereceu a eles uma "Boa caçada!" e foi embora.

— Pssiu! — disse Kaa, como se, de repente, tivesse se lembrado de alguma coisa. — Então quer dizer que a Selva oferece a você tudo aquilo que sempre desejou, Irmãozinho?

— Nem tudo — respondeu Mogli, rindo. — Caso contrário haveria um Shere Khan novo e forte para matar uma vez por mês. Agora, eu poderia matá-lo com as minhas próprias mãos, sem pedir auxílio aos búfalos. E também já quis que o sol brilhasse durante a época das Chuvas, e que as Chuvas cobrissem o sol no meio do verão; e eu também nunca fiquei com fome, mas queria ter matado uma cabra; e eu também nunca matei uma cabra, mas queria que tivesse sido um veado; nem veado era, mas um nilgó. Mas isso, todos nós sentimos.

— Você não deseja mais nada? — a cobra grande quis saber.

— O que mais eu posso querer? Eu tenho a Selva, e o favor da Selva! Existe mais alguma coisa para além disso entre o nascer e o pôr do sol?

— Ora, a Cobra falou... — começou Kaa.

— Qual cobra? Aquela que acabou de ir embora não disse nada. Estava caçando.

— Foi outra.

— Você conversa muito com o Povo Venenoso? Eu saio do caminho deles. Eles carregam a morte nos dentes da frente, e isso não é coisa boa... porque são tão pequenininhos. Mas, quem foi a criatura com a qual você falou?

Kaa se revirou lentamente na água, que nem um barco a vapor num mar de través.

— Umas três ou quatro luas atrás — disse ele —, eu fui caçar nas Tocas Geladas, um lugar do qual você não se esqueceu. A minha caça fugiu aos berros para além dos charcos e foi até aquela casa cuja lateral eu quebrei em seu nome uma vez, e se embrenhou na terra.

— Mas o povo das Tocas Geladas não vive nas tocas. — Mogli sabia que Kaa se referia ao Povo Macaco.

— A coisinha não vivia lá, mas queria continuar viva — Kaa respondeu, com um tremor de língua. — Ele se embrenhou numa toca que ia longe. Eu fui atrás e, tendo matado, dormi. Quando acordei, continuei avançando.

— Debaixo da terra?

— Ainda mais longe, enfim me deparando com um Capuz Branco [uma cobra branca], que falava de coisas que estavam além do meu conhecimento e que me mostrou muitas coisas que eu nunca tinha visto.

— Caça nova? Foi caçada boa?

Mogli rapidamente se virou de lado.

— Não foi caça, e teria quebrado todos os meus dentes; mas o Capuz Branco disse que um homem... e falou como alguém que conhece a raça... que um homem ofereceria o fôlego abaixo de suas costelas só pela visão de tais coisas.

— Vamos lá ver — disse Mogli. — Eu agora me lembro de que já fui homem um dia.

— Calma... calma. Foi a pressa que matou a Serpente Amarela que comeu o sol. Estávamos conversando debaixo da terra e eu falei de você, me referindo a você como homem. E Capuz Branco (e ele, realmente, é tão velho quanto a Selva) respondeu: "Já faz muito tempo desde que vi um homem. Deixe-o vir até mim, e ele há de ver todas essas coisas pelas quais muitos outros morreriam".

— Isso *tem* que ser caçada nova. Mas, pensando bem, o Povo Venenoso não nos conta quando há caça por aí. Um povinho bem hostil.

— *Não é* caça. É... é... não sei dizer o que é.

— Vamos lá. Nunca vi um Capuz Branco, e quero ver as outras coisas. Ele as matou?

— São coisas mortas, todas elas. Ele diz que é o guardião de tudo aquilo.

— Ah! Tal como um lobo que fica em cima da carne que leva para seu lar. Vamos.

Mogli nadou até a margem, rolou na grama para se secar e os dois partiram rumo às Tocas Geladas, a cidade deserta da qual você já deve ter ouvido falar. Mogli não tinha nem um pouco de medo do Povo Macaco naquela época, mas o Povo Macaco tinha o maior medo de Mogli. As tribos deles, contudo, estavam invadindo a Selva, e, por isso, as Tocas Geladas estavam vazias e silenciosas sob a luz do luar. Kaa liderou o caminho até o pavilhão das rainhas, que ficava no terraço, deslizou pelos escombros e desceu pelas escadas aos pedaços que levavam para debaixo da terra no meio do pavilhão. Mogli emitiu o chamado das cobras — "Somos um só sangue, vocês e eu" — e seguiu apoiado nas mãos e joelhos. Rastejaram por uma longa distância, descendo por uma passagem tortuosa que se retorcia e dobrava muitas vezes, e por fim chegaram ao lugar onde a raiz de uma grande árvore, que subia por nove metros, tinha deslocado uma pedra na parede. Espremeram-se pelo vão e se viram num grande cofre, cujo teto partido também tinha sido despedaçado por raízes de árvores, de tal modo que alguns feixes de luz gotejavam na escuridão.

— Uma toca segura — disse Mogli, erguendo-se firme nos pés —, mas longe demais para visitas diárias. E agora, o que veremos?

— Eu não sou nada?

Foi o que disse uma voz no meio do cofre; e Mogli viu uma coisa branca se movendo até que, de pouquinho em pouquinho, lá estava a maior cobra que ele já tinha visto — uma criatura de quase dois metros e meio, que, de passar tanto tempo no breu, tinha se embranquecido até ficar da cor do marfim. Até as marcas em seu capuz aberto tinham desbotado até se tornarem um amarelo-pálido. Seus olhos eram tão vermelhos quanto rubis e, no conjunto da obra, era espetacular.

— Boa caçada! — disse Mogli, que carregava seus bons modos junto à faca, e aquelas coisas nunca o abandonavam.

— O que aconteceu com a cidade? — disse a Cobra Branca, sem responder à saudação. — O que é da grande cidade murada... a cidade de uma centena de elefantes e vinte mil cavalos, e gados numerosos demais para serem contados... a cidade do Rei de Vinte Reis? Ensurdeço aqui, e já faz muito tempo desde que ouvi os tambores de guerra deles.

— A Selva está acima da nossa cabeça — disse Mogli. — Dentre os Elefantes, só conheço Hathi e os filhos dele. Bagheera matou todos os cavalos em uma vila, e... o que é um Rei?

— Eu falei — Kaa suavemente disse à Cobra —, eu falei, quatro luas atrás, que a cidade não existe mais.

— A cidade... a grande cidade da floresta cujos portões são guardados pelas torres do Rei... não pode deixar de existir. Ela foi construída antes de o pai do meu pai sair do ovo, e ela continuará a existir quando os filhos de meu filho forem tão brancos quanto eu! Salomdhi, filho de

Chandrabija, filho de Viyeja, filho de Yegasuri, construíram tudo isso nos dias de Bappa Rawal. *Vocês* pertencem a quem?

— É uma trilha sem rumo — disse Mogli, se virando para Kaa. — Não sei do que ele fala.

— Nem eu. Ele é muito velho. Pai das Cobras, só existe a Selva por aqui, como foi desde o início.

— Então, quem é *ele* — disse a Cobra Branca —, que está sentado diante de mim, sem medo algum, desconhecendo o nome do Rei, falando a nossa língua com a boca de homem? Quem é ele, que carrega uma faca e a língua das cobras?

— Me chamam de Mogli — foi a resposta. — Eu sou da Selva. Os lobos são o meu Povo, e Kaa é meu irmão. Pai das Cobras, quem é você?

— Eu sou o Guardião do Tesouro do Rei. Kurrun Raja construiu a pedra acima de mim, na época em que minha pele era escura, de modo que eu pudesse ensinar a morte aos que viessem aqui para roubar. Naquela época eles jogavam o tesouro pela pedra, e eu podia ouvir a música dos sacerdotes, meus mestres.

— Hum! — disse Mogli para si mesmo. — Já lidei com um sacerdote antes, lá na Alcateia de Homens, e... eu sei o que sei. Daqui a pouco vem a maldade.

— Cinco vezes desde que cheguei aqui, aquela pedra foi erguida, mas sempre para colocar mais, e nunca para retirar. Não existem riquezas como estas... os tesouros de uma centena de reis. Mas já faz muito, muito tempo desde que a pedra foi mexida pela última vez, e acho que a minha cidade se esqueceu dela.

— Não existe cidade alguma. Olhe para o alto. Ali estão as raízes das grandes árvores que racham as pedras. Árvores e homens não crescem juntos — insistiu Kaa.

— Duas ou três vezes os homens encontraram o caminho até aqui — a Cobra Branca respondeu selvagemente —, mas não falaram nada até que eu me encontrasse com eles tateando no escuro, e então eles gritaram um pouquinho. Mas vocês vêm até aqui trazendo

mentiras, Homem e Serpente, os dois, e querem me fazer acreditar que a cidade não existe mais e que a minha vigília chegou ao fim. Até que a pedra seja erguida e os sacerdotes venham até aqui, entoando as canções que conheço, e me alimentem com leite morno e me carreguem de novo até a luz, eu... eu... *eu*, e ninguém mais, sou o Guardião do Tesouro do Rei! A cidade está morta, é o que dizem, e aqui estão as raízes das árvores? Desçam, então, e peguem o que quiserem. Não há tesouro na terra que se compare a este. Homem com a língua das cobras, se conseguir voltar vivo pelo caminho de onde veio, os Reis menores te servirão!

— E mais uma vez a trilha perde o rumo — disse Mogli calmamente. — Será que algum chacal se embrenhou tão fundo assim e mordeu essa cobra do Capuz Branco? Ele certamente enlouqueceu. Pai das Cobras, não vejo nada aqui para ser levado.

— Pelos Deuses do Sol e da Lua, a loucura da morte já recai sobre o menino! — sibilou a Cobra. — Aproxime-se, e eu concederei o alento do descanso eterno. Olhe com atenção, e verá o que homem nenhum viu antes!

— Aqueles na Selva que falam de favores a Mogli não se dão bem — disse o menino, por entre os dentes —, mas a escuridão muda tudo, eu sei. Vou dar uma olhada, se isso te satisfizer.

Encarou, de cenho franzido, ao redor da abóbada, e então ergueu do chão um punhado de algo brilhante.

— Aha! — disse ele. — É parecido com aquilo com que brincavam na Alcateia de Homens: só que essa aqui é amarela, e a outra era marrom.

Largou as moedas de ouro e seguiu em frente. O chão do cofre estava enterrado a cerca de um metro e meio de profundidade em moedas de ouro e prata que haviam explodido dos sacos em que tinham sido originalmente armazenadas e, ao longo dos anos, o metal havia se compactado e assentado feito pacotes de areia na maré baixa. Sobre ela e dentro dela e subindo através dela, como naufrágios levantados pela areia, havia montarias de elefantes de prata em relevo, cravejadas com placas de ouro martelado e adornadas com carbúnculos e turquesas. Havia liteiras para transportar rainhas, emolduradas e reforçadas com prata e esmalte, com varas de cabo de jade e argolas de cortina feitas de âmbar; havia castiçais de ouro cravejados com esmeraldas perfuradas que tremulavam nos penduricalhos; havia imagens cravejadas, de um metro e meio de altura, de deuses esquecidos, feitas de prata e com olhos de joias; havia cotas de malha incrustadas de ouro e orladas de pérolas podres e enegrecidas; havia capacetes, com cristas e frisados com rubis sangue de pombo; havia escudos de laca, de carapaça de tartaruga e couro de rinoceronte, amarrados e salientes com ouro vermelho e cravejados de esmeraldas na borda; havia feixes de espadas com cabos de diamante, adagas e facas de caça; havia tigelas e conchas sacrificiais de ouro e altares portáteis em formas que nunca se vê na luz do dia; havia xícaras e pulseiras de jade; havia queimadores de incenso, pentes e potes para perfume, hena e pó para os olhos, tudo em ouro gravado; havia bijuterias, braceletes, tiaras, anéis de dedo e cintas incontáveis; havia cintos, com sete dedos de largura, de diamantes e rubis de corte quadrado, e caixas de madeira, cerradas triplamente com ferro, nas quais a madeira havia se tornado pó, exibindo pilhas de safiras-estrelas não lapidadas, opalas, olhos-de--gato, safiras, rubis, diamantes, esmeraldas e granadas.

A Cobra Branca tinha razão. Nenhum dinheiro poderia pagar o valor de tal tesouro, os espólios de séculos de guerras, saques, trocas, impostos. As moedas por si só já eram inestimáveis, sem contar todas as pedras preciosas; e o peso morto do ouro e da prata sozinhos poderia ser de duzentas ou trezentas toneladas. Todo governante nativo da Índia hoje em dia, por mais pobre que seja, possui um tesouro ao qual está sempre acrescentando; e embora, de vez em quando, algum príncipe esclarecido envie quarenta ou cinquenta carros de boi cheios de prata para serem trocados por títulos do governo, a maior parte guarda seu tesouro e o conhecimento dele para si.

Mas Mogli, naturalmente, não entendia dessas coisas. As facas o interessaram um pouquinho, mas não eram tão balanceadas quanto a sua, então ele as deixou lá. Por fim, encontrou uma coisa fascinante, de verdade, na frente de uma montaria, meio enterrada nas moedas. Era um ankus de um metro, ou aguilhão de elefante — algo parecido com um pequeno gancho de barco. O topo era um rubi redondo e brilhante, e vinte centímetros do cabo abaixo dele eram cravejados de turquesas ásperas juntas, dando uma aderência mais satisfatória quando se segurava. Abaixo dessa parte do cabo havia uma borda de jade com um padrão de flores que corria em torno dela — só que as folhas eram de esmeraldas, as flores eram rubis afundados na pedra verde e fria. O resto do cabo era uma haste de marfim puro, enquanto a ponta — a ponta e o gancho — era de aço incrustado em ouro e com desenhos de captura de elefantes; e os desenhos atraíram Mogli, que logo viu que eles tinham a ver com seu amigo Hathi, o Silencioso.

A Cobra Branca o tinha seguido de perto.

— Não vale a pena morrer para ver isso? — disse ele. — Eu não te fiz um grande favor?

— Não entendo — disse Mogli. — As coisas são frias e duras, nem de longe são boas para comer. Mas isso — ele ergueu o ankus — eu desejo levar, para que possa ver no sol. Quer dizer que tudo isso pertence a você? Será que pode me dar e depois eu trago rãs para você comer?

A Cobra Branca se agitou com um deleite maligno.

— Com certeza darei — falou. — Darei tudo que estiver aqui para você até que vá embora.

— Mas eu vou embora agora. Este lugar é escuro e gelado, e quero levar a coisa pontuda para a Selva.

— Olhe para o seu pé! O que é aquilo ali?

Mogli pegou uma coisa lisa e branca.

— É o osso da cabeça de um homem — ele sussurrou. — E aqui estão mais dois.

— Eles vieram para levar o tesouro embora muitos anos atrás. Falei com eles no escuro, e agora estão quietinhos.

— Mas para que me serviria isso que é chamado de tesouro? Se você quiser me dar o ankus para que eu leve, boa caçada. Se não quiser, boa caçada também. Eu não brigo com o Povo Venenoso, e também aprendi a Palavra Mestra da sua tribo.

— Só existe uma Palavra Mestra aqui. A minha!

Kaa avançou com os olhos flamejantes.

— Quem me pediu para trazer o homem? — ele sibilou.

— Eu, certamente — a velha Cobra sussurrou. — Já faz um bom tempo desde que vi um Homem, e este Homem fala a nossa língua.

— Mas não falamos nada sobre matar. Como eu poderia voltar para a Selva e dizer que o guiei até a morte?

— Não falo de morte até que seja a hora certa. E, com relação a você ir ou não ir a qualquer lugar, lá está o buraco na parede. Calma, calma, seu gordo assassino de macacos! Eu só preciso tocar no seu pescoço para que a Selva não mais te conheça. Nunca houve um Homem que desceu aqui e foi embora com fôlego sob as costelas. Eu sou o Guardião do Tesouro da Cidade do Rei!

— Mas, eu te digo, minhoca branca da escuridão, não há mais rei ou cidade! A Selva está acima de nós! — gritou Kaa.

— Ainda resta o Tesouro. E posso fazer isso. Espere um pouco, Kaa das Rochas, e veja como o menino corre. Temos espaço para uma bela caçada por aqui. A vida é boa. Corra de um lado para o outro e seja uma boa caça, menino!

Mogli colocou a mão na cabeça de Kaa lentamente.

— A coisa branca só lidou com homens da Alcateia de Homens até hoje. Ele não me conhece — ele sussurrou. — Foi ele quem pediu por essa caçada. Permita que ele a tenha.

Mogli estivera parado com o ankus apontado para baixo. Atirou rapidamente o objeto, que caiu na transversal logo atrás do capuz da grande cobra, prendendo-a ao chão. Num piscar de olhos, o peso de Kaa estava sobre o corpo que se contorcia, paralisando-o do capuz à cauda. Os olhos vermelhos ardiam e os quinze centímetros livres da cabeça batiam furiosamente à direita e à esquerda.

— Mate! — disse Kaa, quando a mão de Mogli foi até a faca.

— Não — disse ele, pegando a lâmina. — Eu nunca mais irei matar, a não ser por comida. Mas veja só, Kaa!

Ele pegou a cobra por detrás do capuz, forçou a boca a se abrir usando a lâmina da faca, e exibiu as terríveis presas venenosas na mandíbula superior, enegrecidas e secas na gengiva. A Cobra Branca tinha vivido mais do que seu veneno, como acontece com todas as cobras.

— *Thuu*. — disse Mogli (O que significa "está seco", referindo-se, literalmente, a um toco de árvore apodrecido.); e fazendo um sinal para que Kaa se afastasse, pegou o ankus, libertando a Cobra Branca.

— O Tesouro do Rei precisa de um novo Guardião — disse ele, com seriedade. — Thuu, você não se saiu bem. Corra de um lado para o outro e seja uma boa caça, Thuu!

— Estou envergonhado. Mate-me! — sibilou a Cobra Branca.

— Muito se fala de matar. Vamos embora agora. Thuu, eu levarei a coisa pontuda e afiada, porque lutei e te derrotei.

— Tome cuidado, então, para que no fim essa coisa não te mate. Ela é a Morte! Lembre-se, é a Morte! Há o suficiente naquilo para matar todos os homens da minha cidade. Não vai ficar com ela por muito tempo, Homem da Selva, e nem aquele que a tomar de você. Eles irão matar, matar e matar em nome disso! A minha força secou, mas o ankus vai realizar o meu trabalho. Ele é a Morte! Ele é a Morte! Ele é a Morte!

Mogli rastejou pelo buraco até a passagem novamente, e a última coisa que viu foi a Cobra Branca atacando furiosamente, com suas presas inofensivas, os impassíveis rostos dourados dos deuses que jaziam no chão e sibilando:

— Ele é a Morte!

Ficaram contentes em ver a luz do dia mais uma vez; e quando se encontraram de novo na Selva deles, e Mogli fez o ankus brilhar na luz da manhã, sentiu-se deleitado como se tivesse encontrado um monte de flores novas para prender em seus cabelos.

— Isso é mais brilhante do que os olhos de Bagheera — disse ele, contente, girando o rubi. — Vou mostrar para ele; mas o que Thuu quis dizer quando se referiu à morte?

— Não sei. Em nome da minha cauda, lamento que ele não tenha sentido a sua faca. Há sempre maldade nas Tocas Geladas... acima ou abaixo do solo. Mas agora sinto fome. Caça comigo esta noite? — disse Kaa.

— Não; Bagheera precisa ver isso. Boa caçada!

Mogli saiu dançando, brandindo o grande ankus e parando de vez em quando para admirá-lo, até que chegou à parte da Selva que Bagheera costumava usar e o encontrou bebendo depois de uma grande matança. Mogli contou a ele todas as suas aventuras do começo ao fim, e Bagheera cheirou o ankus nos intervalos. Quando Mogli chegou às últimas palavras da Cobra Branca, a Pantera ronronou com aprovação.

— E por acaso falou Capuz Branco a verdade? — Mogli perguntou rapidamente.

— Eu nasci nas jaulas de Oodeypore, e sei, bem aqui no meu estômago, um pouquinho sobre os homens. Muitos homens matariam três vezes numa noite só por aquela pedra vermelha.

— Mas a pedra o torna mais difícil de manusear. A minha faquinha brilhante é melhor; e... veja! A pedra vermelha não é boa para comer. Então *por que* alguém mataria por causa disso?

— Mogli, vá dormir. Você já viveu entre os homens, e...

— Eu me lembro. Os Homens matam mesmo sem caçar... fazem isso sem motivo e por prazer. Acorda, Bagheera. Para que serve essa coisa pontuda?

Bagheera abriu os olhos pela metade — estava com muito sono — e deu uma piscada malévola.

— Foi feita pelos homens para que enfiassem isso na cabeça dos filhos de Hathi, para que o sangue jorrasse dali. Já vi uma coisa parecida nas ruas de Oodeypore, na frente das nossas celas. Esse negócio já provou o sangue de muitos como Hathi.

— Mas por que eles a enfiam na cabeça dos elefantes?

— Para ensinar a eles a Lei dos Homens. Como não possuem garras nem dentes, os homens fazem essas coisas... e outras piores.

— Há sempre mais sangue toda vez que eu me aproximo, mesmo daquilo que a Alcateia de Homens só criou — disse Mogli, desgostoso. Estava começando a se cansar do peso do ankus. — Se eu soubesse, não teria pegado isso. Primeiro foi o sangue de Messua na mordaça, e agora é o de Hathi. Não vou mais usar isso. Veja!

O ankus voou, brilhante, e se fincou trinta metros adiante, entre as árvores.

— Agora minhas mãos estão limpas da Morte — disse Mogli, esfregando as palmas na terra fresca, úmida. — Thuu falou que a Morte iria me seguir. Ele está velho, branco e louco.

— Branco ou preto, ou morte ou vida... *eu* vou dormir, Irmãozinho. Não consigo caçar a noite inteira e uivar o dia todo, como certas pessoas.

Bagheera foi para um covil de caça que conhecia, a cerca de três quilômetros de distância. Mogli subiu facilmente em uma árvore conveniente, amarrou três ou quatro trepadeiras juntas e, em menos tempo do que leva para contar, estava balançando em uma rede quinze metros acima do solo. Embora não tivesse nenhuma objeção à luz forte do dia, Mogli seguia o costume de seus amigos e a usava o mínimo que podia. Quando acordou entre o povo barulhento que vive nas árvores, já era crepúsculo outra vez, e ele sonhava com as belas pedras que tinha jogado fora.

— Vou só dar uma olhada naquilo de novo — disse ele, e escorreu por uma vinha até o chão; mas Bagheera estava diante dele.

Mogli conseguia ouvi-lo fungando na meia-luz.

— Cadê a coisa pontuda? — gritou Mogli.

— Um homem a levou. Aqui está a trilha.

— Agora veremos se Thuu falava a verdade. Se a coisa pontuda for a Morte, então aquele homem vai morrer. Vamos segui-lo.

— Mate primeiro — disse Bagheera. — Um estômago vazio gera um olho descuidado. Homens andam devagar e a Selva está molhada o bastante para guardar a menor das marcas.

Mataram assim que possível, mas quase três horas já tinham se passado antes que terminassem de comer e beber e seguissem a trilha. O Povo da Selva sabe que nada compensa o trabalho de comer depressa.

— Você acha que a coisa pontuda vai girar na mão do homem e matá-lo? — indagou Mogli. — Thuu falou que era a Morte.

— Vamos descobrir quando o encontrarmos — disse Bagheera, trotando de cabeça baixa. — É apenas um pé — ele queria dizer que só havia um homem —, e o peso da coisa afundou bem o calcanhar dele no chão.

— Hai! Está claro como um relâmpago de verão — Mogli respondeu; e eles caíram no rápido e agitado trote de trilha adentro e foram cortando os feixes de luar, seguindo as marcas daqueles dois pés descalços.

— Agora ele está correndo — disse Mogli. — Os dedos estão espalhados. — Analisaram um naco de terra molhada. — Ora, por que ele se virou aqui?

— Espere! — disse Bagheera, e se lançou adiante com um pulo soberbo, o mais longe que podia. Quando uma trilha para de se explicar, a primeira coisa a se fazer é avançar sem deixar que as próprias pegadas confundam o caminho. Bagheera se virou ao pousar, e encarou Mogli, gritando: — Aqui outra trilha se encontra com a dele. É um pé menor, na segunda trilha, e os dedos se curvam para dentro.

Então Mogli correu e observou.

— É o pé de um caçador gonde — disse ele. — Veja! Aqui ele arrastou o arco na grama. Foi por isso que a primeira trilha se virou de forma tão abrupta. Pé Grande se escondeu atrás de Pé Pequeno.

— Isso é verdade — disse Bagheera. — Agora, para que não estraguemos as trilhas zanzando por elas, vamos cada um seguir um rastro. Eu sou o Pé Grande, Irmãozinho, e você será Pé Pequeno, o gonde.

Bagheera saltou de volta para a trilha original, largando Mogli curvado por cima da curiosa trilha estreita do homenzinho selvagem da floresta.

— Agora — falou Bagheera, andando pé ante pé ao longo da corrente de passos —, eu, Pé Grande, me viro aqui. E aí me escondo atrás de uma pedra e fico parado,

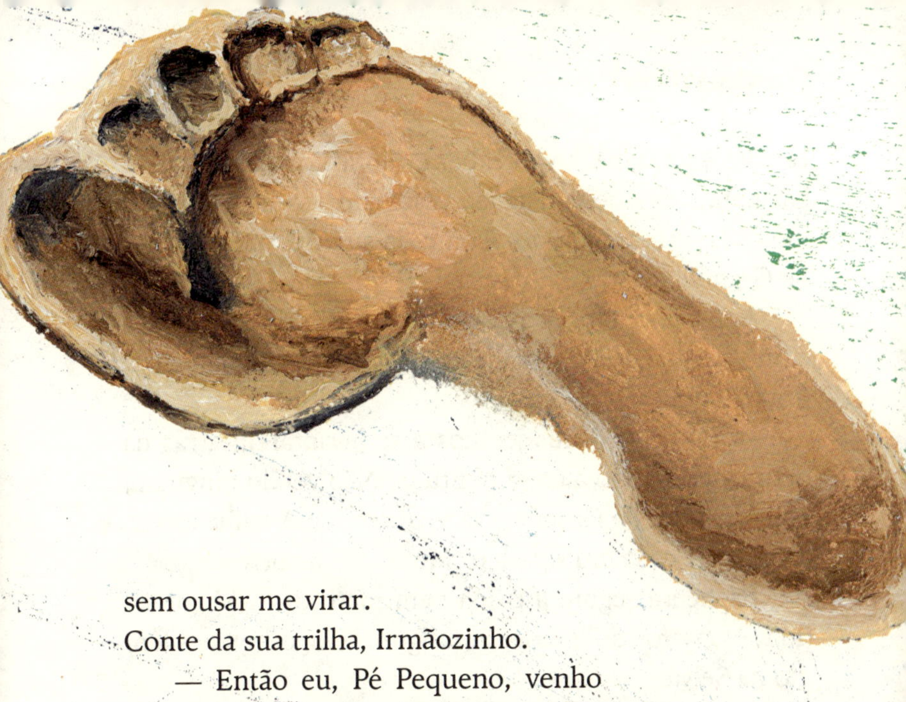

sem ousar me virar.
Conte da sua trilha, Irmãozinho.

— Então eu, Pé Pequeno, venho até a pedra — disse Mogli, avançando pela sua trilha. — E aí me sento debaixo da pedra, me apoiando na mão direita, e repouso o arco entre os dedos. Espero durante muito tempo, porque a marca do meu pé está bem funda aqui.

— Eu também espero — disse Bagheera, escondido atrás da pedra —, repousando a ponta da coisa pontuda numa pedra. Ela escorrega, porque tem um risco na pedra aqui. Conte da sua trilha, Irmãozinho.

— Um, dois gravetos e um galho enorme estão quebrados aqui — disse Mogli, num subtom. — Ora, como é que eu vou contar *daquilo*? Ah! Agora eu entendi. Eu, Pé Pequeno, vou embora fazendo ruídos e pisoteando para que Pé Grande possa me ouvir. — Ele se afastou da rocha, um pé após o outro, por entre as árvores, a voz subindo ao longe ao se aproximar de uma pequena cascata. — Eu me... vou... bem... longe... lá... onde... o barulho... da queda-d'água... esconde... o meu... barulho; e... aqui... aguardo. Conte da sua trilha, Bagheera, Pé Grande!

A pantera olhava para todas as direções para ver como a trilha de Pé Grande se afastava de trás da pedra. Então, falou:

— Eu forço meus joelhos a se levantarem atrás da pedra, arrastando a coisa pontuda. Não vendo ninguém, eu corro. Eu, Pé Grande, corro depressa. A trilha é bem clara. Que cada um siga seu caminho. Eu corro!

Bagheera seguiu a trilha bem marcada, e Mogli seguiu os passos do gonde. Por algum tempo houve silêncio na Selva.

— Cadê você, Pé Pequeno? — gritou Bagheera.

A voz de Mogli respondeu a uns quarenta e poucos metros à direita.

— Hum! — disse a Pantera, com uma tosse grave. — Os dois corriam lado a lado, se aproximando!

Correram por mais oitocentos metros, sempre mantendo uma determinada distância, até Mogli, cuja cabeça não ficava tão próxima do chão quanto a de Bagheera, gritar:

— Eles se encontraram. Boa caçada... veja! Aqui estava Pé Pequeno, com o joelho numa pedra... e Pé Grande logo adiante!

Nem dez metros diante deles, estirado sobre uma pilha de pedras quebradas, estava o corpo de um aldeão do distrito, uma flecha longa e emplumada de gonde atravessando suas costas e peito.

— Será que Thuu era mesmo tão velho e louco assim, Irmãozinho? — disse Bagheera, gentilmente. — Aqui está uma morte, pelo menos.

— Continue seguindo. Mas onde está aquele negócio que bebe o sangue do elefante... o espinho de olhos vermelhos?

— Está com Pé Pequeno... talvez. Agora há somente um pé outra vez.

O rastro solitário de um homem leve que corria rapidamente e carregava um fardo no ombro esquerdo circundava um longo esporão baixo de grama seca, onde cada passada parecia, aos olhos aguçados dos rastreadores, marcada a ferro quente.

Nenhum deles tornou a falar até que a trilha acabasse nas cinzas de uma fogueira escondida numa ravina.

— De novo! — disse Bagheera, parando como se tivesse sido transformado em pedra.

O corpo de um gonde pequeno e enrugado jazia com os pés nas cinzas, e Bagheera olhou inquisitivamente para Mogli.

— Aquilo foi feito com um bambu — disse o menino, depois de um único olhar. — Já usei uma coisa parecida no meio dos búfalos quando trabalhei na Alcateia de Homens. O Pai das Cobras, e como lamento tê-lo feito de tolo, conhecia a espécie muito bem, como eu deveria saber. Eu não tinha dito que os homens matam à toa?

— Realmente, eles matam por causa de pedras vermelhas e azuis — Bagheera respondeu. — Lembre-se, eu estive nas jaulas do Rei em Oodeypore.

— Um, dois, três, quatro, trilhas — disse Mogli, pisando nas cinzas. — Quatro trilhas de homens com pés calçados. Eles não andam tão depressa quanto os gondes. Ora, que mal teria feito a eles um homenzinho da floresta? Veja, eles conversaram juntos, todos os cinco, de pé, antes de o matarem. Bagheera, vamos voltar. O meu estômago pesa dentro de mim, e ainda assim sobe e desce como se fosse um ninho de corrupião na ponta de um galho.

— Não é boa caçada largar uma caça. Prossiga! — disse a pantera. — Aqueles oito calçados não se afastaram muito.

Nada mais foi dito por uma hora inteira, enquanto seguiam a trilha de quatro homens calçados.

Estava claro então, sob a quente luz do dia, e Bagheera falou:

— Sinto cheiro de fumaça.

— Os Homens estão sempre mais dispostos a comer do que correr — Mogli respondeu, trotando para dentro e para fora dos arbustos curtos da nova Selva que exploravam. Bagheera, um pouco mais à esquerda, fez um barulho indescritível com a garganta.

— Aqui está um que já terminou de comer — disse ele.

Uma trouxa desordenada vestindo roupas de cores alegres estava debaixo de um arbusto, e ao seu redor havia um pouco de farinha espalhada.

— Isso também foi feito pelo bambu — disse Mogli. — Veja! Aquela poeira branca que os homens comem. Eles roubaram a caça deste aqui, que carregava a própria comida, e o transformaram na caça de Chil, o Milhafre.

— É o terceiro — disse Bagheera.

— Eu levarei sapos jovens e gordos ao Pai das Cobras, vou engordá-lo — disse Mogli para si mesmo. — Aquele negócio que bebe o sangue do elefante é a própria Morte... mas eu ainda não entendo!

— Vamos continuar! — disse Bagheera.

Não tinham andado nem oitocentos metros quando ouviram Ko, o Corvo, cantando a canção da morte no topo de uma tamargueira sob cuja sombra três homens estavam deitados. Um fogo meio apagado fumegava no centro do círculo, sob uma placa de ferro que continha um bolo de pão sem fermento escurecido e queimado. Perto do fogo e brilhando ao sol estava o ankus rubi e turquesa.

— A coisa trabalha depressa; tudo acaba aqui — disse Bagheera. — Como *eles* morreram, Mogli? Não há marca nenhuma.

Um morador da Selva aprende tanto quanto os médicos, mas por experiência, sobre plantas e frutos venenosos. Mogli cheirou a fumaça que subia do fogo, partiu um pedaço do pão preto, provou e cuspiu.

— Maçã da Morte — ele tossiu. — O primeiro deve ter colocado isso na comida *destes daqui*, que o mataram, tendo primeiro matado o gonde.

— Boa caçada, mesmo! A morte segue de perto — disse Bagheera.

"Maçã da Morte" é a forma como a Selva chama a dhatura, a mamona, que é o veneno mais comum em toda a Índia.

— E agora? — disse a pantera. — Eu e você vamos nos matar pela coisa assassina de olhos vermelhos?

— Será que ela fala? — disse Mogli, num sussurro. — Será que cometi um erro ao jogá-la fora? Entre nós dois ela não pode causar mal algum, porque não desejamos aquilo que os homens desejam. Se ficar aqui, com certeza continuará matando um homem depois do outro tão rapidamente quanto o despencar de nozes numa ventania. Não tenho amor pelos homens, mas nem eu permitiria a morte de seis numa noite.

— Qual é o problema? São apenas homens. Eles mataram uns aos outros, e estamos todos muito satisfeitos com isso — disse Bagheera. — Aquele primeiro homenzinho da floresta caçou bem.

— Eles são filhotes, no entanto; e um filhote se afoga até para morder o reflexo da lua na água. A culpa foi minha — disse Mogli, que falava como se soubesse tudo sobre tudo. — Nunca mais coisas estranhas trarei para a Selva... mesmo que sejam lindas como flores. Isso... — ele segurou o ankus com cuidado — voltará ao Pai das Cobras. Mas, primeiro, precisamos dormir, e não podemos dormir perto destes que dormem aqui. Também precisamos enterrar *isso aqui*, para que não fuja e mate outros seis. Cave um buraco debaixo daquela árvore.

— Mas, Irmãozinho — disse Bagheera, indo até o local —, em verdade eu digo que não há culpa na devoradora de sangue. O problema é com os homens.

— Dá no mesmo — disse Mogli. — Cave o buraco bem fundo. Quando acordarmos, vamos levar a coisa de volta.

***

Duas noites mais tarde, enquanto a Cobra Branca permanecia enlutada na escuridão do cofre, envergonhada e roubada, e sozinha, o ankus turquesa rolou pelo buraco na parede, e bateu no chão de moedas douradas.

— Pai das Cobras — disse Mogli (e tomou o cuidado de permanecer do outro lado da parede) —, arrume alguém jovem e forte dentre o seu povo para ajudá-lo a guardar o Tesouro do Rei, para que nenhum outro homem saia vivo daqui.

— Ah-ha! Ele então voltou. Eu falei que a coisa era a Morte. Como é que você ainda está vivo? — A cobra velha murmurou, girando carinhosamente ao redor do cabo do ankus.

— Em nome do Boi que me comprou, eu não sei! Aquela coisa matou seis vezes em uma só noite. Não permita que torne a sair.

A canção do pequeno caçador

Antes que vibre Mor, o Pavão, antes
que chore o Povo Macaco,
Antes que Chil, o Milhafre, desça
longa encosta,
Voa pela Selva, de leve, de leve, a sombra
e o suspiro—
Eis o medo, pequeno caçador, ó, eis o medo!
De leve, de leve, clareira afora corre a
sombra à espreita, que olha,
E o sussurro se espalha e se alarga cá
e acolá;
E o suor em tua testa, pois agora ele vem –
Eis o medo, pequeno caçador, ó, eis o medo!
Antes que o luar conquiste o morro, antes
que o brilho risque pedregulhos,
Na horinha de breu e orvalho nas trilhas
O respiro ofegante no teu pescoço – funga,
funga noite afora
Eis o medo, pequeno caçador, ó, eis o medo!

De joelhos puxe o arco; lance a
flecha estridente;
Afoga tua lança, no matagal vazio
e zombeteiro;
Repara, então, nas suas mãos frouxas e
fracas, até o sangue fugiu da bochecha
Eis o medo, pequeno caçador, ó, eis o medo!
Quando a nuvem quente suga a
tempestade, quando as lascas quedam
dos pinheiros,
Quando as rajadas ofuscantes e
estrondosas de dilúvio açoitam
e desviam;
Os gongos de guerra do trovão ressoam
de novo, mais alto do que todos–
Eis o medo, pequeno caçador, ó, eis o medo!
Repara nas inundações, longas e
profundas; no salto dos pedregulhos–
O raio exibe cada risco da folha–
Mas a garganta sua fechada e seca,
e o coração contra a tua costela
Martela: Eis o medo, pequeno caçador, ó,
eis o medo!

Cão
verm

elho

Por noites claras e amenas – pelas noites da
correria ligeira.
Na boa distância, na longa visão, boa
caçada, esperteza de fé!
Pelos aromas da alvorada, puros, prévios
ao partir do orvalho!
Pelo correr em neblina, e às cegas
na pedreira!
Pelo uivo da companhia quando gira o
sambhur e fica detido na baia,
Pelo mero risco e a revolta da noite!
Pelo repouso diurno na boca do lar,
É assim, vamos à luta.
Na enseada! Ó, na enseada!

Foi depois do avanço da Selva que a parte mais agradável da vida de Mogli teve início. Ele tinha conseguido a leveza de consciência que acompanha um acerto de contas; a Selva inteira era amiga dele, e também o temia. As coisas que ele fez e viu e ouviu quando foi de um povo até o outro, com ou sem os quatro acompanhantes, gerariam muitas, muitas histórias tão longas quanto esta. Por isso, você nunca ficará sabendo como ele encontrou o Elefante Louco de Mandla, que matou vinte e dois bois que puxavam onze carros cheios de moedas prateadas da Tesouraria do Governo, e espalhou as rupias brilhantes na terra; como ele enfrentou Jacala, o Crocodilo, durante uma longa noite nos Pântanos do Norte, e quebrou sua faca brilhante nas costas duras do bruto bicho; como ele encontrou uma faca ainda mais nova e ainda mais longa ao redor do pescoço de um homem que tinha sido morto por um javali, e como rastreou o tal javali e o matou como sendo um bom preço pela faca; como foi pego, durante a Grande Fome, por uma debandada de cervos, e quase pisoteado até a morte pelo rebanho enfurecido; como impediu que Hathi, o Silencioso, uma vez mais ficasse aprisionado num buraco com uma estaca no fundo, e como, no dia seguinte, ele mesmo caiu numa armadilha para leopardos, e como Hathi quebrou as grossas barras de madeira acima de sua cabeça; como ordenhou as búfalas selvagens no pântano, e como...

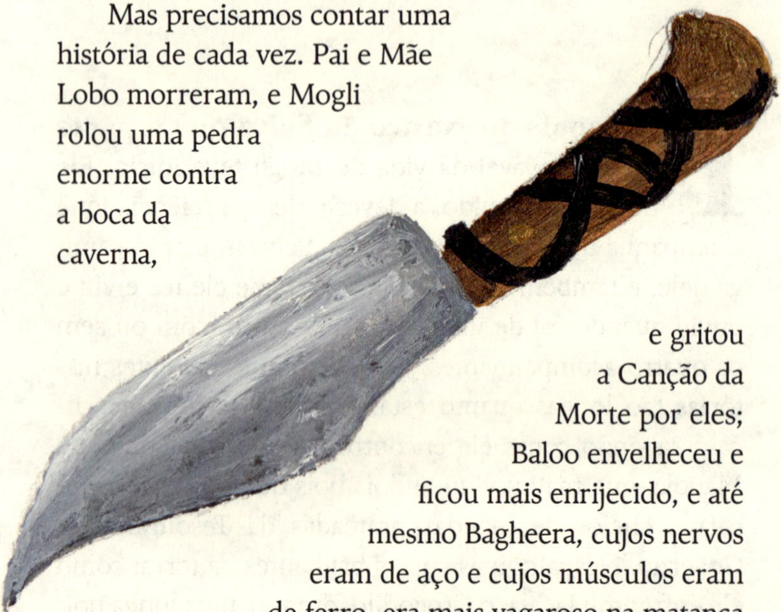

Mas precisamos contar uma história de cada vez. Pai e Mãe Lobo morreram, e Mogli rolou uma pedra enorme contra a boca da caverna, e gritou a Canção da Morte por eles; Baloo envelheceu e ficou mais enrijecido, e até mesmo Bagheera, cujos nervos eram de aço e cujos músculos eram de ferro, era mais vagaroso na matança do que nos idos de antigamente. Akela foi de cinza para um branco-leitoso com a mera idade; as costelas pronunciadas ao caminhar como que feito de madeira, e Mogli matava por ele. Mas os lobinhos, os filhos da debandada Alcateia Seeonee, cresceram e prosperaram e, quando o número deles chegou por volta de quarenta sem que houvesse um chefe, mas tinham uivos encorpados e já cinco anos, Akela disse a eles que deveriam se juntar e seguir a Lei, e correr sob uma liderança, como cabia ao Povo Livre.

Este não era um assunto com o qual Mogli se preocupava, porque, como dizia ele, já tinha comido da fruta amarga, e sabia de qual árvore ela brotava; mas quando Phao, filho de Phaona (o pai dele era o Rastreador Cinzento nos dias de liderança de Akela), ganhou a liderança da Alcateia por meio de uma luta, de acordo com a Lei da Selva, e os velhos chamados e canções começaram a ressoar debaixo das estrelas uma vez mais, Mogli foi até a Pedra do Conselho por nostalgia. Quando quis falar, a Alcateia esperou até que ele tivesse terminado, e ele sentou-se ao lado de Akela na pedra acima de Phao. Aqueles foram dias de caçada boa e dias de sono bom. Nenhum estranho se ocupou de invadir as Selvas que pertenciam ao povo de Mogli, como a Alcateia era chamada, e os lobinhos cresceram fortes e gordos, e muitos foram os filhotes levados até a Conferência. Mogli participava de toda Conferência, lembrando-se da noite em que uma pantera negra trouxera um bebê marrom e pelado para dentro da Alcateia, e o longo grito de "Vejam, vejam bem, ó, Lobos" fez o coração de Mogli tremer. De outro modo, ele estaria muito embrenhado Selva adentro com seus quatro irmãos, provando, tocando, vendo e sentindo coisas novas.

Num dado crepúsculo, ia trotando as léguas todo faceiro, rumando até Akela para compartilhar metade do cervo que tinha abatido, com os Quatro correndo atrás de si, fazendo briguinhas e rolando um em cima do outro pelo simples gozo do viver, ele ouviu um grito que, desde os dias de Shere Khan, não ouvia. Era o que o povo da Selva chamava de *pheeal*, um tipo grotesco de berro que o chacal solta ao caçar na rabeira de um tigre, ou quando uma matança das grandes está para acontecer. Se você for capaz de imaginar uma mistura de ódio, triunfo, medo e desespero, com uma pitadinha de malícia no meio, vai ter uma noção do que era o *pheeal* que ascendeu e tombou e ondulou e tremeu ao longo do Waingunga. Os Quatro pararam de uma vez, eriçados e rosnando. As mãos de Mogli correram para a faca, e ele prestou atenção com o rosto afogueado, sobrancelhas unidas.

— Listrado nenhum ousaria matar aqui — disse ele.

— Isso não é grito de um Precursor — respondeu Irmão Cinzento. — É de matança grande. Ouça!

Ressoou de novo, meio chorado e meio risada, como se o chacal tivesse lábios macios de homem. Então Mogli respirou fundo e correu até a Pedra do Conselho, ultrapassando os lobos apressados da Alcateia. Phao e Akela estavam juntos na Pedra e, abaixo deles, todos os músculos retesados, estavam os outros. As mães e filhotes iam para seus lares; porque quando o *pheeal* é ouvido, não é uma boa hora para coisinhas fracas andarem por aí.

Não ouviam nada além do Waingunga correndo e gorgolejando no escuro, e as brisas da noite no topo das árvores, até que, de repente, um lobo chamou do outro lado do rio. Não era lobo da Alcateia, porque estavam todos ali na Pedra. A nota transformou-se num uivo longo, desesperador:

— Dhole! — ele dizia. — Dhole! Dhole! Dhole!

Escutaram pés cansados nas pedras, e um lobo esguio, manchado de rubro pelos flancos, a pata direita ferida, e as mandíbulas cheias de espuma branca, saltou círculo adentro e ficou de boca aberta na frente de Mogli.

— Boa Caçada! Quem te lidera? — disse Phao, sério.

— Boa caçada! Won-tolla é quem eu sou — foi a resposta.

Ele quis dizer que era um lobo solitário, que se virava sozinho com a parceira e os filhotes num abrigo solitário, como faziam muitos lobos no sul. Won-tolla quer dizer Apartado — aquele que não pertence a Alcateia nenhuma. Ele, então, ofegou, e todos puderam ver os batimentos cardíacos dele o impelindo para frente e para trás.

— O que está se movendo? — perguntou Phao, porque esta é a pergunta que a Selva inteira se faz quando o pheeal é ouvido.

— O dhole, o dhole de Dekkan... Cão Vermelho, o Matador! Vieram de norte a sul dizendo que Dekkan estava vazia e matando pelo caminho. Quando esta lua era nova havia quatro de nós... minha companheira e três filhotes. Ela os ensinava a matar no mato da planície, escondendo-se para guiar os gamos, como nós, dos campos abertos, fazemos. À meia-noite eu os ouvi, fazendo barulho pela trilha. Com o vento do amanhecer eu os encontrei duros na grama... quatro, Povo Livre, éramos quatro no início desta lua. E por isso fui atrás do meu Direito de Sangue, e encontrei os dholes.

— São quantos? — perguntou Mogli, rapidamente; a Alcateia rosnou no fundo da garganta.

— Não sei. Três deles nunca mais matarão, mas por fim eles me guiaram feito um cervo; saí correndo com três patas. Veja, Povo Livre!

Ele mostrou a pata dianteira machucada, toda escurecida de sangue ressecado. Havia mordidas cruéis na parte baixa do flanco, e a garganta dele estava rasgada e ferida.

— Coma — ordenou Akela, erguendo-se da carne que Mogli tinha dado a ele, e o Apartado se atirou sobre ela.

— Essa carne não está sendo desperdiçada — ele respondeu humildemente, ao saciar a ponta de sua fome. — Dê-me um pouco de força, Povo Livre, e eu também matarei. Meu lar está vazio, e estava cheio no começo desta lua; a Dívida de Sangue ainda não está paga.

Phao ouviu os dentes dele batendo contra um osso de perna e resmungou em aprovação.

— Vamos precisar das suas mandíbulas — disse ele. — Havia filhotes com os dholes?

— Não, não. Apenas Caçadores Vermelhos: uns cachorrões da Alcateia deles, pesados e fortes, porque em Dekkan só comem lagartos.

Pelo que Won-tolla havia dito, os dholes, os cães de caça vermelhos de Dekkan, estavam se deslocando para matar, e a Alcateia sabia que até mesmo um tigre larga um abate fresco para os dholes. Eles andam pela Selva jogando no chão e estraçalhando tudo o que encontram. Ainda que não sejam grandes ou espertos feito lobos, são fortes e numerosos. Os dholes, por exemplo, não começam a se chamar de Alcateia até que haja uns cem indivíduos fortes; enquanto isso, quarenta lobos formam uma bela Alcateia. As andanças de Mogli já o haviam levado até a beira das colinas gramadas em Dekkan, e ele tinha visto os destemidos dholes dormindo e brincando e se coçando nas cavidades e tocas que chamam de lar. Ele os desprezou e odiou porque não tinham um cheiro parecido com o do Povo Livre, porque não viviam em cavernas, e, acima de tudo, porque tinham pelos entre os dedos, enquanto ele e os amigos possuíam os pés limpos. Mas ele sabia, porque Hathi tinha contado a ele, como um grupo de dholes caçadores era uma coisa terrível. Até mesmo Hathi se afastava da trilha deles, e, até que sejam mortos, ou até que as presas sumam, eles não param de avançar.

Akela também sabia algumas coisinhas sobre os dholes, porque falou baixinho para Mogli:

— É melhor morrer numa Alcateia Cheia do que sozinho e sem líder. Esta é uma boa caçada... e a minha última. Mas, tal como vivem os homens, você ainda tem muitas noites e dias, Irmãozinho. Vá para o norte e deite-se, e se alguém sobreviver depois que os dholes tiverem passado, esse alguém vai te contar o que aconteceu durante a luta.

— Ah — falou Mogli, bem sério —, será que devo ir para os pântanos e catar piabinhas e dormir numa árvore, ou será que devo pedir a ajuda dos Bandar-log e quebrar nozes enquanto a Alcateia luta debaixo de mim?

— É até a morte — disse Akela. — Você nunca viu os dholes... os Matadores Vermelhos. Nem mesmo o Listrado...

— Aowa! Aowa! — disse Mogli, carinhosamente. — Já matei um macaco listrado, e tenho certeza de que Shere Khan teria abandonado a própria companheira para servir de carne aos dholes se tivesse visto uma Alcateia deles se aproximando. Agora, escute: houve um lobo, meu pai, e houve uma loba, minha mãe, e houve um velho lobo cinzento (não muito sábio: agora está todo branco) que foi meu pai e minha mãe. Logo, eu — ele ergueu a voz — digo que quando os dholes chegarem, e se os dholes chegarem, Mogli e o Povo Livre serão uma só pele em tal caçada; e digo, em nome do Boi que me comprou, em nome do Boi que Bagheera ofereceu em meu nome nos dias de antigamente, dos quais vocês da Alcateia não se lembram... *eu* digo, que Árvores e Rio ouçam bem e guardem a mensagem caso eu me esqueça dela; *eu* digo que esta minha faca será um dente da Alcateia... e eu não acredito que seja uma lâmina cega. Esta é a minha Palavra e que saiu de mim.

— Você não conhece os dholes, homem com língua de lobo — disse Won-tolla. — Eu só quero cobrar a Dívida de Sangue contra eles antes que acabem comigo. Eles caminham lentamente, matando pelo caminho, mas em dois dias eu terei recuperado um pouco da minha força e, uma vez mais, cobrarei a Dívida de Sangue. Mas, para *vocês*, Povo Livre, meu conselho é que rumem ao norte e comam pouco até os dholes irem embora. Não há carne para ser caçada.

— Ouçam só o Apartado! — disse Mogli, com uma risada. — Povo Livre, devemos ir para norte e caçar lagartos e ratos nas margens de rios, caso contrário iremos deparar com os dholes. Eles matarão em nosso território de caça enquanto ficamos escondidos no norte até que seja da vontade deles nos devolver o que é nosso. São cachorros... e filhotes de cachorros... vermelhos, de barriga amarela, sem lar, e peludos entre os dedos! Eles geram de seis a oito filhotes em cada ninhada, mais se parecem com Chikai, o Ratinho Saltitante. Com certeza precisamos fugir, Povo Livre, e pedir licença aos povos do norte para que fiquemos com sobras de gado morto! Vocês já conhecem o ditado: "Ao norte os vermes; e ao sul as pulgas. *Nós* somos a Selva". Escolham bem, ó, escolham. É caçada boa! Para a Alcateia... para Toda a Alcateia... para o lar e para a ninhada; abate, sozinho ou acompanhado; para a companheira que guia o cervo e para os filhotinhos dentro da caverna; e tenho dito... e tenho dito... e tenho dito!

A Alcateia respondeu com um latido grave, alto, que soou que nem uma árvore caindo noite adentro.

— Assim é! — eles gritaram.

— Fiquem com eles — disse Mogli aos Quatro. — Vamos precisar de todos os dentes. Phao e Akela precisam se preparar para a batalha. Eu irei contar os cachorros.

— É morte certa! — Won-tolla gritou, erguendo-se pela metade. — O que pode uma coisa tão pelada fazer contra o Cão Vermelho? Nem mesmo o Listrado, lembre-se...

— Você realmente é um Apartado — Mogli respondeu. — Mas, quando os dholes estiverem mortos, aí conversaremos. Boa caçada a todos!

Ele correu para dentro da escuridão, todo ânimo, mal olhando para onde colocava o pé, e a consequência natural foi que tropeçou feio por cima dos enormes círculos de Kaa, bem no lugar onde o píton observava um rastro de veados perto do rio.

— Kssha! — sibilou Kaa, irritado. — É assim que funciona a Selva, pisoteando e tropeçando e desfazendo uma noite inteira de caçada... quando a caça se move tão bem?

— A culpa foi minha — disse Mogli, levantando-se. — Na verdade, eu procurava por você, Cabeça Chata, mas toda vez que nos encontramos você está mais longo e mais largo do que o meu braço. Não há ninguém como você na Selva, sábio, velho, forte e tão belo, Kaa.

— Ora, para onde é que uma trilha *dessas* leva? — A voz de Kaa estava mais gentil. — Não faz nem uma lua desde que um Homenzinho com uma faca jogou pedras na minha cabeça e me chamou de apelidos horríveis porque eu estava dormindo num espaço aberto.

— É, e fez todos os cervos que tinham sido guiados debandarem para todos os rumos, e Mogli estava caçando, e esta mesma Cabeça Chata estava surda demais para ouvir o assovio dele e deixar a estrada livre — Mogli respondeu, com compostura, sentando-se no meio dos anéis pintados.

— Agora, este mesmo Mogli vem com palavras suaves, carinhosas e bonitas para esta mesma Cabeça Chata, dizendo-lhe que é sábia, forte e bela, e esta mesma Cabeça Chata acredita nisso e abre espaço para o mesmo Homenzinho atirador de pedras, e... está confortável agora? Será que Bagheera ofereceria um local de descanso tão agradável quanto este para você?

Kaa tinha, como de costume, feito uma espécie de rede macia com o próprio corpo debaixo do peso de Mogli. O menino esticou a mão no escuro e agarrou o pescoço que parecia um cabo até que a cabeça de Kaa repousasse em seu ombro, e então contou tudo que tinha acontecido na Selva aquela noite.

— Posso até ser sábio — disse Kaa no final —, mas surdo, com certeza sou. Caso contrário, teria ouvido o pheeal. Não é de surpreender que os Comedores de Grama estejam tão ariscos. Quantos são os dholes?

— Eu ainda não os vi. Vim correndo ter com você. Você é mais velho do que Hathi. Mas, ó, Kaa... — Aqui Mogli se retorceu contente. — Vai ser uma caçada boa. Poucos de nós verão outra lua.

— *Você* tomará parte nisso? Lembre-se de que é um homem; e lembre-se de que a Alcateia te expulsou. Deixe que os Lobos cuidem dos Cães. *Você* é um homem.

— As nozes do ano passado formam a terra escura deste — respondeu Mogli. — É verdade que sou Homem, mas sinto no meu estômago que esta noite eu sou um Lobo, afirmo que sou um Lobo. Pedi para que o Rio e as Árvores se lembrassem disso. Faço parte do Povo Livre, Kaa, até que os dholes tenham partido.

— Povo Livre — Kaa resmungou. — Ladrões livres! E você se enroscou num nó de morte por causa da memória de uns lobos mortos? Isso não é uma caçada boa.

— É a minha Palavra e ela foi dita. As Árvores sabem, o Rio sabe. Até que os dholes partam, a minha palavra não volta.

— Niiissh! Isso muda tudo. Eu tinha pensado em levar você comigo para os pântanos do norte, mas a Palavra... mesmo que seja a Palavra de um Homenzinho pelado, sem fios... é a Palavra. Agora, eu, Kaa, digo...

— Pense bem, Cabeça Chata, antes que você também se enrosque num nó de morte. Eu não preciso de nenhuma Palavra sua, porque sei muito bem...

— Que seja, então — disse Kaa. — Não vou dizer Palavra alguma; mas o que o seu estômago lhe diz para fazer quando o dhole chegar?

— Eles precisam nadar pelo Waingunga. Pensei em recepcioná-los com a minha faca no raso, a Alcateia atrás de mim; e aí eu esfaqueio e meto a lâmina, pode ser que assim possamos forçá-los a descer o rio ou refrescar a garganta.

— Um dhole não vira as costas, e a garganta deles é quente — disse Kaa. — Não vai sobrar nem Homenzinho nem Lobinho quando a caçada terminar, apenas ossos secos.

— Alala! Se morrermos, morremos. Vai ser uma bela caçada. Mas o meu estômago é jovem, e não vi muitas chuvas. Não sou sábio, nem forte. Você tem um plano melhor, Kaa?

— Já vi centenas e centenas de Chuvas. Antes mesmo de as presas lustrosas de Hathi brotarem, a minha trilha já era grande no chão. Em nome do Primeiro Ovo, sou mais velho do que muitas árvores, e vi tudo aquilo que a Selva já fez.

— Mas *esta* é uma caçada nova — disse Mogli. — Nunca antes um dhole cruzou as nossas trilhas.

— O que é já foi. O que será não passa de um ano esquecido que retrocede. Aquiete-se enquanto narro aqueles meus anos.

Por uma longa hora, Mogli deitou-se entre as espirais enquanto Kaa, com a cabeça imóvel no chão, pensava em tudo o que tinha visto e conhecido desde o dia em que saíra do ovo. A luz parecia vir de seus olhos e deixá-los como opalas velhas, e, de vez em quando, ele fazia pequenos passes rígidos com a cabeça, para a direita e para a esquerda, como se caçasse durante o sono. Mogli cochilou tranquilamente, pois sabia que não havia nada como dormir antes da caça, e tinha sido treinado para dormir a qualquer hora do dia ou da noite.

Então sentiu as costas de Kaa crescendo e expandindo-se debaixo dele à medida que o gigantesco píton se desenroscava, sibilando com o barulho de uma espada sendo desembainhada.

— Já testemunhei todas as temporadas mortas — falou Kaa por fim —, e as grandes árvores e os elefantes velhos, e as pedras que eram lisas e afiadas antes que o musgo brotasse. *Você* ainda está vivo, Homenzinho?

— Pouco passou desde o anoitecer — disse Mogli. — Eu não entendo...

— Shhh! Sou Kaa novamente. Sabia que pouco tempo tinha se passado. Agora vamos até o rio, e eu mostrarei o que precisa ser feito contra os dholes.

Ele se virou, esticado feito uma flecha, na direção do canal principal do Waingunga, mergulhando pouco acima do laguinho que ficava atrás da Pedra da Paz, Mogli ao lado dele.

— Não, não nade. Eu vou mais depressa. Nas minhas costas, Irmãozinho.

Mogli colocou o braço esquerdo ao redor do pescoço de Kaa, baixou o direito para mais perto do corpo e endireitou os pés. Então, Kaa enfrentou a corrente como só ele podia, e a ondulação da água contida se ergueu em uma franja em volta do pescoço de Mogli, e seus pés balançaram de um lado para o outro no redemoinho sob os lados fustigantes do píton. Dois ou três quilômetros acima da Pedra da Paz, o Waingunga se estreita entre um desfiladeiro de rochas de mármore que têm entre nove e vinte metros de altura, e a corrente dispara feito um fluxo de moinho entre e por cima de todos os tipos de pedra feia. Mas Mogli não se preocupou com a água; poucas águas no mundo poderiam ter lhe causado medo. Ele olhava para o desfiladeiro de ambos os lados e farejava inquieto, pois havia um cheiro agridoce no ar, muito parecido com o cheiro de um grande formigueiro num dia quente. Instintivamente, mergulhou na água, levantando a cabeça para respirar de vez em quando, e Kaa se ancorou com uma dupla torção de cauda ao redor de uma rocha submersa, segurando Mogli na cavidade de um dos seus caracóis enquanto a água corria.

— Este é o Lugar da Morte — disse o menino. — Por que viemos até aqui?

— Eles dormem — disse Kaa. — Hathi não dá licença para o Listrado. Mas, ainda assim, Hathi e o Listrado dão licença aos dholes, e os dholes, dizem, não dão licença para ninguém. No entanto, ainda assim, a quem o Povo Pequeno das Pedras dá licença? Diga-me, Mestre da Selva, quem é o Mestre da Selva?

— Eles — Mogli sussurrou. — Este é o Lugar da Morte. Vamos embora.

— Não, veja bem, porque estão adormecidos. Está tudo tal como estava quando eu ainda nem tinha o comprimento do seu braço.

As rochas rachadas e desgastadas do desfiladeiro do Waingunga haviam sido usadas desde o início da Selva pelo Povo Pequeno das Pedras — as ocupadas, furiosas e negras Abelhas Selvagens da Índia; e, como Mogli sabia muito bem, todas as trilhas se desviavam meia milha antes de chegarem ao desfiladeiro. Durante séculos, o Povo Pequeno havia se reunido e enxameado de fenda em fenda, e enxameado novamente, manchando o mármore branco com mel velho e fazendo seus favos altos e profundos na escuridão das cavernas internas, onde nem homem, nem besta, nem fogo, nem água alguma vez os

havia tocado. A extensão do desfiladeiro em ambos os lados era coberta por cortinas de veludo preto brilhante, e Mogli se encolheu enquanto olhava, pois eram milhões de abelhas adormecidas. Havia outras protuberâncias e festões e coisas parecidas com troncos de árvores decadentes e cravejados na face da rocha, os velhos favos de anos anteriores ou novas cidades construídas à sombra do desfiladeiro sem vento, e enormes massas de lixo esponjoso e podre rolavam para baixo e ficavam presas entre as árvores e trepadeiras que se agarravam à face da rocha. Enquanto ouvia, escutou mais de uma vez o farfalhar e deslizar de um favo carregado de mel virando ou caindo em algum lugar nas galerias escuras; depois, um estrondo de asas raivosas e um gotejar sombrio, o pinga-pinga do mel desperdiçado, gotejando até passar por alguma saliência ao ar livre e escorrer lentamente nos galhos. Havia uma praia pequena, com menos de um metro e meio de largura, de um lado do rio, empilhada de lixo de anos incontáveis. Havia abelhas mortas, zangões, restos de lixo, favos velhos e asas de mariposas saqueadoras que haviam se perdido atrás do mel, tudo amontoado em pilhas lisas da mais fina sujeira preta. O mero cheiro forte era o suficiente para assustar qualquer um que não tivesse asas e soubesse quem eram os Pequeninos.

Kaa subiu o rio de novo até chegar num baixio arenoso que ficava na ponta do desfiladeiro.

— Eis o abate da temporada — disse ele. — Veja!

No banco de areia repousavam os esqueletos de alguns cervos jovens e um búfalo. Mogli constatou que os ossos não tinham sido tocados nem por lobos nem por chacais, estavam lá dispostos naturalmente.

— Eles passaram dos limites; não conheciam a Lei — murmurou Mogli —, e o Povo Pequeno os matou. Vamos embora antes que acordem.

— Não acordam até que venha o amanhecer — disse Kaa. — Agora, vou te contar uma coisa. Um veado caçado no sul, muitas, muitas Chuvas atrás, veio correndo do sul sem conhecer a Selva, com uma Alcateia atrás de si. Cegado pelo medo, ele saltou lá de cima, a Alcateia, guiada pela visão, vinha numa sanha fervente. O sol estava a pino, e o Povo Pequeno estava muito, muito furioso. Muitos, também, foram aqueles da Alcateia que saltaram no Waingunga, mas já estavam mortos antes de baterem na água. Aqueles que não saltaram morreram nas pedras lá em cima. Mas o veado sobreviveu.

— Como?

— Porque ele veio primeiro, correndo para se salvar, saltando antes de o Povo Pequeno notar, e já estava no rio quando eles se reuniram para matar. A Alcateia, que vinha seguindo, foi completamente sobrepujada pelo Povo Pequeno.

— O veado sobreviveu? — Mogli repetiu lentamente.

— Pelo menos ele não morreu *naquele momento*, embora não houvesse ninguém esperando pela descida dele, alguém com um corpo forte para protegê-lo da água, como um velho Cabeça Chata, gordo, surdo e amarelo, esperaria por um Homenzinho... sim, ainda que todos os dholes de Dekkan estivessem atrás dele. O que se passa pelo seu estômago?

A cabeça de Kaa estava perto da orelha de Mogli; e pouco tempo se passou antes de o menino responder:

— É como se estivéssemos puxando os bigodes da própria Morte, mas... Kaa, você é, realmente, o mais sábio da Selva.

— Tantos dizem isso. Veja bem, se os dholes te seguirem...

— Como tenho certeza de que farão isso. Ha! Ha! Tenho muitos espinhos na língua para pinicar o pelo deles.

— Se eles te perseguirem sem pensar, querendo apenas morder os seus ombros, aqueles que não morrerem lá em cima vão pular na água aqui ou mais lá embaixo, porque o Povo Pequeno vai formar um enxame para atacá-los. Ora, o Waingunga é uma água voraz, e eles não terão Kaa para segurá-los, por isso vão descer, talvez vivos, até a parte rasa que fica perto dos Lares Seeonee, e lá a sua Alcateia pode recebê-los na jugular.

— Ahai! Eowawa! Melhor do que isso apenas uma Chuva em temporada seca. Agora só me falta pensar na corrida e no salto. Serei visto pelos dholes, para que me sigam de perto.

— Já viu as pedras ali de cima? Do lado terrestre?

— Na verdade, não. Tinha me esquecido disso.

— Dê uma olhada. É tudo terra podre, fatiada e esburacada. Se um dos seus pés desengonçados se metesse ali do nada, sua caçada estaria terminada. Veja, eu te deixarei aqui, e apenas por sua causa levarei um recado para a Alcateia para que saibam onde encontrar os dholes. Quanto a mim, não compartilho pele com lobo *algum*.

Quando Kaa desgostava de algum conhecido, conseguia ser mais desagradável do que qualquer um dentre o Povo da Selva, com a exceção de Bagheera, talvez. Foi nadando rio abaixo, e do outro lado da Pedra surgiram Phao e Akela, ouvindo os barulhos noturnos.

— Pssiu! Cães — disse Kaa, animado. — Os dholes virão rio abaixo. Se vocês não tiverem medo, poderão matá-los no raso.

— Quando virão? — perguntou Phao.

— E cadê o meu Filhote de Homem? — falou Akela.

— Virão quando vierem — respondeu Kaa. — Espere e verá. Quanto ao *seu* Filhote de Homem, de quem você tomou uma Palavra e o colocou no caminho da Morte, o *seu* Filhote de Homem está *comigo*, e o fato de ele não estar morto agora não tem nada a ver com você, Cachorro Branco! Espere aqui pelos dholes, e agradeça pelo fato de o Filhote de Homem e eu lutarmos em seu nome.

Kaa voltou a subir a correnteza e ancorou-se no meio do desfiladeiro, olhando para cima, para a linha do penhasco. Logo, viu a cabeça de Mogli se movendo contra as estrelas, e então houve um zunido no ar, um "pluft" nítido e limpo de um corpo caindo com os pés primeiro, e, um minuto depois, o menino repousava novamente no laço do corpo de Kaa.

— Não foi um salto noturno — disse Mogli calmamente. — Já pulei duas vezes mais longe por diversão; mas lá em cima é um espaço maligno... arbustos baixos e ravinas que descem muito fundo, tudo repleto do Povo Pequeno. Coloquei grandes pedras umas sobre as outras ao lado de três ravinas. Vou derrubá-las com os pés quando estiver correndo, e os Pequeninos virão atrás de mim muito irritados.

— Eis as palavras de um Homem e a esperteza de um Homem — disse Kaa. — Você é sábio, mas o Povo Pequeno está sempre irritado.

— Não, durante o crepúsculo todas as asas se aninham e descansam um pouco. Eu brincarei com os dholes durante o crepúsculo, porque um dhole caça melhor durante o dia. E eles agora estão seguindo a trilha do sangue de Won-tolla.

— Chil não abandona um boi morto, nem um dhole abandona uma trilha de sangue — disse Kaa.

— Então farei uma nova trilha de sangue para eles usando o sangue dele, se conseguir, e vou fazê-los comer terra. Vai ficar aqui, Kaa, até eu voltar com os meus dholes?

— Sim, mas e se eles te matarem na Selva, ou se o Povo Pequeno matar você antes que consiga saltar no rio?

— O problema de amanhã nós matamos amanhã — disse Mogli, recitando um ditado da Selva; e completando: — Quando eu estiver morto, será o momento de cantar a Canção da Morte. Boa caçada, Kaa!

Soltou o pescoço do píton e desceu o desfiladeiro como um tronco num rio fresco, remando na direção da margem oposta, onde encontrou água parada, e rindo alto de pura felicidade. Não havia nada de que Mogli gostasse mais do que, como ele mesmo dizia, "puxar os bigodes da Morte" e fazer a Selva saber que ele era o senhor dela. Muitas vezes, com a ajuda de Baloo, ele tinha roubado os ninhos de abelhas em árvores isoladas, e sabia que o Povo Pequeno odiava o cheiro de alho selvagem. Então, juntou um pequeno pacote cheio desse alho, amarrou-o com um barbante feito de casca de árvore e seguiu o rastro do sangue de Won-tolla, que ia para o sul, partindo das Tocas, por cerca de oito quilômetros. Fez isso rindo e olhando para as árvores com a cabeça inclinada para o lado.

— Tenho sido Mogli, a Rã — disse para si mesmo —, mas declarei que sou Mogli, o Lobo. Agora preciso ser Mogli, o Gorila, antes de me tornar Mogli, o Cervo. No fim, serei Mogli, o Homem. Ha!

E deslizou o polegar pela faca de quarenta e cinco centímetros.

A trilha de Won-tolla, toda manchada de nódoas escuras de sangue, corria sob uma floresta de árvores grossas que cresciam próximas umas das outras e se estendiam rumo ao nordeste, tornando-se cada vez mais finas até cerca de três quilômetros da Pedra das Abelhas. Da última árvore até o matagal baixo da Pedra das Abelhas, ficava um campo aberto, onde mal havia cobertura suficiente para esconder um lobo. Mogli trotou sob as árvores, calculando as distâncias de galho a galho, ocasionalmente subindo em um tronco e dando um salto experimental de uma árvore para outra até chegar ao campo aberto, coisa que estudou com muito afinco por uma hora. Então ele se virou, pegou o rastro de Won-tolla bem onde o havia deixado, acomodou-se em uma árvore com um galho que se estendia a cerca de dois metros e meio do chão e sentou-se imóvel, afiando a faca na sola do pé e cantando para si mesmo.

Pouco antes do meio-dia, quando o sol estava bem quente, ouviu as batidas de pé e sentiu o cheiro abominável da matilha de dholes que vinha seguindo a trilha de Won-tolla. Visto do alto, o dhole vermelho não parece ter metade do tamanho de um lobo, mas Mogli sabia como os pés e as mandíbulas deles eram potentes. Observou a cabeça aguda do líder farejando a trilha e deu um grito de:

— Boa caçada!

O bruto olhou para cima, e os companheiros se detiveram atrás dele, vários e vários cães vermelhos de rabos pendurados, ombros pesados, ancas fracas e bocas sanguinárias. Os dholes geralmente são calados, e não possuem modos, nem mesmo na Selva deles próprios. Uns bons duzentos deviam estar reunidos abaixo dele, mas Mogli via que os líderes farejavam a trilha de Won-tolla com ferocidade, e tentavam impelir a Matilha adiante. Isso não era bom, eles podiam chegar nas Tocas em plena luz do dia, e Mogli precisava segurá-los ali até o entardecer.

— Por ordem de quem vocês estão aqui? — perguntou Mogli.

— Todas as Selvas são nossas Selvas — foi a resposta, e o dhole que a forneceu arreganhou os dentes brancos.

Mogli olhou para baixo com um sorriso, e imitou perfeitamente a tagarelice de Chikai, o Ratinho Saltitante de Dekkan, dando a entender que não os considerava muito melhores do que um Chikai. A Matilha se juntou ao redor do tronco da árvore e o líder vociferou selvagemente, chamando Mogli de macaco de árvore. Em resposta, Mogli esticou uma perna pelada para baixo e retorceu os dedos do pé logo acima da cabeça do líder. Isso bastou, e mais do que bastou, para encher a Matilha de uma raiva estúpida. Aqueles que têm pelos entre os dedos não gostam de ser lembrados disso. Mogli afastou o pé na hora em que o líder saltou, e falou mansinho:

— Cachorro, cachorro vermelho! Volte para Dekkan e vá comer lagartos. Volte para o seu irmão, Chikai... cachorro, cachorro... cachorro, cachorro vermelho! Olha só os pelos entre os seus dedos!

E agitou os dedos outra vez.

— Desça aqui antes que a gente te mate de fome, macaco pelado! — gritou a Matilha, e era isso que Mogli queria.

Ele se deitou ao longo do galho, com o rosto na casca, o braço direito livre, e ali contou ao bando tudo o que pensava e sabia sobre eles, suas maneiras, seus costumes, suas companheiras e seus filhotes. Não há fala no mundo inteiro que seja tão rancorosa e mordaz quanto a linguagem que o Povo da Selva usa para mostrar escárnio e desprezo. Se você parar para pensar, verá o motivo de ser assim. Como Mogli havia dito a Kaa, ele tinha muitos espinhos sob a língua e, lenta e deliberadamente, conduziu os dholes do silêncio aos rosnados, dos rosnados aos gritos e dos gritos aos roucos delírios de escravidão. Eles tentaram responder às provocações dele, mas era como se um filhote tentasse responder a Kaa de forma raivosa; e o tempo todo a mão direita de Mogli permanecia curvada ao seu lado, pronta para a ação, seus pés presos ao redor do galho. O grande líder baio havia saltado várias vezes no ar, mas Mogli não ousaria arriscar um golpe em falso. Por fim, furioso para além de suas forças naturais, o dhole saltou dois ou três metros acima do solo. Então a mão de Mogli disparou feito a cabeça de uma cobra e agarrou-o pela nuca, e o galho balançou com seu peso, quase derrubando Mogli no chão. Mas ele jamais afrouxou o aperto e, centímetro a centímetro, puxou a besta, pendurada feito um chacal afogado, para cima do galho. Com a mão esquerda, pegou a faca e cortou o rabo vermelho e espesso, jogando o dhole de volta à terra. Isso era tudo de que precisava. Aqueles dholes não seguiriam o rastro de Won-tolla agora até que matassem Mogli ou até que Mogli os matasse. Ele os viu se acomodando em círculos com um tremor nas ancas, o que significava que ficariam ali, e então subiu para um nó mais alto, ajeitou as costas confortavelmente e dormiu.

Depois de três ou quatro horas, ele acordou e contou a Matilha. Estavam todos ali, calados, roucos e ríspidos, com olhos de aço. O sol começava a se por. Em meia hora, o Povo Pequeno das Pedras terminaria a labuta deles, e, como você sabe, os dholes não brigam bem durante o crepúsculo.

— Eu não precisava de sentinelas tão zelosas assim — ele falou educadamente, levantando-se no galho —, mas vou me lembrar disso. Vocês são dholes de verdade, mas acho que já extrapolaram. Por este motivo, não vou devolver o rabo do grande comedor de lagarto. Você não está se divertindo, Cachorro Vermelho?

— Eu mesmo vou arrancar o seu estômago! — gritou o líder, riscando o pé da árvore.

— Nem, mas pensa bem, ó, sábio Ratinho de Dekkan. Agora haverá muitas ninhadas de cachorrinhos vermelhos sem rabo, sim, com toquinhos vermelhos que picam quando a areia está quente. Vá para casa, Cachorro Vermelho, e chore pelo fato de que um macaco fez isso. Ah, você não vai? Venha, então, comigo, e eu te tornarei muito sábio!

Ele se moveu, ao estilo dos Bandar-log, até a árvore seguinte, e assim o fez até a próxima e a próxima e a próxima, a Matilha o seguindo de cabeças erguidas e esfomeadas. De vez em quando ele fingia cair, e a Matilha se embolava toda para correr até a matança. Era uma visão curiosa — o menino com a faca que brilhava na luz baixa enquanto ia trocando de galhos, e a Matilha silenciosa com sua pelugem vermelha toda afogueada, correndo e perseguindo logo abaixo. Ao chegar na última árvore, ele pegou o alho e se esfregou todo, cuidadosamente, e os dholes gritaram com escárnio:

— Macaco com língua de lobo, está tentando ocultar o seu cheiro? — disseram eles. — Vamos te seguir até a morte.

— Toma o seu rabo — disse Mogli, atirando-o de volta para o caminho de onde tinha vindo. A Matilha instintivamente foi atrás. — E me sigam então... até a morte.

Escorregou pelo tronco e disparou como o vento, com os pés descalços, rumo à Pedras das Abelhas, antes que os dholes pudessem ver o que ele faria.

Soltaram um uivo profundo e se meteram num galope alongado e ponteiro que é capaz de alcançar qualquer coisa que corra. Mogli sabia que o ritmo de matilha deles era muito mais lento do que o dos lobos, caso contrário nunca teria se arriscado numa corrida de três quilômetros à vista deles. Eles tinham certeza de que o menino finalmente era deles, e Mogli tinha certeza de que estava brincando com eles como bem queria. Seu trabalho era mantê-los suficientemente assanhados atrás de si para evitar que perdessem o interesse cedo demais. Ele correu de forma certeira, uniforme e elástica; o líder sem cauda estava menos de cinco metros atrás dele; e a matilha avançava por, talvez, quatrocentos metros de terreno, loucos e cegos pela fúria da matança. Então, Mogli manteve a distância confiando em seus ouvidos, reservando o último esforço para uma esticada até as Pedras das Abelhas.

Os Pequeninos tinham ido dormir no início do crepúsculo, pois não era a estação do desabrochar tardio das flores; mas, quando os primeiros passos de Mogli soaram ocos no chão oco, ele ouviu um som como se toda a terra estivesse zumbindo. Então correu como nunca havia corrido antes, desviou de uma, duas, três pilhas de pedras até as ravinas escuras e de cheiro doce; ouviu um rugido parecido com o rugido do mar em uma caverna; viu, com o rabo do olho, o ar escurecer atrás de si; viu a correnteza do Waingunga lá embaixo e uma cabeça chata em forma de diamante na água; saltou para fora com toda sua força, o dhole sem rabo estalando em seu ombro no ar, e caiu de pé rumo à segurança do rio, ofegante e triunfante. Não havia picada alguma nele, pois o cheiro do alho havia contido os Pequeninos durante aqueles poucos segundos em que se embrenhou entre eles. Quando ele emergiu, as espirais de Kaa o seguravam e coisas saltavam por sobre a beira do penhasco — grandes tufos, ao que parecia, de abelhas agrupadas e caindo como prumos; mas, antes que qualquer caroço tocasse a água, as abelhas voaram para cima, e o corpo de um dhole girava rio abaixo. No alto, era possível ouvir gritos curtos e furiosos, abafados por um rugido semelhante ao de uma arrebentação — o rugido das asas do Povo Pequeno das Rochas. Alguns dholes também caíram nas ravinas que se comunicavam com as cavernas subterrâneas, e ali sufocaram, lutaram e se espatifaram entre os favos de mel caídos e, por fim, foram tomados, mesmo estando mortos, por ondas de abelhas, abaixo deles, surgindo de algum buraco na face do rio, rolando por sobre montes de refugos escuros. Alguns dholes haviam saltado para as árvores nos penhascos, e as abelhas apagaram suas formas; mas a maioria deles, enlouquecidos pelas picadas, havia se jogado no rio; e, como disse Kaa, o Waingunga era água faminta.

Kaa segurou Mogli com força até que o menino recuperasse o fôlego.

— Não podemos ficar aqui — disse ele. — O Povo Pequeno está muito agitado. Venha!

Nadando timidamente e mergulhando sempre que possível, Mogli foi rio abaixo, a faca na mão.

— Devagar, devagar — disse Kaa. — Um dente não mata uma centena, a menos que seja um dente de cobra, e muitos dholes pularam na água quando viram o Povo Pequeno se levantando.

— Mais trabalho para a minha faca, então. Phai! Veja só como o Povo Pequeno vem atrás! — Mogli afundou de novo.

A superfície da água estava coberta de abelhas selvagens, zumbindo carrancudas e picando tudo que viam pela frente.

— Nada jamais foi perdido pelo silêncio — disse Kaa; nenhum ferrão era capaz de penetrar suas escamas —, e você ainda tem uma noite inteira para a caça. Ouça, ouça como uivam!

Quase metade do bando tinha visto a armadilha para a qual seus companheiros tinham corrido e, virando de lado, haviam se jogado na água onde o desfiladeiro se abria em margens íngremes. Seus gritos de raiva e suas ameaças contra o "macaco da árvore" que os havia levado à vergonha se misturavam aos gritos e rosnados daqueles que haviam sido punidos pelos Pequeninos. Permanecer em terra era a morte, e todo dhole soube disso. A matilha deles foi arrastada pela corrente até os redemoinhos profundos da Lagoa da Paz, mas mesmo lá os Pequeninos furiosos os seguiram e os forçaram a voltar para a água. Mogli conseguia ouvir a voz do líder sem cauda ordenando que seu povo esperasse e matasse todos os lobos em Seeonee. Mas o garoto não perdeu tempo escutando.

— Alguém na escuridão está nos matando por trás! — ganiu um dhole. — Estamos numa água condenada!

Mogli tinha mergulhado adiante feito uma lontra e retorcido um dhole que lutava debaixo d'água antes que ele pudesse abrir a boca, e anéis escuros surgiram quando o corpo boiou, virando de lado. Os dholes tentaram retornar, mas a corrente os impediu, e os Pequeninos dispararam em suas cabeças e orelhas, e eles podiam ouvir as provocações da Alcateia Seeonee soando cada vez mais altas na escuridão crescente. Novamente, Mogli mergulhou, e, novamente, um dhole afundou e ressurgiu morto, e novamente o clamor irrompeu na retaguarda do bando; alguns uivavam que era melhor sair da água, outros clamavam ao líder que os levasse de volta a Dekkan, e outros pediam a Mogli que se mostrasse, e Mogli os matou.

— Eles vêm para a luta com dois estômagos e várias vozes — disse Kaa. — O resto deles já está com os seus irmãos lá embaixo. O Povo Pequeno agora vai voltar a dormir. Eles já nos perseguiram até longe demais. Pois eu também vou voltar, pois não sou da mesma pele que lobo algum. Boa caçada, irmãozinho, e lembre-se de que o dhole morde baixo.

Um lobo veio correndo ao longo da margem com três pernas, saltando para cima e para baixo, colocando a cabeça de lado perto do chão, curvando as costas e saltando no ar como se estivesse brincando com seus filhotes. Era Won-tolla, o Apartado, e ele não falou palavra alguma, mas deu continuidade ao esporte pavoroso atrás dos dholes. Eles já estavam na água havia um bom tempo, e nadavam cansados, os pelos molhados e pesados, os rabos felpudos se arrastando que nem esponjas, tão cansados e abatidos que eles, também, estavam calados, observando o par de olhos alumiados que se moviam lá adiante.

— Esta não é uma boa caçada — disse um deles, ofegante.

— Boa caçada! — disse Mogli, brotando ousado ao lado do bruto, e meteu a lâmina atrás do ombro dele, enfiando com força para evitar um contragolpe do moribundo.

— Você está aí, Filhote de Homem? — disse Won-tolla do outro lado da água.

— Pergunte aos mortos, Apartado — respondeu Mogli. — Nenhum veio rio abaixo? Eu enchi de terra a boca desses cachorros; eu os enganei a plena luz do dia, e o líder deles agora perdeu o rabo, mas ainda há alguns para você aqui. Para onde devo guiá-los?

— Vou esperar — disse Won-tolla. — A noite se estende diante de mim.

E cada vez mais foi se aproximando o grupo dos lobos Seeonee.

— Pela Alcateia, porque a Alcateia Inteira assim é!

E um nó do rio impeliu os dholes adiante por entre a terra e os bancos de areia do outro lado das Tocas.

Então eles compreenderam o erro. Deveriam ter saído da água oitocentos metros acima e atacado os lobos em solo seco. Agora já era tarde demais. A margem estava emoldurada por olhos ardentes e, exceto pelo horrível *pheeal* que não cessava desde o pôr do sol, não havia outro som na Selva. Era como se Won-tolla os estivesse incentivando para que viessem para a terra.

— Virem e mantenham-se firmes! — disse o líder dos dholes.

A matilha inteira se jogou na praia, se debatendo e se arrastando na água rasa até a face do Waingunga ficar toda branca e agitada, e as grandes ondulações foram de um lado para o outro, como ondas na proa de um barco. Mogli seguiu a corrida, esfaqueando e cortando enquanto os dholes, amontoados, avançavam pela praia do rio numa torrente.

Então a briga longa teve início, arfando e se alongando e dividindo e se espalhando e estreitando e se alargando ao longo das areias vermelhas e úmidas, e por cima e por entre as raízes emaranhadas das árvores, e cruzando e atravessando os arbustos, e dentro e fora dos tufos de grama; pois mesmo agora o número dos dholes era de dois para um. Mas eles depararam com lobos que lutavam com tudo aquilo que constituía uma Alcateia, e não apenas os caçadores do bando, baixos, altos, de peito largo e presas brancas, mas também as *lahinis* de olhos ansiosos — as lobas do covil, como diz o ditado — lutando por suas ninhadas, acompanhadas aqui e ali por um lobinho de um ano, o primeiro pelo ainda meio lanoso, puxando e lutando ao lado delas. Um lobo, você deve saber, voa na garganta ou morde o flanco, enquanto um dhole, de preferência, morde a barriga; por isso, enquanto os dholes lutavam para sair da água e tinham de levantar a cabeça, a sorte favorecia os lobos. Em terra seca, eram os lobos que sofriam; mas, na água ou nas margens, a faca de Mogli ia e vinha sem cessar. Os Quatro se aproximaram dele. O Irmão Cinzento, agachado entre os joelhos do menino, protegia seu estômago, enquanto os outros

protegiam suas costas e os dois lados, ou o protegiam quando ele era derrubado pelo choque de um dhole que, gritando e saltando, atirava-se na lâmina. Quanto ao resto, era tudo uma confusão emaranhada — uma multidão fechada e oscilante que se movia da direita para a esquerda e da esquerda para a direita ao longo da margem; e também girava e girava lentamente em sua própria órbita. Ali havia um montículo ondulante, como uma bolha de água num redemoinho, que se estourava tal qual uma bolha de água e lançava quatro ou cinco cães mutilados, cada um lutando para voltar ao centro; havia também um único lobo derrubado por dois ou três dholes, arrastando-os laboriosamente para a frente e submergindo a todos; também um filhote de um ano era erguido pelo agito ao seu redor, embora tivesse morrido havia bastante tempo, enquanto a mãe, enlouquecida com uma raiva muda, rolava sem parar, mordendo e avançando; e no meio da pressão mais densa, talvez, um lobo e um dhole, esquecendo-se de todo o resto, manobravam rumo ao primeiro ataque, até serem apartados por uma horda de lutadores furiosos. Num determinado momento, Mogli passou por Akela, que tinha um dhole em cada flanco, e cujas mandíbulas quase desdentadas se fechavam no lombo de um terceiro; e depois ele viu Phao, com os dentes cravados na garganta de um dhole, puxando a besta relutante para a frente até que os filhotes pudessem acabar com ela. Mas a maior parte da luta aconteceu de forma cega e sufocante no escuro; batidas, tropeços e quedas, ganir, gemer e preocupação-preocupação-preocupação, ao redor dele, atrás dele e acima dele. À medida que a noite avançava, o movimento rápido e vertiginoso aumentava. Os dholes estavam acovardados e com medo de atacar os lobos mais fortes, mas ainda não ousavam fugir. Mogli sentiu que o fim se aproximava e se contentou em atacar apenas para aleijar. Os filhotes ficavam mais ousados; de vez em quando havia uma pausa para respiro e troca de palavras entre amigos, e o mero movimento da lâmina no ar às vezes desviava um dos cachorros.

— A carne já está muito perto do osso — gritou Irmão Cinzento. Ele sangrava de várias feridas.

— Mas o osso ainda não se partiu — disse Mogli. — Eowawa! É *assim* que se faz na Selva!

A lâmina vermelha corria que nem uma chama pela lateral de um dhole cuja parte traseira tinha sido ocultada pelo peso de um lobo pendurado.

— Este abate é meu! — resmungou o lobo através das narinas enrugadas. — Deixe pra mim.

— O seu estômago ainda está vazio, Apartado? — perguntou Mogli.

Won-tolla foi dolorosamente punido, mas seu aperto tinha paralisado o dhole, que não conseguia se virar e pegá-lo.

— Em nome do Boi que me comprou — disse Mogli, com uma risada amarga. — É o sem rabo.

E, realmente, ali estava o grande líder baio.

— Não é de bom tom matar filhotes e lahinis — Mogli foi-se a filosofar, limpando o sangue dos olhos —, a menos que o Apartado também seja morto; e o meu estômago está me dizendo que o Won-tolla aqui vai te matar.

Um dhole saltou para socorrer o líder; mas, antes que seus dentes alcançassem o flanco de Won-tolla, a faca de Mogli já estava na garganta dele, e Irmão Cinzento cuidou do resto.

— E é assim que agimos na Selva — disse Mogli.

Won-tolla não falou mais nada, apenas suas mandíbulas iam se fechando e fechando ao redor do osso das costas do líder dhole enquanto a vida partia. O dhole estremeceu, a cabeça caiu e ele ficou imóvel, e Won-tolla desabou em cima dele.

— Ah! A Dívida de Sangue está paga — disse Mogli. — Cante a canção, Won-tolla.

— Ele não caçará mais — disse Irmão Cinzento. — E Akela também ficará em silêncio por muito tempo.

— O osso se partiu! — trovejou Phao, filho de Phaona. — Estão fugindo! Matem, matem todos, ó, caçadores do Povo Livre!

Dhole após dhole se esgueirava daquelas areias escuras e sangrentas, correndo para o rio, para a Selva densa, rio acima ou rio abaixo, conforme visse um caminho livre.

— A dívida! A dívida! — gritou Mogli. — Pague a dívida! Eles mataram o Lobo Solitário! Que não sobre cachorro algum!

Ele voou para o rio, faca na mão, para verificar qualquer dhole que ousasse entrar na água, quando, de sob um amontoado de nove mortos, surgiram a cabeça e as patas dianteiras de Akela, Mogli caiu de joelhos ao lado do Lobo Solitário.

— Não falei que seria a minha última luta? — Akela ofegou. — Foi uma boa caçada. E você, Irmãozinho?

— Estou vivo, e matei muitos.

— Que bom. Estou morrendo, e eu... eu morreria por você, Irmãozinho.

Mogli tomou a cabeça terrivelmente machucada em seus joelhos e colocou os braços ao redor do pescoço rasgado.

— Muito tempo se passou desde os velhos dias de Shere Khan, e desde quando um Filhote de Homem rolava pelado na terra.

— Não, não, eu sou Lobo. Tenho a mesma pele que o Povo Livre — Mogli gritou. — Não é por vontade minha que sou homem.

— Você é homem, Irmãozinho, lobinho de minha criação. Você é homem, caso contrário a Alcateia teria fugido dos dholes. Devo a minha vida a ti, e hoje você salvou a Alcateia tal como um dia eu te salvei. Você já se esqueceu? Todas as dívidas estão pagas agora. Vá para o seu próprio povo. Digo outra vez, olho do meu olho, a caçada chegou ao fim. Volte para o seu povo.

— Eu não irei voltar. Caçarei sozinho na Selva. Tenho dito.

— Depois do verão vêm as Chuvas, e depois das Chuvas, a primavera. Volte antes que seja expulso.

— Quem poderia me expulsar?

— Mogli irá expulsar Mogli. Volte para o seu povo. Vá até o Homem.

— Quando Mogli expulsar Mogli, aí partirei — respondeu Mogli.

— Não tenho mais nada a dizer — falou Akela. — Irmãozinho, você poderia me colocar de pé? Eu também já fui um líder do Povo Livre.

Com muito cuidado e gentileza, Mogli afastou os corpos e colocou Akela de pé, os dois braços ao redor dele, e o Lobo Solitário respirou fundo e começou a Canção da Morte, que um líder da Alcateia deve cantar quando morre. Ela foi ganhando força pelo caminho, subindo e subindo, e ressoando para lá do rio, até seu último grito de "Boa Caçada!", e Akela se soltou de Mogli por um instante, e, saltando no ar, tombou morto para trás, em cima de seu último e mais atroz abate.

Mogli colocou a cabeça dele em seus joelhos, desatento a todo resto, enquanto os dholes restantes que fugiam eram pegos e derrubados pelas lahinis inclementes. Pouco a pouco os gritos foram morrendo, e os lobos voltaram mancando à medida que seus ferimentos secavam, para contabilizar as perdas. Quinze da Alcateia, assim como meia dúzia de lahinis, estavam mortos no rio, e dos cães não havia nenhum incólume. E Mogli ficou sentado no meio de tudo aquilo até o raiar de um dia gelado, quando o focinho vermelho e úmido de Phao pousou em sua mão, no que Mogli se afastou para mostrar o corpo esguio de Akela.

— Boa caçada! — disse Phao, como se Akela ainda estivesse vivo, e então, por cima de seu ombro abocanhado, falou aos outros: — Uivem, cães! Um Lobo pereceu esta noite.

Mas, de todo o bando de duzentos dholes guerreiros que se vangloriavam de que todas as Selvas eram a Selva deles, e que nenhum ser vivo seria páreo para eles, nenhum voltou a Dekkan para contar a história.

A canção de Chil

[Esta é a canção que Chil cantou quando os milhafres desceram, um após o outro, até o leito do rio, depois da grande batalha. Chil é um bom amigo de todos, mas ele também é uma criatura de coração frio, porque sabe que, a longo prazo, quase todos da Selva serão comidos por ele.]

Estes eram meus companheiros saindo à noite
 – *(Para Chil! Olha você, para Chil!)*
Agora venho eu apitar-lhes o fim da luta.
 (Chil! Vanguardas do Chil!)
A história que me ofertaram foi a de matança
 na pedreira,
A história que ofertei a eles foi a dos pés de
 veados na planície.
Eis o fim de cada trilha – eles não
 falarão novamente!

Aqueles que chamaram o grito de caça – que
 perseguiam em rapidez – (Para Chil! Olha
 você, para Chil!)

Aqueles que ordenaram a roda de sambhur,
ou que o prenderam em passagem *(Chil! Arautos do Chil!)*
Aqueles que perseguiram aromas – aqueles que correram antes,
Aqueles que evitavam o chifre nivelado – que se esbaldaram
Eis o fim de cada trilha – não mais a seguirão.

Estes eram meus companheiros. Pena que padeceram! (*Para Chil! Olha você, para Chil!)*
Agora venho consolar aqueles que os conheceram em seu orgulho. *(Chil! Arautos de Chil!)*
Flanco esfarrapado e olho encovado, boca aberta e vermelha,
Trancados, esguios e solitários eles jazem, os mortos sobre seus mortos.
Eis o fim de cada trilha – e aqui os meus anfitriões são alimentados.

A
corrid
da
prim

a
vera

Homem, volte ao Homem! Grite o desafio
Selva afora!
Ele, que era nosso irmão, parte.
Ouça bem e julgue, ó, Povo da Selva...
Responde, quem irá renegá-lo...
quem permanecerá?

Homem, volte ao Homem! Ele que chora
na Selva:
Aquele que era nosso Irmão agora pranteia!
Homem, volte ao Homem! (Oh, nós o
amamos na Selva!)
Rumo ao Rastro do Homem, que não
podemos seguir.

No segundo ano após a grande batalha contra os Cães Vermelhos e a morte de Akela, Mogli devia ter quase dezessete anos. Ele parecia bem mais velho, porque bastante exercício, a melhor alimentação e banhos sempre que sentia um pouco de calor ou sujeira tinham dado a ele uma força e tamanho muito além da idade. Ele conseguia se balançar com uma mão só nos galhos do topo por meia hora, quando tinha a chance de seguir pela estrada das árvores. Conseguia deter um veado em pleno galope e derrubá-lo pela cabeça. Era capaz até mesmo de sacudir os grandes Javalis Selvagens que viviam nos Pântanos do Norte. O Povo da Selva, que costumava temê-lo por sua inteligência, agora o temia por causa de sua força e, quando ele se deslocava silenciosamente, cuidando da própria vida, bastava um mero aviso sobre sua chegada para que as trilhas se esvaziassem. Mas, ainda assim, seus olhos eram sempre gentis. Mesmo quando lutava, seus olhos nunca queimavam como os de Bagheera. Só ficavam mais e mais animados e interessados; e isso era uma das coisas que o próprio Bagheera não entendia.

Ele questionou Mogli acerca disso, e o menino riu e falou:

— Quando erro o abate, sinto raiva. Quando fico vazio por dois dias, sinto raiva. Os meus olhos não falam?

— A boca sente fome — disse Bagheera —, mas os olhos não dizem nada. Seja caçando, comendo ou nadando, é tudo a mesma coisa... que nem uma pedra num clima seco ou molhado.

Mogli olhou preguiçosamente por debaixo dos longos cílios, e, como sempre, a cabeça da pantera baixou. Bagheera reconhecia seu mestre.

Estavam deitados lá no alto de uma colina, de frente para o Waingunga, e as brumas da manhã pairavam abaixo deles em bolos de branco e verde. À medida que o sol nascia, ele se transmutava em mares borbulhantes de ouro vermelho em movimento e permitia que os raios marcassem a grama seca sobre a qual Mogli e Bagheera descansavam. Era o fim do tempo frio, as folhas e as árvores pareciam gastas e desbotadas, em todo canto havia um farfalhar seco quando o vento soprava. Uma folha fazia teco-teco-teco num galho, uma folhinha solitária apanhada numa corrente de ar. Isso acordou Bagheera, porque ele inalou o ar matinal com uma tosse profunda e oca, jogou-se de costas e golpeou a folha ondulante com as patas.

— O ano está mudando — disse ele. — A Selva avança. A Época do Novo Falar está chegando. Aquela folha sabe disso. É uma coisa boa.

— A grama secou — Mogli respondeu, puxando um tufo. — Até mesmo o Olho da Primavera [que é uma florzinha vermelha, cerosa, em forma de trompete, que pipoca no meio da grama]... até mesmo o Olho da Primavera está fechado, e... Bagheera, *é certo* uma Pantera Negra ficar deitada de costas e bater as patas no ar como se fosse um gato de árvore?

— Hum? — perguntou Bagheera.

Ele parecia estar pensando em outra coisa.

— Eu perguntei se é *certo* que a Pantera Negra abra a boca e tussa, e uive e role? Lembre-se, somos os Mestres da Selva, você e eu.

— Claro, sim; eu ouvi, Filhote de Homem. — Bagheera rolou depressa e sentou-se, com sujeira em seus flancos gastos. (Estava acabando de soltar os pelos de inverno.) — Nós com certeza somos os Mestres da Selva! Quem é tão forte quanto Mogli? Quem é tão sábio?

Havia uma cadência toda peculiar na voz de Bagheera que obrigou Mogli a se virar para ver se, por acaso, a Pantera Negra estava fazendo uma piada, porque a Selva é cheia de palavras que soam de uma forma, mas que significam outra coisa.

— Eu falei que, sem sombra de dúvida, somos os Mestres da Selva — Bagheera repetiu. — Cometi um erro? Não sabia que o Filhote de Homem não se deitava mais no chão. Ele agora voa?

Mogli sentou-se apoiado nos joelhos, olhando para longe no vale iluminado. Em algum lugar lá embaixo, um pássaro praticava, numa voz rouca e esganiçada, as primeiras notas de sua canção de primavera. Não passava de uma sombra do canto líquido, encorpado, que ele soltaria mais tarde, mas Bagheera o ouviu.

— Eu disse que a Época do Novo Falar se aproxima — rosnou a pantera, mexendo o rabo.

— E eu ouvi — Mogli respondeu. — Bagheera, por que você está se tremendo todo? O sol está quente.

— Aquele é Ferao, o Pica-Pau Vermelho — disse Bagheera. — *Ele* não esqueceu. Agora, eu também preciso me lembrar da minha canção.

E começou a ronronar e cantarolar para si mesmo, ficando cada vez mais e mais insatisfeito.

— Não há caça por aqui — disse Mogli.

— Irmãozinho, os seus *dois* ouvidos morreram? Essa não é a minha palavra de abate, mas a canção que deixo preparada em caso de necessidade.

— Eu tinha me esquecido. Vou ficar sabendo quando a Época do Novo Falar tiver chegado, porque aí você e os outros sairão correndo e me largarão sozinho.

Mogli falou de forma bem selvagem.

— Ora, sim, Irmãozinho — começou Bagheera. — Nem sempre nós…

— Ah, vocês fazem isso, sim — disse Mogli, esticando o indicador raivosamente. — Vocês fogem, *sim*, e eu, que sou o Mestre da Selva, tenho de caminhar sozinho. Como foi na outra estação, enquanto eu colhia cana nos campos de uma Alcateia de Homens? Enviei um batedor, você, até Hathi, pedindo a ele que viesse até mim certa noite e colhesse a grama doce com a tromba dele.

— Ele só chegou duas noites depois — disse Bagheera, encolhendo-se um pouco — e, daquela grama longa e doce que tanto te agradava, colheu mais do que qualquer Filhote de Homem conseguiria comer em todas as noites de Chuvas. Aquilo não foi minha culpa.

— Ele não apareceu na noite em que enviei a mensagem. Não, ele estava trombeteando, correndo e rugindo pelos vales ao luar. A trilha dele era como a trilha de três elefantes, porque ele não se escondia entre as árvores. Ele dançou ao luar diante das casas da Alcateia de Homens. Eu o vi, mas ele não foi até mim; e *eu* sou o Mestre da Selva!

— Era a Época do Novo Falar — disse a pantera, sempre muito humilde. — Talvez, Irmãozinho, você não o tenha chamado usando a Palavra Mestra daquela vez? Ouça Ferao e alegre-se!

O péssimo humor de Mogli pareceu ir embora. Ele se deitou com a cabeça apoiada no braço, olhos fechados.

— Não sei... nem me importo — falou, sonolento. — Vamos dormir, Bagheera. O meu estômago pesa dentro de mim. Faça um lugar de repouso para a minha cabeça.

A pantera se deitou de novo com um suspiro, porque podia ouvir Ferao treinando de novo e de novo sua canção contra a Primavera do Novo Falar, como dizem por aí.

Numa Selva indiana, as estações passam de uma para a outra quase sem divisões. Só duas parecem existir — a molhada e a seca; mas, se você prestar bastante atenção por debaixo das chuvas torrenciais e das nuvens de carvão e poeira, vai encontrar todas as quatro num ciclo regular. A primavera é a mais incrível, porque ela não precisa cobrir de folhas e flores novas um campo vazio e pelado, mas avançar e limpar o refugo de plantas esmorecidas e

sobreviventes que o inverno penou para avivar, e fazer a terra velha e parcialmente vestida parecer nova e jovem mais uma vez. E isso ela faz tão bem que não há primavera no mundo como a primavera da Selva.

Há um dia em que todas as coisas estão cansadas e os próprios cheiros, à medida que flutuam no ar pesado, são velhos e gastos. Não é possível explicar uma coisa dessas, mas essa é a sensação. Depois, num outro dia — e não há nada muito diferente só de vista — todos os cheiros são novos e deliciosos, e os bigodes do Povo da Selva estremecem até a raiz, e o pelo de inverno se desprende de seus flancos em longas e desgrenhadas mechas. Então, talvez caia um pouco de chuva, e todas as árvores e os arbustos e os bambus e os musgos e as plantas de folhas suculentas despertam com um barulho de crescimento que é quase audível, e sob esse barulho corre, dia e noite, um zumbido profundo. *Este* é o som da primavera — uma explosão vibrante que não é nem de abelhas nem do cair das águas, nem do vento nas copas, mas o ronronado de um mundo quente e feliz.

Até aquele ano, Mogli sempre tinha se deleitado com a virada das estações. Geralmente era ele quem via o primeiro Olho da Primavera bem no meio da grama, e o primeiro aglomerado das nuvens de primavera, que não se assemelham a nada na Selva. A voz dele podia ser ouvida em todo tipo de lugares molhados, iluminados por estrelas ou verdejantes, ajudando o coral das rãs parrudas ou zombando das corujinhas penduradas de cabeça para baixo que piavam nas noites brancas. Assim como o resto do seu povo, a primavera era a estação que ele escolhia para perambular — pela simples alegria de correr pelo ar quente, percorria cinquenta, sessenta, oitenta quilômetros entre o crepúsculo e a estrela da manhã, e voltava todo ofegante e risonho com flores estranhas. Os Quatro não o seguiam nessas corridas selvagens pela Selva, mas entoavam canções com os outros lobos. O Povo da Selva é muito ocupado durante a primavera, e Mogli conseguia ouvi-los resmungando e gritando e assoviando de acordo com a espécie. As vozes deles soavam diferentes do resto do ano, e por esse motivo a primavera na Selva era chamada de Tempo do Novo Falar.

Mas, naquela primavera, como tinha dito a Bagheera, algo no estômago de Mogli tinha mudado. Desde que os brotos de bambu tinham virado mudas marrons, ele havia ansiado pela manhã em que os aromas mudariam. Mas quando a manhã chegou, e Mor, o Pavão, cruzando em bronze e azul e dourado, gritou bem alto por entre a floresta em brumas, e Mogli abriu a boca para gritar de volta, as palavras ficaram engasgadas por entre seus dentes, e um sentimento tomou conta dele, um sentimento que começava em seus dedos e terminava no cabelo... um sentimento de pura infelicidade, tão intenso que Mogli precisou inspecionar todo o corpo para se certificar de que não tinha pisado num espinho. Mor gritou os novos aromas, os outros pássaros deram continuidade ao grito, e lá das pedras, na beira do Waingunga, ele ouviu o grito rouco de Bagheera... algo que ficava entre o berro de uma águia e o relinchar de um cavalo. Houve uma gritaria e uma debandada dos Bandar-log nos galhos novos bem no alto, e Mogli ficou ali, o peito, cheio de respostas para Mor, afundando de pouquinho em pouquinho à medida que o fôlego era roubado por aquela tristeza.

Ele encarou tudo ao seu redor, mas não viu nada além dos Bandar-log zombeteiros saltando pelas árvores, e Mor, o rabo todo espalhado em esplendor, dançando nos barrancos lá embaixo.

— Os aromas mudaram — gritou Mor. — Boa Caçada, Irmãozinho! Cadê sua resposta?

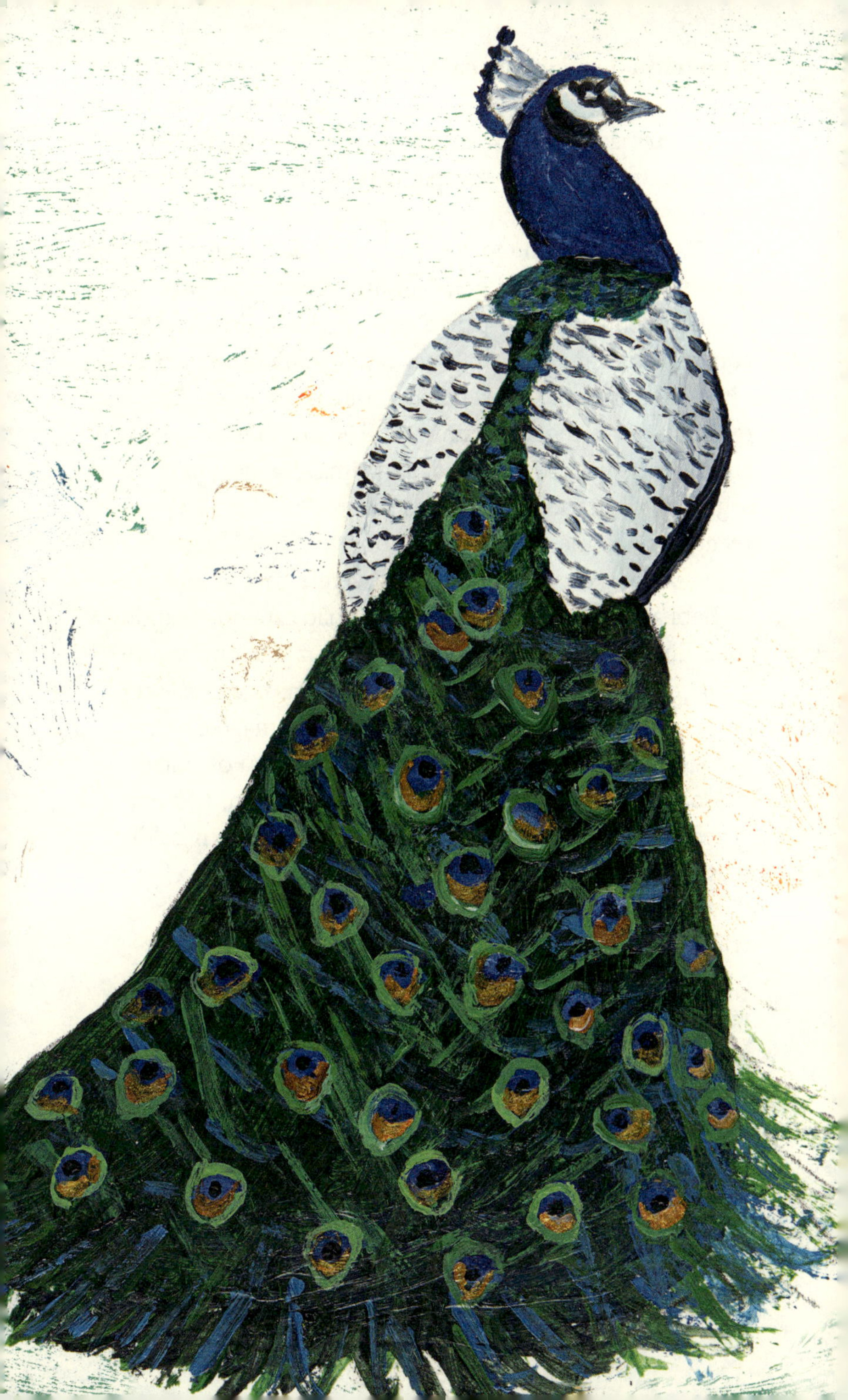

— Irmãozinho, boa caçada — assoviaram Chil, o Milhafre, e sua companheira, descendo juntos num rasante.

Os dois ganiram tão perto do nariz de Mogli que ele sentiu um chumaço de penas brancas roçar seu rosto.

Uma chuvinha de primavera — chuva de elefante, como chamavam por ali — varreu a Selva num raio de oitocentos metros, deixando as folhas novas molhadas e saltitantes, e morreu num arco-íris duplo e num leve rufar de trovões. O cântico da primavera brotou num segundo, e então se calou, mas todo o Povo da Selva pareceu falar ao mesmo tempo. Todos, exceto Mogli.

— O que comi era bom — disse ele para si mesmo. — Bebi água boa. A minha garganta não está queimando nem diminuindo, que nem daquela vez em que mordi a raiz de broto azul que Oo, a Tartaruga, falou que era comida boa. Mas, ainda assim, o meu estômago está pesado, e falei coisas ruins para Bagheera e para os outros, pessoas da Selva e meu povo. Às vezes eu sinto frio e às vezes, calor, e às vezes não sinto nem frio nem calor, mas sinto raiva daquilo que não vejo. Huhu! Está na hora de correr! Hoje à noite vou cruzar as fronteiras; sim, vou correr até os Pântanos do Norte e de volta. Cacei com muita facilidade durante muito tempo. Os Quatro virão comigo, porque estão engordando que nem lagartas brancas.

Ele chamou, mas nenhum dos Quatro respondeu. Estavam longe demais para ouvir, cantando as canções de primavera com os lobos da Alcateia — as Canções da Lua e do Sambhur —; porque, durante a primavera, o

Povo da Selva não diferencia muito o dia da noite. Mogli soltou uma nota aguda, latida, mas a única resposta foi o miado zombeteiro do gatinho manchado das árvores trançando pelos galhos em busca de ninhos recentes. Ao ouvir isso, Mogli sacudiu-se inteiro, cheio de raiva, e desembainhou parte de sua faca. Então, ele se empinou todo arrogante, ainda que não houvesse ninguém para vê-lo, e desceu a encosta com o queixo erguido e as sobrancelhas abaixadas. Mas ninguém entre seu povo indagou coisa alguma, porque estavam todos ocupados demais com os próprios afazeres.

— Sim — disse Mogli para si mesmo, ainda que soubesse, no fundo do coração, não ter motivo para isso. — Que venha o Dhole Vermelho de Dekkan ou a dança da Flor Vermelha por entre os bambus, e que a Selva inteira venha correndo até Mogli, choramingando, chamando-o pelos grandes nomes dos elefantes. Mas agora, só porque o Olho da Primavera está vermelho e Mor, realmente, fica exibindo suas pernas peladas numa dança de primavera, a Selva enlouquece que nem Tabaqui... pelo Boi que me comprou! Eu sou o Mestre da Selva ou não sou? Fiquem quietos! O que estão fazendo aqui?

Alguns lobinhos do bando galopavam por uma estrada, procurando um terreno aberto para lutar. (Você deve se lembrar de que a Lei da Selva proíbe lutar às vistas da Alcateia.) As cerdas em seus pescoços estavam duras como arame, e eles latiam furiosamente, agachando-se para o primeiro agarrão. Mogli saltou adiante, agarrou um pescoço em cada mão, esperando arremessar as criaturas para trás, como costumava fazer em jogos ou caçadas da matilha. Mas nunca tinha interferido numa luta de primavera. Os dois saltaram para a frente e empurraram Mogli para o lado, e sem dizerem nada, rolaram engalfinhados.

Mogli se levantou antes mesmo de cair, a faca e os dentes brancos à mostra, e, naquele momento, ele teria matado os dois sem motivo só porque estavam brigando quando ele queria silêncio, ainda que todo lobo, sob a Lei, tenha o direito de lutar. Dançou ao redor deles com os ombros abaixados e a mão trêmula, pronto para desferir um golpe duplo assim que o primeiro ato da briga chegasse ao fim; mas, enquanto esperava, a força pareceu arrefecer em seu corpo, a ponta da faca baixou e ele embainhou a faca e ficou olhando.

— Eu com certeza comi veneno — ele suspirou enfim. — Desde que rompi o Conselho usando a Flor Vermelha... desde que matei Shere Khan... ninguém da Alcateia tinha sido capaz de me jogar para o lado. E estes são apenas uns lobinhos da Alcateia, caçadores pequenos! A minha força me abandonou e vou morrer. Oh, Mogli, por que você não matou os dois?

A luta continuou até um dos lobos fugir, e Mogli ficou sozinho no chão rachado e ensanguentado, olhando para a faca, depois para suas pernas e braços, enquanto o sentimento de tristeza que nunca tinha conhecido o cobria que nem água cobre um tronco.

Naquela noite, ele matou bem cedo e comeu pouco, porque queria estar em boa forma durante a corrida da primavera, e comeu sozinho, porque todo o Povo da

Selva estava lá fora, cantando ou lutando. Era uma noite branca perfeita, tal como chamavam. Todas as coisas verdes pareciam ter crescido um mês desde o amanhecer. O galho que tinha folhas amarelas no dia anterior pingou seiva quando Mogli o quebrou. Os musgos ondulavam profundos e quentes sobre seus pés, a grama jovem não tinha arestas cortantes e todas as vozes da Selva ressoavam como uma profunda corda de harpa tocada pela lua — a Lua do Novo Falar, que espirrava sua luz sobre a rocha e as piscinas, deslizando por entre troncos e trepadeiras e peneirando-se em meio a um milhão de folhas. Esquecendo-se da sua infelicidade, Mogli cantou em voz alta, repleto de deleite enquanto se acomodava em seu ritmo. Aquilo era mais parecido com voar do que com qualquer outra coisa, pois tinha escolhido a longa encosta descendente que levava até os Pântanos do Norte, cortando o coração da Selva principal, onde o solo elástico amortecia a queda de seus pés. Um homem treinado por homens teria escolhido o caminho cheio de tropeços e por entre o luar traiçoeiro, mas os músculos de Mogli, treinados por anos de experiência, sustentavam-no como se fosse uma pena. Quando um tronco podre ou uma pedra escondida virava sob seus pés, ele se salvava, sem diminuir o ritmo, sem esforço e sem pensar. Quando se cansava de andar, levantava as mãos feito um macaco rumo à trepadeira mais próxima e parecia flutuar em vez de subir nos galhos finos, por onde seguia em uma estrada arbórea até que seu humor mudasse, e ele se jogava para baixo numa curva longa e cheia de árvores até o chão novamente. Havia depressões quietas e quentes que ficavam cercadas por rochas úmidas, onde ele mal conseguia respirar por causa do forte aroma de flores noturnas e da floração ao longo dos botões de trepadeiras; avenidas escuras onde o luar se estendia em linhas tão regulares quanto bolinhas de gude em um corredor de igreja; matagais onde o crescimento jovem e úmido o envolvia na altura do peito e jogava os braços ao redor de sua cintura; e topos de colinas coroados com rochas quebradas, onde ele saltava de pedra em pedra e por sobre as tocas de raposinhas assustadas. Ele ouviu, muito fraco e distante, o chafurdar de um javali afiando as presas em um tronco; e deparou com o solitário bruto cinzento marcando e rasgando a casca de uma árvore alta, a boca pingando espuma e os olhos queimando feito chamas. Por vezes se desviava rumo ao som de chifres que se chocavam e dos grunhidos sibilantes, correndo por entre uma dupla de sambhurs furiosos, que cambaleavam de um lado para o outro com a cabeça baixa, listrados de sangue e se destacando, escuros, ao luar. Ou em algum vau ligeiro ouviria Jacala, o Crocodilo, berrar feito um touro, ou talvez fosse perturbar um nó entrelaçado do Povo Venenoso, mas, antes que pudessem atacá-lo, ele estaria longe e teria atravessado o cascalho brilhante, chegando no fundo da Selva outra vez.

E então ele correu, às vezes gritando, às vezes cantando para si mesmo, a coisa mais alegre em toda a Selva naquela noite, até o cheiro das flores alertá-lo de que estava perto dos pântanos, que ficavam mais longe do que seu lugar de caça mais longínquo.

Aqui, de novo, um homem treinado por homem teria afundado depois de três passos, mas os pés de Mogli tinham olhos, e o levaram de tufos em tufos e de moita em moita sem incomodar os olhos da cabeça. Correu para o meio do pântano, perturbando um pato ao fazê-lo, e sentou-se num tronco de árvore coberto de musgo e banhado em água escura. O pântano estava desperto ao seu redor, já que na primavera o sono do Povo Pássaro é leve, e grupos deles chegavam ou partiam durante a noite. No entanto, ninguém prestou atenção em Mogli, sentado entre os juncos altos e cantarolando canções sem palavras e olhando para a sola de seus pés duros e marrons numa busca por espinhos negligenciados. Toda a infelicidade parecia ter ficado para trás em sua Selva, e ele já começava uma canção a plenos pulmões quando ela voltou — dez vezes pior do que antes.

Dessa vez, Mogli sentiu medo.

— Também está aqui! — disse ele, à meia-voz. — Me seguiu. — E ele olhou por cima do ombro para ver se A Coisa não estava parada atrás dele. — Não tem ninguém aqui.

Os barulhos noturnos do pântano continuaram, mas nenhum pássaro ou fera conversou com ele, e um novo sentimento de tristeza cresceu dentro de Mogli.

— Eu com certeza comi veneno — disse, numa voz cheia de espanto. — Devo ter comido veneno sem perceber e agora a minha força está sumindo. Tive medo... e, ainda assim, não fui exatamente *eu* que tive medo... de que Mogli tenha sentido medo quando os dois lobos brigaram. Akela, ou até mesmo Phao, teria calado os dois; mas Mogli sentiu medo. Este é o verdadeiro sinal de que ingeri veneno… mas que diferença faz para eles na Selva? Eles cantam, uivam, lutam e correm juntos sob o luar, e eu… Haimai! Eu morro nos pântanos, por causa do veneno que comi.

Sentia tanta pena de si mesmo que quase chorou.

— E depois disso — ele continuou — eles irão me encontrar jogado na água preta. Não, eu voltarei para a minha Selva e morrerei na Pedra do Conselho, e Bagheera, que eu amo quando não está gritando no vale… Bagheera talvez cuide do que restar de mim, para que Chil não faça comigo o que fez com Akela.

Uma lágrima quente, gorda, estourou em seu joelho, e, triste como estava, Mogli ficou contente por se sentir tão mal, se é que você entende esse tipo torto de alegria.

— Tal como Chil, o Milhafre, usou Akela — ele repetiu — na noite em que salvei a Alcateia do Cão Vermelho. — Ficou quieto por um instante, pensando nas últimas palavras do Lobo Solitário, das quais você, certamente se lembra: — Ora, Akela me falou inúmeras baboseiras antes de morrer, porque o nosso estômago muda quando morremos. Ele falou que… não importa, eu *sou* da Selva!

Em sua animação, ao se lembrar da batalha na margem do Waingunga, ele gritou as últimas palavras em voz alta, e uma búfala selvagem no meio dos juncos se ergueu, fungando:

— Homem!

— Uhh! — disse Mysa, o Búfalo Selvagem (Mogli conseguiu ouvi-lo se remexer na lama. — *Isso* não é um homem. É só o lobo pelado da Alcateia Seeonee. Em noites assim ele corre de um lado para o outro.

— Uhh — disse a búfala, baixando a cabeça de novo para pastar. — Achei que fosse um Homem.

— Digo que não. Ah, Mogli, é algum perigo? — mugiu Mysa.

— Ah, Mogli, é algum perigo? — o menino repetiu, zombeteiro. — É só nisso que Mysa consegue pensar: é algum perigo? Mas com Mogli, que vai de um lado para o outro da Selva durante a noite, vigiando, quem se importa?

— Nossa, como ele grita alto! — disse a búfala.

— É assim que gritam mesmo — Mysa respondeu, desdenhoso — aqueles que, depois de arrancar o mato, não sabem como comê-lo.

— Por menos do que isso — Mogli resmungou para si mesmo —, por menos do que isso, mesmo nas últimas

Chuvas, eu teria arrancado Mysa do pasto dele e o teria cavalgado pântano afora.

Esticou uma mão para quebrar um dos juncos, mas a afastou com um suspiro. Mysa continuou a ruminar com firmeza, e a grama alta rasgou onde a búfala pastava.

— Eu não vou morrer *aqui* — disse Mogli, com raiva —, onde Mysa, que tem o mesmo sangue de Jacala e do porco, pode me ver. Vamos para além do pântano e vejamos o que acontece. Nunca corri numa primavera assim... tão quente e fria ao mesmo tempo. Levante-se, Mogli!

Ele não resistiu à tentação de cruzar os juncos até Mysa e espetá-lo com a ponta de sua faca. O grande búfalo gotejante saiu da lama que nem uma concha explodindo, enquanto Mogli ficou rindo até ele se sentar.

— Agora conte a todos que o lobo pelado da Alcateia Seeone e já te pastoreou, Mysa — disse ele.

— Lobo? *Você?* — o búfalo zombou, pisoteando a lama. — A Selva inteira sabe que você já foi pastor de gado manso... que nem um filhote de homem que fica gritando lá nas plantações. Ó, *você* da Selva! Que tipo de caçador teria rastejado que nem uma cobra, por entre as sanguessugas só por causa de uma pegadinha na lama... brincadeira de chacal... me envergonhando diante da minha búfala? Venha para a terra firme, e eu vou... eu vou...

Mysa espumava pela boca, pois tinha quase que o pior temperamento de toda a Selva.

Mogli o observou bufar e soprar com olhos que nunca mudavam. Quando pôde se fazer ouvir através da lama, disse:

— Onde fica a Alcateia de Homens aqui perto dos pântanos, Mysa? Esta Selva é nova para mim.

— Vá para o norte, então — rugiu o búfalo, raivoso, porque Mogli o tinha espetado com bastante força. — Foi uma brincadeira de pastor pelado. Vá e conte a eles no vilarejo que fica ao pé do pântano.

— A Alcateia de Homens não gosta de histórias da Selva, e eu também não acho, Mysa, que um arranhão a mais ou a menos na sua pele seja um problema assim tão grande para reunir um conselho. Mas agora eu me vou, e darei uma olhada na tal vila. Sim, eu me vou. Fique calminho aí. Não é toda noite que o Mestre da Selva vem te pastorear.

Pisou no chão trêmulo na beira do pântano, sabendo muito bem que Mysa jamais atacaria, e riu enquanto corria, pensando na raiva do búfalo.

— A minha força ainda não me abandonou por completo — disse ele. — Pode ser que o veneno não tenha chegado nos meus ossos. Tem uma estrela bem baixa logo ali. — Ele a encarou com olhos semicerrados. — Em nome do Boi que me comprou, é a Flor Vermelha... a Flor Vermelha ao lado da qual eu já me deitei antes... antes mesmo de chegar na primeira Alcateia Seeonee! Agora que a vi, terminarei a corrida.

O pântano terminava numa ampla planície onde brilhava uma luz. Fazia muito tempo que Mogli não se preocupava com as ações dos homens, mas naquela noite o brilho da Flor Vermelha o atraiu.

— Eu vou lá ver — disse ele —, tal como fiz antigamente, e verei o quanto a Alcateia de Homens mudou.

Esquecendo-se de que não estava mais em sua própria Selva, onde podia fazer o que quisesse, caminhou descuidadamente pela grama cheia de orvalho até chegar à cabana onde havia luz. Três ou quatro cachorros latiram alto, pois ele estava nos arredores de uma aldeia.

— Ho! — disse Mogli, sentando-se sem fazer barulho, depois de emitir um rosnado lupino que silenciou os latidos. — O que acontecer, aconteceu. Mogli, o que tem você a ver com as tocas da Alcateia de Homens?

Esfregou a boca, lembrando-se de onde uma pedra o tinha atingido anos antes, quando a outra Alcateia de Homens o expulsara.

A porta da cabana se abriu e uma mulher ficou olhando para a escuridão. Uma criança chorou e a mulher disse por cima do ombro:

— Durma. Foi só um chacal que acordou os cachorros. Daqui a pouco amanhece.

Mogli, na grama, começou a tremer como se estivesse com febre. Conhecia bem aquela voz, mas, para ter certeza, chamou baixinho, surpreso ao descobrir como a fala de homem tinha voltado:

— Messua! Ó, Messua!

— Quem chama? — disse a mulher, um tremor na voz.

— Já se esqueceu? — disse Mogli, a garganta seca ao falar.

— Se for *você*, qual nome te dei? Diga!

Ela tinha fechado a porta levemente, e a mão segurava o peito.

— Nathoo! Ohe, Nathoo! — disse Mogli, porque, como você deve se lembrar, este foi o nome que Messua lhe tinha dado quando Mogli estivera na Alcateia de Homens pela primeira vez.

— Venha, meu filho — ela chamou.

E Mogli entrou debaixo da luz e olhou para Messua, a mulher que tinha sido gentil com ele e cuja vida ele tinha salvado da Alcateia de Homens havia muito. Estava mais velha, e seu cabelo ficara cinza, mas os olhos e a voz não tinham mudado. Como é típico das mulheres, ela esperava encontrar Mogli igual a como o tinha visto pela última vez, e os olhos dela subiram cheios de perplexidade, indo do peito dele até a cabeça, que encostava no topo da porta.

— Meu filho — ela gaguejou; e então, caindo aos pés dele: — Mas não é mais o meu filho. É um Deus das Florestas! Ahai!

Ali embaixo da luz vermelha da lamparina a óleo, forte, alto e belo, seus longos cabelos pretos caindo sobre os ombros, a faca balançando em seu pescoço e sua cabeça coroada com uma tiara de jasmim branco, ele poderia facilmente ser confundido com algum deus selvagem saído de uma lenda da Selva. A criança meio adormecida numa cama se levantou e gritou de terror. Messua virou-se para acalmá-la, enquanto Mogli ficou parado, olhando para as jarras de água e as panelas, o silo de grãos e todos os outros pertences humanos dos quais ele se lembrava tão bem.

— O que você quer comer e beber? — Messua murmurou. — É tudo seu. Devemos nossa vida a você.

Mas você é aquele que chamei de Nathoo ou é um Deus, mesmo?

— Eu sou Nathoo — disse Mogli. — Estou bem longe do meu lugar. Vi a luz e me aproximei. Não sabia que você estava aqui.

— Depois que viemos para Khanhiwara — Messua falou timidamente —, os ingleses quiseram nos ajudar contra aqueles aldeões que queriam queimar a gente. Você se lembra?

— Sim, eu não me esqueci.

— No entanto, quando a Lei Inglesa permitiu, voltamos para o vilarejo daquelas pessoas malvadas e não tinha mais nada lá.

— Disso eu também me lembro — disse Mogli, com um remexer das narinas.

— O meu homem, então, começou a trabalhar nos campos, e, por fim, como ele realmente era forte, conseguimos um pouco de terra aqui. Não é tão rica quanto a da outra vila, mas não precisamos de muito... nós dois.

— O que foi feito do homem que cavoucou a terra quando sentiu medo naquela noite?

— Ele morreu... já faz um ano.

— E ele? — Mogli apontou para a criança.

— Meu filho que nasceu duas Chuvas atrás. Se você for um Deus, forneça a ele o Favor da Selva, para que ele ande seguro no meio do seu... do seu povo, como ficamos a salvo naquela noite.

Ela levantou a criança, que, esquecida do susto, estendeu a mão para brincar com a faca pendurada no peito de Mogli, e Mogli afastou os dedinhos com bastante cuidado.

— E se você for Nathoo, a quem o tigre levou embora — Messua continuou, com dificuldade —, então, ele é o seu irmão mais novo. Dê a ele a bênção, sua bênção de irmão mais velho.

— Haimai! E o que eu sei desse negócio que você chama de bênção? Não sou um Deus nem sou irmão dele, e... ó, mãe, mãe, o meu coração pesa tanto dentro de mim.

Ele estremeceu e colocou a criança no chão.

— Com certeza — disse Messua, movimentando-se entre as panelas. — É de tanto correr à noite pelos pântanos. Não tenha dúvidas, a febre o encharcou até a medula.

Mogli sorriu um pouco com a ideia de que qualquer coisa na Selva pudesse machucá-lo.

— Vou acender o fogo e você irá beber leite morno. Guarde essa coroa de jasmim: o cheiro é forte demais em um lugar tão pequeno.

Mogli sentou-se, murmurando, com o rosto nas mãos. Todos os tipos de sentimento estranho que ele nunca tinha sentido antes corriam sobre ele, exatamente como se tivesse sido envenenado, e ele se sentiu tonto e levemente enjoado. Bebeu o leite morno em longos goles, Messua dando tapinhas em seu ombro de vez em quando, sem saber ao certo se ele era seu filho Nathoo dos tempos antigos ou algum maravilhoso ser da Selva, mas feliz por sentir que, pelo menos, ele era de carne e osso.

— Filho — ela disse por fim, os olhos cheios de orgulho —, alguém já te falou que você é o mais belo dos homens?

— Hã? — disse Mogli, porque, obviamente, ele nunca tinha ouvido isso.

Messua riu leve e contente. A expressão no rosto dele era o bastante para ela.

— Fui a primeira, então? Uma mãe deveria, ainda que isso aconteça raramente, dizer coisas tão boas como essa a seu filho. Você é muito bonito. Nunca vi um homem assim.

Mogli torceu a cabeça e tentou ver por cima de seu próprio ombro rígido, e Messua riu tanto que Mogli, sem saber o motivo, foi obrigado a rir com ela, e a criança correu de um para o outro, rindo também.

— Não, você não pode zombar do seu irmão — disse Messua, encostando o menino em seu peito. — Quando tiver metade dessa beleza, vamos casar você com a filha mais nova de algum rei e você vai montar em elefantes enormes.

Mogli não conseguia entender nem uma a cada três palavras daquela conversa; o leite morno estava fazendo efeito depois da longa corrida, então ele se enrolou e, num minuto, caiu num sono profundo, e Messua afastou o cabelo dos olhos dele, jogou um pano sobre ele e ficou feliz. Ao estilo da Selva, ele dormiu durante o resto da noite e todo o dia seguinte; pois seus instintos, que nunca dormiam totalmente, o advertiam de que não havia nada a temer. Por fim, despertou com um salto que sacudiu a cabana, porque o pano em seu rosto o tinha feito sonhar com armadilhas; e lá estava ele, com a mão na faca, o sono pesado em seus olhos revirados, pronto para qualquer luta.

Messua riu e colocou a refeição da noite diante dele. Havia apenas alguns bolos grossos assados no fogo enfumaçado, um pouco de arroz e alguns pedaços de tamarindo azedo em conserva — apenas o suficiente para continuar até que fizesse um abate noturno. O cheiro do orvalho nos pântanos o deixou faminto e inquieto. Queria terminar a corrida da primavera, mas a criança insistia em sentar-se em seu colo, e Messua queria que seus longos cabelos pretos-azulados fossem penteados. Então, enquanto penteava, ela cantou cantigas tolas de bebê, ora chamando Mogli de filho, ora implorando para que ele desse um pouco de seu poder da Selva para o bebê. A porta da cabana estava fechada, mas Mogli ouviu um som que conhecia bem e viu o queixo de Messua cair de horror quando uma grande pata cinza passou por baixo da porta, e Irmão Cinzento, do lado de fora, soltou um gemido abafado e penitente cheio de ansiedade e medo.

— Fique aí fora e espere! Você não veio quando chamei — disse Mogli no idioma da Selva, sem mexer a cabeça, e a grande pata cinzenta desapareceu.

— Não... não traga os seus... os seus servos com você — disse Messua. — Eu... nós sempre vivemos em paz com a Selva.

— Isso é paz — disse Mogli, se levantando. — Pense naquela noite a caminho de Khanhiwara. Tinha um monte deles na frente e atrás de você. Mas eu sei que nem mesmo no tempo da primavera o Povo da Selva se esquece. Mãe, vou embora.

Messua afastou-se humildemente — ele era, de fato, um deus da floresta, ela pensou; mas, quando a mão dele estava na porta, a mãe dentro dela a fez jogar os braços em volta do pescoço de Mogli repetidamente.

— Volte! — ela sussurrou. — Filho ou não filho, volte, porque eu te amo... Veja, ele também está sofrendo.

A criança chorava porque o homem com a faca brilhante estava indo embora.

— Volte — Messua repetiu. — Seja noite ou dia, esta porta nunca estará fechada para você.

A garganta de Mogli trabalhou como se as cordas dentro dela estivessem sendo retesadas, e a voz dele saiu arrastada dali.

— Eu vou voltar, com certeza. E agora — disse ele, alcançando a cabeça do lobo bajulador na soleira. — Tenho uma reclamaçãozinha a fazer, Irmão Cinzento. Por que você não veio, nessas suas quatro patas, quando eu chamei há tanto tempo?

— Há tanto tempo? Foi ontem à noite. Eu... nós... estávamos cantando as novas canções na Selva, porque é o Tempo do Novo Falar. Esqueceu?

— Realmente, realmente.

— E assim que as canções terminaram — Irmão Cinzento continuou, com prudência —, eu segui a sua trilha. Eu me afastei de todos os outros e te segui de pés quentes. Mas, ó, Irmãozinho, o que foi que *você* fez, comendo e dormindo com a Alcateia de Homens?

— Se você tivesse vindo quando chamei, isso nunca teria acontecido — disse Mogli, correndo mais depressa.

— E agora, o que vai acontecer? — perguntou Irmão Cinzento.

Mogli estava para responder quando uma garota numa veste branca desceu por algum caminho que saía dos arredores da aldeia. Irmão Cinzento desapareceu de vista imediatamente e Mogli recuou em silêncio para um campo de plantações de alta primavera. Ele estava quase tocando nela quando os caules quentes e verdes se fecharam diante de seu rosto e ele desapareceu como um fantasma. A menina gritou, pois pensou ter visto um espírito, e então deu um suspiro profundo. Mogli separou os talos com as mãos e a observou até que ela sumisse de vista.

— E continuo sem saber — disse ele, suspirando, por sua vez. — *Por que* você não veio quando chamei?

— Nós te seguimos... nós te seguimos — Irmão Cinzento murmurou, lambendo as canelas de Mogli. — Nós sempre te seguimos, exceto no Tempo do Novo Falar.

— E você me seguiria até a Alcateia de Homens? — Mogli sussurrou.

— Eu já não te segui quando a nossa antiga Alcateia te expulsou? Quem te despertou quando estava dormindo no meio das plantações?

— Ah, mas faria isso de novo?

— Eu não te segui na noite de hoje?

— Ah, mas e de novo e de novo, e pode ser que de novo, Irmão Cinzento?

Irmão Cinzento ficou em silêncio. Quando voltou a falar, rosnou para si mesmo.

— O Escuro falou a verdade.

— E o que ele falou?

— O Homem sempre volta para o Homem no fim. Raksha, nossa mãe, falou...

— E assim também falou Akela na noite do Cão Vermelho — Mogli murmurou.

— E o mesmo diz Kaa, que é mais sábio do que todos nós.

— O que você diz, Irmão Cinzento?

— Eles já te expulsaram uma vez com palavras ruins. Cortaram a sua boca com pedras. Mandaram que Buldeo te matasse. Teriam atirado você na Flor Vermelha. Você, e não eu, falou que eles eram maus e insensatos. Você, e não eu... eu sigo o meu próprio povo... soltou a Selva para cima deles. Você, e não eu, fez uma canção contra eles que era mais amarga do que a nossa canção contra o Cão Vermelho.

— Eu perguntei o que você tinha a dizer.

Estavam conversando enquanto andavam. Irmão Cinzento prosseguiu em silêncio durante um tempo, e então falou, entre uma passada e outra:

— Filhote de Homem... Mestre da Selva... Filho de Raksha, meu Irmão de Toca... ainda que eu me esqueça disso brevemente durante a primavera, a sua trilha é a minha trilha, a sua toca é a minha toca, o seu abate é o meu abate e a sua luta mortal é a minha luta mortal. Eu falo pelos Três. Mas o que você vai dizer para a Selva?

— Boa pergunta. Não é bom que o tempo se alongue entre o avistar e o matar. Vá na frente e convoque a todos para a Pedra do Conselho, e eu contarei a eles o que se passa no meu estômago. Mas pode ser que não venham... talvez se esqueçam de mim durante o Tempo do Novo Falar.

— Você, por acaso, não se esqueceu de nada? — latiu Irmão Cinzento por cima do ombro, enquanto começava a galopar e Mogli o seguia, pensativo.

Em qualquer outra estação, essas notícias teriam reunido toda a Selva com pescoços eriçados, mas agora eles estavam ocupados caçando, lutando, matando e cantando. De um para outro, o Irmão Cinzento corria, gritando:

— O Mestre da Selva voltará para os Homens! Venham para a Rocha do Conselho.

E o Povo, feliz e ansioso, apenas respondia:

— Ele voltará no calor do verão. As Chuvas o guiarão até a toca. Corra e cante conosco, Irmão Cinzento.

— Mas o Mestre da Selva voltará para os Homens! — repetia Irmão Cinzento.

— Huum... Yoawa? E o Tempo do Novo Falar piora por causa disso? — eles respondiam.

Então, quando Mogli, com o coração pesado, subiu pelas rochas bem conhecidas até o local onde havia sido levado ao Conselho, encontrou apenas os Quatro, Baloo, que estava quase cego por causa da idade, e o pesado e frio Kaa, que tinha se enrolado no assento vazio de Akela.

— A sua trilha termina aqui, Homem? — perguntou Kaa, quando Mogli se atirou no chão, o rosto enfiado nas mãos. — Grite o seu grito. Somos um só sangue, você e eu... homem e cobra juntos.

— Por que eu não morri sob o Cão Vermelho? — gemeu o menino. — A minha força me abandonou, e não é por causa de nenhum veneno. Durante o dia e durante a noite, escuto um outro passo na minha trilha. Quando viro a cabeça, é como se alguém tivesse se escondido de mim naquele instante. Olho atrás das árvores e não há ninguém lá. Chamo e ninguém responde; mas é como se alguém estivesse ouvindo e guardasse a resposta. Eu deito, mas não descanso. Faço a corrida da primavera, mas ainda não a completei. Tomo banho, mas não me refresco. O abate me enoja, mas não quero lutar, a menos que seja para matar. A Flor Vermelha está no meu corpo, meus ossos se tornaram água... e... eu não sei o que sei.

— Qual é a precisão de falar? — perguntou Baloo lentamente, virando a cabeça na direção de Mogli. — Akela, perto deste rio, falou que Mogli deveria levar Mogli de volta até a Alcateia de Homens. Eu também falei isso. Mas quem é que ouve Baloo? Bagheera... cadê Bagheera nesta noite? Ele também sabe disso. É a Lei.

— Quando nos encontramos nas Tocas Geladas, Homem, eu já sabia disso — falou Kaa, se revirando um pouco em suas curvas poderosas. — O Homem volta ao Homem no final, ainda que a Selva não o expulse.

Os Quatro se entreolharam e então olharam para Mogli, intrigados, mas obedientes.

— A Selva então não está me expulsando? — Mogli gaguejou.

Irmão Cinzento e os Três rosnaram ferozmente, soltando:

— Enquanto estivermos vivos, ninguém ousará...

Mas Baloo os deteve.

— Eu te ensinei a Lei. É a minha vez de falar — disse ele — e, ainda que eu não consiga ver as pedras diante de mim agora, enxergo longe. Rãzinha, toma a sua trilha; construa a sua toca com o seu próprio sangue, e Alcateia e povo; mas quando precisar de uma pata ou dente ou olho, ou que uma palavra seja carregada rapidamente noite afora, lembre-se, Mestre da Selva, a Selva é sua para que a chame.

— A Selva do Meio também é sua — disse Kaa. — E não falo em nome de criaturas pequenas.

— Haimai, meus irmãos — chorou Mogli, erguendo os braços com um soluço. — Eu não sei o que sei! Eu não queria ir; mas estou sendo arrastado pelos dois pés. Como posso largar as noites daqui?

— Não, olhe para o alto, Irmãozinho — repetiu Baloo. — Não há vergonha nesta caçada. Quando comemos o mel, largamos a colmeia vazia.

— Quando largamos a pele — disse Kaa —, não podemos voltar a entrar nela. É a Lei.

— Ouça, meu amado acima de tudo — disse Baloo. — Não há palavra ou vontade aqui para contê-lo. Ergue a cabeça! Quem vai questionar o Mestre da Selva? Eu o vi brincar com as pedrinhas brancas logo ali quando ainda era uma rãzinha; e Bagheera, que te comprou pelo preço de um boi novo que tinha acabado de ser morto, também o viu. Daquela Conferência, só nós dois restamos; Raksha, a sua mãe de toca, morreu ao lado do seu pai de toca;

a velha Alcateia de Lobos há muito morreu; você sabe para onde foi Shere Khan, e Akela morreu no meio dos dholes, onde, sem a sua sabedoria e força, a segunda Alcateia Seeonee também teria morrido. Não resta nada além de ossos velhos. Não é mais o Filhote de Homem que pede para se afastar de sua Alcateia, mas é o Mestre da Selva que muda de rumo. Quem vai questionar o caminho do Homem?

— Mas, Bagheera, e o Boi que me comprou — disse Mogli. — Eu jamais...

As palavras dele foram cortadas por um rugido e uma pancada na moita abaixo, e Bagheera, leve e forte, e terrível como sempre, surgiu diante dele.

— Foi por isso — disse ele, esticando uma pata direita encharcada — que eu não vim. Foi uma longa caçada, mas ele agora está morto no meio do mato... um boi de dois anos... o Boi que te liberta, Irmãozinho. Todas as dívidas estão pagas agora. De resto, as minhas palavras são as mesmas de Baloo. — Ele lambeu os pés de Mogli. — Lembre-se, Bagheera te amou — ele gritou, e se afastou. No pé da colina ele tornou a gritar, um grito longo, alto: — Boa caçada na trilha nova, Mestre da Selva! Lembre-se, Bagheera te amou.

— Você ouviu — disse Baloo. — Não há mais nada a dizer. Vá, agora; mas antes venha até mim. Ó, sábia Rãzinha, venha até mim!

— É difícil abandonar a pele — disse Kaa, enquanto Mogli chorava e chorava, a cabeça no flanco do urso cego e os braços ao redor de seu pescoço, enquanto Baloo tentava, com dificuldade, lamber os pés do menino.

— As estrelas estão magras — disse Lobo Cinzento, fungando o vento do amanhecer. — Onde iremos nos entocar hoje? Porque, de agora em diante, seguimos uma nova trilha.

***

E esta é a última das histórias de Mogli.

A canção da despedida

[Esta é a canção que Mogli ouviu na Selva atrás de si até o momento em que chegou na porta de Messua outra vez.]

Baloo

Em nome daquele que mostrou
A uma sábia Rã o caminho da Selva,
Obedeça à Lei da Alcateia do Homem...
Em nome do velho e cego Baloo!
Limpa ou manchada, quente ou mofada,
Obedeça como se fosse uma Trilha,
Ao longo do dia, ao longo da noite,
Não tome a esquerda nem a direita.
Em nome daquele que o ama
Para além de tudo aquilo que se move,
Quando a Alcateia te machucar,
Diga: Tabaqui tornou a falar.
Quando a Alcateia o adoecer,
Diga: Shere Khan ainda não matou.
Quando a faca vier matar,
Siga a Lei e siga o teu rumo.
(Raiz e mel, pata e espata,
Proteja o filhote do pesar e da dor!)
Madeira e Água, Vento e Árvore,
Que o Favor da
Selva te acompanhe!

Kaa

A raiva é o ovo do Medo –
Um olho sem trave enxerga bem.
Nada suga o veneno da Cobra.
Mesmo com o falar da Cobra.
Que a sua fala seja honesta
A Força acompanha a cortesia.
Que não haja investida além do
seu comprimento;
Que a sua força não se escore em galho fraco.
Avalia tua boca com um cervo ou uma cabra,
De modo que seus olhos não sufoquem
sua garganta,
Depois do abate, você dormiria?
Que o seu covil seja escondido e profundo,
Para que um erro, por ti esquecido,
Não traga o assassino ao seu lar.
Leste e Oeste e Norte e Sul,
Lave a sua pele e feche a sua boca.
(Poço e fenda e borda azul da lagoa,
Que o Miolo da Selva te siga!)
Madeira e Água, Vento e Árvore,
O Favor da Selva te acompanha!

Bagheera

Na gaiola minha vida começou;
Bem, eu sei o valor do homem.
Pela fechadura quebrada que libertou –
Filhote de homem, cuidado o filhote
de homem!
Orvalho perfumado ou pálida luz das estrelas,
Não escolha nenhuma trilha emaranhada de
gato de árvore.
Matilha ou conselho, caça ou toca,
Grita sem trégua com os Homens-Chacais.
Alimente-os com silêncio quando eles dizem:
"Venha conosco pelo caminho largo."
Alimente-os com silêncio quando quiserem
Ajuda tua para ferir os fracos.
Não se vanglorie da habilidade de
nenhum banaar;
Mantenha a tua paz acima da matança.
Que nenhum chamado, canto ou sinal
Te arranque da trilha de caça.
(Névoa da manhã ou claro crepúsculo,
Sirvam-no, Guardiões dos Cervos!)
Madeira e Água, Vento e Árvore,
O Favor da Selva te acompanha!

Os três

Na trilha que você deve trilhar
Aos limiares do nosso pavor,
Onde a Flor desabrocha vermelha;
Nas noites em que você dormirá
Apartado de nossa Mãe-céu,
Ouvindo-nos, teus amores, passeando;
Nas madrugadas quando você acordar
Rumo à labuta que da qual não
pode escapar,
Saudoso da Selva:
Madeira e Água, Vento e Árvore,
Sabedoria, Força e Cortesia,
O Favor da Selva te acompanha!

Dentro do Rukh[1]

O Filho Único, outra vez deitado, sonhou que
tinha sonhado
A cinza última do fogo pálido e com tinido da
fagulha morta,
E o Filho Único tornou a se erguer e clamou
no breu:
– Veja, nasci eu da mulher e no seio
dela repousei?
Pois sonho eu com a pele frouxa onde dormi.
E nasci eu da mulher e dormi no braço do pai?
Pois sonhei com dentes brancos, longos, que
me guardam.
Oh, nasci eu da mulher e brinquei na solidão?
Pois sonhei com amigos que me roeram até
os ossos.

---

1 Última história na cronologia de Mogli, este conto foi na verdade o primeiro escrito por Kipling, publicado em 1853. Embora o autor tenha decidido não incluí-lo em *Os livros da Selva*, "Dentro de Rukh" integra esta edição no intuito de reunir todas as histórias protagonizadas por Mogli em um único volume.

E eu parti o pão de cevada e o deixei macerar no pneu?
Pois sonhei com um cabrito recém-saído do estábulo.
Falta uma hora e falta uma hora para o nascer da lua...
Mas posso ver as vigas pretas do telhado, tão claras como se fosse meio-dia!
É uma légua e mais uma légua até Lena Falls para onde vão os sambhurs em tropa,
Mas posso ouvir o pequeno cervo que bale atrás da corça!
É uma légua e mais uma légua até Lena Falls, onde a colheita e o planalto se encontram,
Mas posso sentir o cheiro do vento quente e úmido que sussurra através do trigo!

O Filho Único.

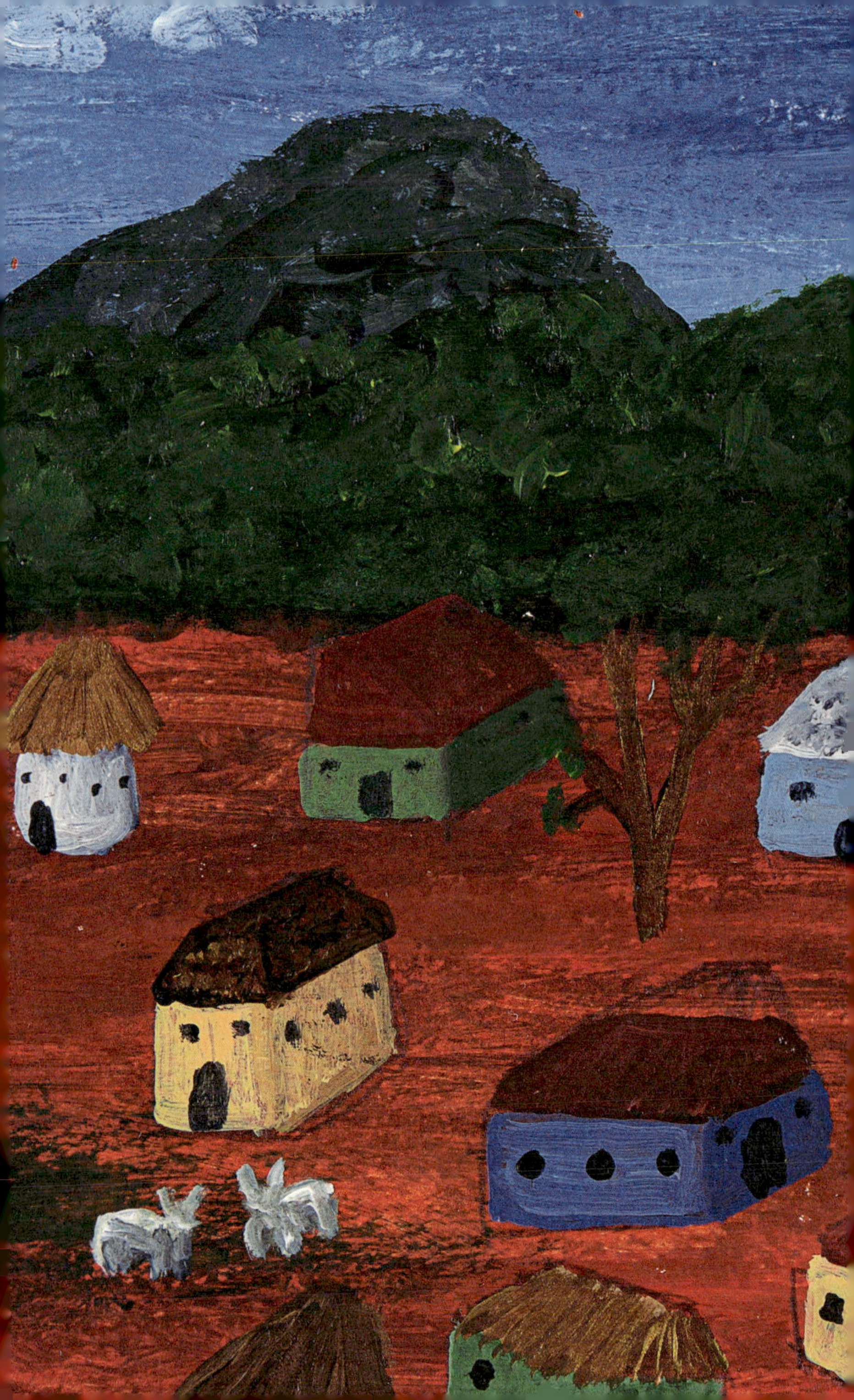

Dentre todas as engrenagens que rodam sob o governo indiano, nenhuma é mais importante do que o Departamento de Florestas e Matas. O reflorestamento de toda a Índia recai nas mãos de tal departamento; ou cairá quando o governo tiver dinheiro para gastar. Seus funcionários duelam contra torrentes de areia e dunas movediças, represando-as nas laterais, represando-as na frente e cravando-as no topo com grama grossa e pinheiros espigados de acordo com as regras de Nancy[2]. Eles são responsáveis por todas as árvores nas florestas estaduais dos Himalaias, bem como pelas encostas desnudas que as monções transformam em ravinas secas e doloridas; cada rasgo, uma boca que grita os efeitos do descuido. Lutam contra regimentos

2 Referência à École Nationale des Eaux et Forêts (Escola Nacional de Silvicultura), em Nancy, na França. [N. de E.]

de árvores desconhecidas e induzem o eucalipto a criar raízes para que assim, talvez, seja possível secar a febre do Canal. Nas planícies, a parte principal do trabalho é garantir que as trilhas de fogo nas reservas florestais sejam mantidas limpas, de modo que, quando a seca chegar e o gado morrer de fome, seja possível abrir a reserva para os rebanhos dos aldeões e permitir que o homem possa, ele mesmo, juntar gravetos. Pesquisam e cortam o combustível ferroviário que é empilhado ao longo das linhas que não queimam carvão; calculam o lucro de suas plantações com cinco casas decimais; são os médicos e parteiras das imensas florestas de teca da Alta Birmânia, da seringueira das selvas orientais e das nogueiras do sul; e são sempre prejudicados pela falta de recursos. Mas como o trabalho de um oficial florestal o leva para longe das estradas comuns e das estações regulares, ele aprende a se tornar sábio em mais do que apenas o conhecimento da madeira; a conhecer o povo e a política da selva; encontrando tigre, urso, leopardo, cachorro selvagem e todos os veados, não uma ou duas vezes após dias de labuta, mas repetidamente na execução de seu dever. Ele passa muito tempo na sela ou sob uma lona — a amiga de árvores recém-plantadas, a companhia de patrulheiros rudes e caçadores peludos — até que a floresta, que exibe o cuidado de sua mão, por sua vez, o marca, e ele para de cantar as canções francesas impertinentes que aprendeu em Nancy e fica em silêncio com tudo aquilo que o mato tem de silencioso. Gisborne, do Departamento de Matas e Florestas, passou quatro anos em serviço. A princípio, amou o trabalho de forma irracional, porque o conduzia ao descampado a cavalo e lhe dava autoridade. Então passou a odiá-lo furiosamente e teria dado um ano de salário por um mês na sociedade que a Índia tem para oferecer. Terminada essa crise, as florestas o puxaram de volta, e ele se contentou em servi-las, em aprofundar e ampliar suas trilhas, em observar a névoa verde de uma plantação nova surgindo contra a folhagem mais velha, em desenterrar o riacho sufocado e em acompanhar e fortalecer a última peleja da floresta, aquela que começou e terminou no meio dos longos capins. Em algum dia calmo, aquela grama seria queimada, e uma centena de animais que moravam ali correriam das chamas pálidas ao meio-dia. Mais tarde, a floresta avançaria sobre o solo enegrecido em fileiras ordenadas de mudas, e Gisborne, observando, ficaria muito satisfeito. O bangalô dele, um chalé de dois cômodos com paredes brancas e telhado de palha, ficava em uma das extremidades do grande rukh, com vista para ele. O homem não tinha a menor pretensão de manter um jardim, pois o rukh chegava até a sua porta, enrolado em um matagal de bambu, e ele cavalgava de sua varanda até o centro sem a necessidade de qualquer condução de carruagem.

Abdul Gafur, seu gordo mordomo maometano, alimentava-o quando ele estava em casa e passava o resto do tempo fofocando com o pequeno grupo de criados nativos, cujas cabanas ficavam atrás do bangalô. Havia dois cavalariços, um cozinheiro, um carregador de água e um varredor, e era tudo. Gisborne limpava suas próprias armas e não tinha cachorro. Cachorros assustavam a caça e agradava ao homem poder dizer onde os súditos de seu reino beberiam ao nascer da lua, comeriam antes do amanhecer e se deitariam no calor do dia. Os patrulheiros e guardas-florestais viviam em pequenas cabanas distantes no rukh, aparecendo apenas quando um deles era ferido por uma árvore que caía ou por um animal selvagem. Lá, Gisborne estava sozinho.

Na primavera, o rukh lançava poucas folhas novas, mas permanecia seco e ainda intocado pelo dedo do ano, esperando a chuva. Só que havia mais gritos e rugidos no escuro em uma noite tranquila; o tumulto de uma batalha real entre os tigres, o urro de um cervo arrogante ou o constante corte de madeira de um velho javali afiando suas presas contra um tronco. Então Gisborne deixava de lado sua arma pouco usada, pois para ele era um pecado matar. No verão, durante o intenso calor de maio, o rukh cambaleava na névoa, e Gisborne procurava o primeiro sinal da fumaça espiralada que denunciaria um incêndio florestal. Então, vinham as chuvas com um rugido, e o rukh era apagado em golpes depois de golpes de névoa quente, e as folhas largas tamborilavam durante a noite sob as grandes gotas; e havia um barulho de água corrente, e de suculento material verde crepitando onde o vento o atingia, e os raios traçavam padrões atrás do denso emaranhado de folhagem, até que o sol se abria novamente e o rukh ficava com os flancos quentes fumegando para o céu recém-lavado. Então, o calor e o frio seco revestiam tudo de novo com a cor do tigre. E Gisborne reconhecia seu rukh e se alegrava. O pagamento vinha todo mês, mas ele não precisava muito de dinheiro. As notas acumulavam-se na gaveta onde guardava as cartas de casa e a máquina de reencapar. Se sacou alguma coisa, foi para fazer uma compra no Jardim Botânico de Calcutá ou para pagar à viúva de um guarda-florestal uma quantia que o governo da Índia nunca teria sancionado pela morte do marido dela.

O salário era bom, mas a vingança também era necessária, e ele a aceitava de bom grado quando podia. Uma noite dentre tantas, um homem correndo, ofegante e bufando, veio até ele com a notícia de que um guarda-florestal jazia morto no riacho Kanye, com o lado de sua cabeça esmagado como se fosse uma casca de ovo. Gisborne saiu de madrugada em busca do assassino. Apenas os viajantes e, de vez em quando, jovens soldados são reconhecidos no mundo como grandes caçadores. Os Oficiais Florestais levam o shikar[3] como parte do trabalho diário e ninguém fica sabendo. Gisborne foi a pé até o local da matança: a viúva chorava sobre o cadáver deitado em uma cama, enquanto dois ou três homens procuravam por pegadas no chão úmido.

— Foi o Vermelho — disse um homem. — Eu sabia que ele se voltaria contra o homem, mas certamente há caça o suficiente até mesmo para ele. Isso deve ter sido feito por maldade.

— O Vermelho fica nas pedras logo atrás das árvores de sal — disse Gisborne.

Ele conhecia o tigre suspeito.

— Não mais, Sahib, não mais. Ele fica indo e voltando, de cá para lá. Lembre-se de que a primeira matança

3 Caçada, geralmente de animais de grande porte. [N. de E.]

sempre vem em três. O nosso sangue os enlouquece. Vai ver ele está nas nossas costas enquanto falamos.

— Pode ter ido rumo à próxima cabana — disse outro. — São apenas quatro koss[4] até lá. Wallah, quem é este?

Gisborne se virou junto com os outros. Um homem vinha pelo leito seco do canal, nu, exceto por uma tanga, mas coroado com uma abundância de flores com borlas da trepadeira convolvulácea branca. Tão silencioso era ele ao se mover pelas pedrinhas que nem Gisborne, acostumado aos pés macios dos predadores, notou.

— O tigre que matou — começou ele, sem nenhum cumprimento — foi beber, e agora dorme sob uma pedra do outro lado daquela colina.

A voz dele era clara e ressoante, muito diferente da gemura costumeira dos nativos, e o rosto dele, ao se erguer no sol, poderia ser o de um anjo perdido na mata. A viúva deixou de prantear em cima do cadáver e olhou espantada para o estranho, retornando ao labor com o dobro de esforço.

— Devo mostrá-lo ao Sahib? — disse ele, de modo seco.

— Se estiver certo disso… — começou Gisborne.

— Tenho certeza. Eu o vi uma hora atrás… o cão. Ainda não é chegada a hora de ele devorar a carne de homem. Ainda tem uma dúzia de dentes saudáveis em sua cabeça maligna.

---

4 Unidade de medida equivalente a cerca de três quilômetros. [N. de E.]

Os homens ajoelhados acima da pegada se afastaram em silêncio, por medo de que Gisborne pedisse que o acompanhassem, e o jovem riu consigo mesmo.

— Venha, Sahib — gritou, e se virou, caminhando na frente de seu companheiro.

— Não tão rápido. Não consigo acompanhar — disse o homem branco. — Calma. A sua face ainda me é nova.

— Pode ser que seja. Sou novo nesta floresta.

— De qual vila?

— Não sou de vila alguma. Venho de lá.

Apontou o braço na direção do norte.

— Um cigano, então.

— Não, Sahib. Sou um homem sem casta e, por causa disso, um homem sem pai.

— Como os homens te chamam?

— Mogli, Sahib. E qual é o nome de Sahib?

— Sou o guardião deste rukh... Gisborne é o meu nome.

— Como? Por acaso numeram as árvores e as folhas de relva por aqui?

— Claro que sim; caso contrário algum cigano como o senhor poderia incendiá-las.

— Eu! Jamais machucaria a selva por presente algum. Ela é o meu lar.

Ele se virou para Gisborne com um sorriso irresistível e ergueu uma mão admoestadora.

— Agora, Sahib, precisamos avançar em silêncio. Não precisamos acordar o cão, ainda que o sono dele seja pesado. Talvez fosse até melhor que eu me adiantasse sozinho e o guiasse até Sahib no sentido contrário ao vento.

— Ah! Desde quando os tigres são guiados por homens pelados de um lado para o outro como se fossem gado? — perguntou Gisborne, chocado com a audácia do homem.

Ele riu suavemente outra vez.

— Então venha comigo e atire nele por sua conta e risco, com o seu grande rifle inglês.

Gisborne seguiu a trilha de seu guia, retorceu-se, rastejou, escalou, se curvou e sofreu todas as muitas agonias de um talo da selva. Estava roxo e pingando de suor quando Mogli finalmente ordenou que levantasse a cabeça e espiasse por cima de uma rocha azul situada perto de um charco na colina. À beira d'água estava o tigre esticado e à vontade, lambendo preguiçosamente um enorme cotovelo e uma pata dianteira. Era velho, de dentes amarelos e bem sarnento, mas, naquele cenário e sol, parecia bastante imponente.

Gisborne não guardava ilusões esportivas naquilo que dizia respeito a um devorador de homens. Essa coisa era um verme que devia ser morto o mais ligeiro possível. Esperou recuperar o fôlego, pousou a espingarda na pedra e assobiou. A cabeça do bruto se virou lentamente a menos de seis metros da boca do rifle, e Gisborne plantou seus tiros, sem preâmbulos, um atrás do ombro e mais um abaixo do olho. Àquela distância, ossos pesados não serviam de proteção contra balas dilacerantes.

— Bem, a pele não compensava ser guardada, de qualquer forma — disse ele, à medida que a fumaça se dissipava e a fera ainda se mexia, ofegando seu respiro de morte.

— Uma morte de cão para um cão — disse Mogli, baixinho. — Realmente não há nada nessa carniça que compense ser levado.

— Os bigodes. Você não vai pegar os bigodes? — disse Gisborne, que sabia como os guardas valorizavam aquilo.

— Eu? Por acaso sou um shikarri nojento da selva para ficar brincando com um bigode de tigre? Que fique aí. Os amigos dele já estão chegando.

Um milhafre em descida gritou de forma pavorosa logo acima, enquanto Gisborne removia os cartuchos vazios e esfregava o rosto.

— E, não sendo você um *shikarri*, onde foi que adquiriu seus conhecimentos sobre os tigres? — disse ele. — Caçador nenhum teria feito melhor.

— Odeio todos os tigres — disse Mogli, seco. — Que Sahib me entregue a sua arma para que eu a carregue. Ora, é muito boa. E para onde vai Sahib agora?

— Para a minha casa.

— Posso ir também? Nunca vi a casa de um homem branco por dentro.

Gisborne voltou para o bangalô, Mogli caminhando silenciosamente na frente dele, a pele marrom brilhando sob a luz do sol.

Olhou curiosamente para a varanda e para as duas cadeiras ali presentes, passou os dedos pelas cortinas de bambu com desconfiança e entrou, olhando sempre para trás. Gisborne fechou uma cortina para impedir a entrada do sol. Ela caiu com um estrondo, mas, quase antes de tocar a laje da varanda, Mogli saltou e ficou parado com o peito arfando ao ar livre.

— É uma armadilha — disse ele, rapidamente.

Gisborne riu.

— Homens brancos não fazer armadilhas para homens. Você realmente é uma cria da selva.

— Entendo — disse Mogli —, não possui tranca nem alçapão. Eu... eu nunca vi algo parecido com isso até o dia de hoje.

Ele avançou, pé ante pé, e encarou a mobília dos dois espaços com olhos arregalados. Abdul Gafur, que estava servindo o almoço, olhou para ele com um desgosto profundo.

— Tanto trabalho para comer, e tanto trabalho para se deitar depois de comer! — disse Mogli, com um sorriso. — Nós nos saímos melhor na selva. É muito maravilhoso. Há muitas coisas belas aqui. Sahib não tem medo de ser roubado? Nunca vi coisas tão maravilhosas.

Olhava para uma placa de latão empoeirada de Benares em um suporte frágil.

— Apenas um ladrão saído da selva roubaria alguma coisa aqui — disse Abdul Gafur, pousando um prato com um barulho.

Mogli abriu bem os olhos e encarou o maometano de barbas grisalhas.

— No meu país, quando as cabras balem muito alto, cortamos a garganta delas — respondeu alegremente. — Mas não tema. Já estou de saída.

Virou-se e sumiu no rukh. Gisborne olhou para ele com uma risada que terminou num suspiro baixo. Além do seu emprego, não havia muito ali para despertar o interesse do Oficial de Florestas, e aquele filho da selva, que parecia saber dos tigres tal como as outras pessoas sabem dos cães, teria sido um belo entretenimento.

Ele é um sujeito maravilhoso, pensou Gisborne. *É parecido com as ilustrações do Dicionário Clássico. Queria poder ter feito dele um pistoleiro. Não há graça em ficar de shikarri sozinho, e esse sujeito teria sido um shikarri perfeito. Eu me pergunto o que diabos ele é.*

Naquela noite, ele se sentou na varanda sob as estrelas, fumando enquanto se perguntava. Uma baforada de fumaça saiu do cachimbo. Quando clareou, ele percebeu que Mogli estava sentado com os braços cruzados na beira da varanda. Um fantasma não poderia ter surgido de forma mais silenciosa. Gisborne reagiu com um movimento brusco e deixou o cachimbo cair.

— Não tenho homem nenhum no rukh com quem conversar — disse Mogli —, por isso vim até aqui.

Pegou o cachimbo e o devolveu para Gisborne.

— Ah — disse Gisborne, e depois de uma longa pausa: — O que há de novo no rukh? Por acaso encontrou mais um tigre?

— Os nilgós estão mudando o local de alimentação deles durante a lua nova, tal como é o costume deles. Os porcos pastam perto do rio Kanye agora, porque não vão se alimentar com os nilgós, e uma de suas porcas foi morta por um leopardo na grama alta na nascente. De resto, não sei mais.

— E como você ficou sabendo de todas essas coisas? — disse Gisborne, inclinando-se adiante e encarando os olhos que brilhavam sob a luz das estrelas.

— E como é que eu vou saber? Os nilgós têm os costumes deles e até uma criança sabe que os porcos não comem com eles.

— Eu não sabia disso — disse Gisborne.

— Tsc! Tsc! E você está no comando... pelo menos é isso que os homens nas cabanas me contam... tomando conta deste rukh.

E Mogli riu consigo mesmo.

— Deve ser bom falar e contar histórias infantis — Gisborne retorquiu, irritado com a risada. — Poder dizer que isso e aquilo acontece no rukh. E ninguém é capaz de te refutar.

— Quanto à carcaça da porca, eu te mostrarei os ossos dela amanhã — Mogli respondeu, absolutamente impassível. — Voltando ao assunto dos nilgós, se Sahib ficar sentado aqui muito quieto, trarei um nilgó até aqui e, ouvindo os sons com atenção, o Sahib poderá dizer de onde vem esse nilgó.

— Mogli, a selva te enlouqueceu — disse Gisborne. — Quem seria capaz de guiar um nilgó?

— Ainda assim... fique sentado, então. Eu consigo.

— Caramba, o homem é um fantasma! — disse Gisborne; pois Mogli havia desaparecido na escuridão sem som de pés.

O rukh estendia-se em grandes dobras aveludadas no brilho incerto da poeira estelar — tão imóvel que o menor vento errante entre a copa das árvores surgia como o suspiro de uma criança dormindo uniformemente. Abdul Gafur, na cozinha, batia os pratos.

— Silêncio aí! — gritou Gisborne, e se colocou a ouvir como faz um homem acostumado à calmaria do rukh.

Tinha se tornado um hábito dele preservar o respeito próprio ainda que no isolamento, se vestir adequadamente para o jantar todas as noites, e a frente rígida da camisa branca rangia com sua respiração regular até se deslocar um pouco para o lado. Então o fumo de um cachimbo imundo começou a ronronar e ele jogou o cachimbo longe. E aí, exceto pela respiração noturna no rukh, tudo era mudez.

Numa lonjura inconcebível, e sendo arrastado ao largo do breu imensurável, veio o uivo débil, débil mesmo, de um lobo. E o silêncio de novo por, ao menos foi o que pareceram, horas. Por fim, quando até as pontas de suas pernas ficaram dormentes, Gisborne ouviu algo parecido com uma batida lá longe no matagal. Chegou até a duvidar, mas o barulho se repetiu de novo e mais uma vez.

— Isso veio do oeste — murmurou. — Tem alguma coisa andando por lá.

O barulho aumentou — batida com batida, salto com salto —, o grunhido grosso de um nilgó sendo perseguido com ferocidade, voando em pânico e sem prestar atenção em sua rota.

Uma sombra surgiu de entre as árvores, girou para trás, voltou-se novamente com um grunhido e, dando uma pancada no chão batido, disparou quase ao alcance de sua mão. Era um touro nilgó pingando orvalho — com uma trilha rasgada de trepadeira em suas costas, os olhos brilhando na luz da casa. A criatura parou ao ver o homem e fugiu ao longo da borda do rukh até se dissolver na escuridão. A primeira ideia na mente confusa de Gisborne foi a indecência de capturar o grande touro azul do rukh para que pudesse inspecioná-lo — colocando-o à prova naquilo que deveria ser sua noite de folga.

Então, enquanto estava ali encarando, uma vozinha brotou suave em sua orelha:

— Ele veio da nascente, onde conduzia o rebanho. Do oeste ele veio. Sahib acredita agora ou devo trazer o rebanho para ser contado? Sahib está no comando deste rukh.

Mogli havia se acomodado na varanda com um fôlego agitado. Gisborne olhou para ele de boca aberta.

— Como foi que conseguiu fazer isso? — disse ele.

— Sahib viu. O touro foi guiado... guiado tal como os búfalos são. Ho! Ho! Ele vai ter uma bela história para contar quando voltar para o rebanho.

— É um truque novo para mim. Você, então, corre suave feito um nilgô, é?

— Sahib viu. Se Sahib quiser saber qualquer coisa, a qualquer momento, sobre o movimento dos bichos, eu, Mogli, estou aqui. Este é um rukh dos bons, e vou ficar aqui.

— Fique, então, e se precisar de uma refeição a qualquer momento, meus servos ofertarão a você.

— Sim, realmente, gosto bastante de comida preparada — Mogli respondeu rapidamente. — Homem algum pode dizer que não como carne assada ou cozida como qualquer outro homem. Eu virei atrás da refeição. Agora, em contrapartida, prometo que Sahib dormirá tranquilo nesta casa quando anoitecer, e ladrão nenhum invadirá para tomar seus valiosos tesouros.

A conversa terminou com a partida abrupta de Mogli. Gisborne ficou sentado por muito tempo fumando, e o resultado de seus pensamentos foi que em Mogli ele finalmente tinha encontrado o guarda-florestal ideal que ele e o Departamento sempre buscaram.

— Devo colocá-lo a serviço do governo de alguma forma. Um homem capaz de guiar um nilgó sabe mais sobre o rukh do que cinquenta homens. Ele é um milagre, um *lusus naturæ*, mas para ser um guarda-florestal, vai ter de ficar em um só lugar — disse Gisborne.

A opinião de Abdul Gafur foi menos favorável. Ele confidenciou a Gisborne, na hora de dormir, que estranhos vindos de sabe-se lá onde eram, muito provavelmente, ladrões profissionais, e que ele, pessoalmente, não aprovava párias nus que não tinham a maneira adequada de se dirigir aos brancos. Gisborne riu e mandou que ele fosse para os seus aposentos, e Abdul Gafur recuou rosnando. Mais tarde, naquela noite, ele encontrou uma ocasião para se levantar e bater na filha de treze anos. Ninguém sabia o motivo da disputa, mas Gisborne ouviu o grito.

Nos dias que se seguiram, Mogli veio e se foi como uma sombra. Havia estabelecido a si mesmo e sua selvagem administração doméstica perto do bangalô, mas na beira do rukh, onde Gisborne, saindo à varanda para tomar um pouco de ar fresco, o via sentado ao luar, a testa nos joelhos ou deitado ao longo de um galho, apertado contra ele como uma besta da noite. Dali, Mogli lançava-lhe uma saudação e mandava-o dormir à vontade, ou descendo tecia histórias prodigiosas sobre os costumes dos animais no rukh. Uma vez entrou nos estábulos e foi encontrado olhando para os cavalos com profundo interesse.

— Aquilo — disse Abdul Gafur — é um sinal claro de que um dia ele irá roubar um. Ora, se ele vive andando nesta casa, por que não aceita um emprego honesto? Mas, não, fica zanzando para cima e para baixo que nem um camelo solto, fazendo os tolos olharem e abrindo a boca dos tolos com suas besteiras.

Por isso, quando Abdul Gafur se deparava com Mogli, direcionava a ele palavras ríspidas, mandava-o pegar água e depenar galinhas, e Mogli, rindo despreocupado, obedecia.

— Ele não tem casta — disse Abdul Gafur. — Não faz nada. Olha só para ele, Sahib, que verá que não faz muita coisa. Uma cobra é uma cobra, e um cigano da selva é um ladrão até o dia de sua morte.

— Cale-se, então — disse Gisborne. — Permito que corrija o seu lar, desde que não haja muito barulho, porque conheço os seus usos e costumes. O meu costume você não conhece. O homem, sem dúvida, é um pouco louco.

— Bastante louco, na verdade — disse Abdul Gafur. — Mas veremos o que vai sair disso.

Alguns dias depois, o ofício levou Gisborne ao rukh por três dias. Abdul Gafur, sendo velho e gordo, foi deixado em casa. Não gostava de ficar em cabanas de guardas-florestais, e se via inclinado a cobrar contribuições em nome de seu mestre pelos grãos, óleo e leite daqueles que não podiam pagar tais benevolências. Gisborne partiu cedo em uma madrugada, um pouco aborrecido porque seu homem da floresta não estava na varanda para acompanhá-lo. Gostava dele — gostava de sua força, agilidade e silêncio de pés, e do sorriso aberto, sempre pronto; sua ignorância de todas as formas de cerimônia e saudações e as histórias infantis que contava (e Gisborne daria crédito agora) sobre a caça no rukh. Depois de uma hora cavalgando pela vegetação, ele ouviu um farfalhar atrás de si, e Mogli trotou em seu estribo.

— Temos três dias de trabalho pela frente — disse Gisborne — no meio das árvores novas.

— Bom — disse Mogli. — É sempre bom desfrutar das árvores jovens. Elas servem de cobertura se as feras as deixarem em paz. Precisamos mudar a posição dos porcos outra vez.

— De novo? Como?

Gisborne sorriu.

— Ah, eles estavam cavando e batendo presas no meio dos filhotes de sal ontem à noite, e eu os debandei. Por isso, não apareci na varanda hoje pela manhã. Os porcos não deveriam estar neste lado do rukh de forma alguma. Precisamos mantê-los abaixo da nascente do rio Kanye.

— Se a um homem fosse dado o poder de pastorear as nuvens, talvez fosse possível fazer isso; mas, Mogli, se como está dizendo, você é o pastor no rukh, sem ganho e sem pagamento...

— Este é o rukh de Sahib — disse Mogli, rapidamente erguendo o olhar.

Gisborne assentiu em agradecimento e continuou:

— Não seria melhor trabalhar em troca de pagamento do Governo? Há uma pensão no fim do longo serviço.

— Eu já pensei nisso — disse Mogli —, mas os guardas vivem em cabanas com portas fechadas, e isso se parece demais com uma armadilha para mim. Mas ainda assim fico pensando...

— Pense bem, então, e me responda mais tarde. Ficaremos aqui para o café da manhã.

Gisborne desmontou, pegou sua refeição matinal na bolsa caseira da sela e observou o dia brilhar quente acima do rukh. Mogli se deitou na grama ao lado dele, encarando o céu.

Imediatamente falou, num sussurro preguiçoso:

— Sahib, você deixou alguma instrução no bangalô para que a égua branca fosse tirada do estábulo?

— Não, ela está velha e gorda; além disso, um pouco manca. Por quê?

— Ela está sendo montada agora, e não *lentamente*, naquela estrada que leva até os trilhos.

— Besteira, isso está há a dois koss de distância. Deve ser um pica-pau.

Mogli ergueu o antebraço para afastar o sol dos olhos.

— A estrada faz uma grande curva a partir do bangalô. Não fica a mais do que um koss, no máximo, se formos igual a um milhafre; e o som voa com os pássaros. Devemos ir ver?

— Que besteira! Correr um koss inteiro neste sol para verificar um barulho na floresta.

— Não, o cavalo é cavalo de Sahib. Só quero trazê-la até aqui. Se não for o cavalo de Sahib, não faz diferença. Se for, Sahib pode fazer o que quiser. Ela certamente está sendo montada de forma bruta.

— E como você a traria até aqui, seu louco?

— Sahib já se esqueceu? Pela estrada do nilgó e nenhuma outra.

— Levante-se e corra, então, se possui tanto zelo.

— Oh, eu não corro!

Levantou a mão pedindo silêncio, e ainda deitado de costas chamou três vezes, com um grito gorgolejante que era novidade para Gisborne.

— Ela virá — disse ele por fim. — Esperemos na sombra.

Os longos cílios cobriram os olhos desvairados quando Mogli começou a cochilar no início da manhã. Gisborne aguardou pacientemente, Mogli com certeza era louco, mas era a companhia de maior graça que um Oficial Florestal solitário poderia querer.

— Ho! Ho! — disse Mogli preguiçosamente, de olhos cerrados. — Ele saltou. Bem, primeiro virá a égua e depois o homem.

Então ele bocejou no momento em que o pônei de Gisborne relinchou. Três minutos depois, a égua branca, selada, arreada, mas sem um cavaleiro, invadiu a clareira onde estavam sentados, e correu para o companheiro dela.

— Ela não está muito quente — disse Mogli —, mas num calor desses o suor brota fácil. Daqui a pouco veremos o cavaleiro dela, porque o homem é mais lento do que o cavalo... especialmente se ele for velho e gordo.

— Allah! Isso é coisa do diabo — gritou Gisborne, saltando de pé, porque tinha acabado de ouvir um grito na selva.

— Não se preocupe, Sahib. Ele não será ferido. Também vai falar que é coisa do diabo. Ah! Ouça! Quem é?

Era a voz de Abdul Gafur numa agonia aterrorizada, implorando aos gritos para que coisas desconhecidas poupassem ele e seus cabelos grisalhos.

— Não, eu não consigo dar mais nenhum passo — ele berrou. — Estou velho e perdi meu turbante. Arré! Arré! Mas ainda assim me movo. Sim, vou me apressar. Vou correr! Ah, Demônios do Fosso, sou muçulmano!

A vegetação rasteira se abriu e entregou Abdul Gafur, sem turbante, descalço, com o cinturão solto, lama e grama nas mãos fechadas e o rosto roxo. Ele viu Gisborne, gritou de novo e caiu para a frente, exausto e trêmulo, a seus pés. Mogli o observou com um doce sorriso.

— Isso não é piada — Gisborne falou seriamente. — O homem está para morrer, Mogli.

— Não vai morrer. Só está com medo. Não havia motivo para ele sair numa caminhada.

Abdul Gafur resmungou e ficou de pé, sacudindo todos os membros.

— Foi bruxaria... bruxaria e obra demoníaca! — ele lamentou, agitando a mão no peito. — Por causa dos meus pecados, os demônios me açoitaram mato afora. Está tudo consumado. Eu me arrependo. Peguem-os, Sahib!

Estendeu um rolo de papéis sujos.

— O que significa isso, Abdul Gafur? — disse Gisborne, que já sabia o que viria.

— Coloque-me na prisão, as notas estão todas aí, mas prenda-me num lugar onde os demônios não me sigam. Pequei contra Sahib e contra o sal que ele compartilhou comigo; e, se não fossem aqueles malditos demônios da floresta, eu teria comprado uma terra distante e vivido o resto dos meus dias em paz.

Bateu com a cabeça no chão numa agonia de desespero e mortificação. Gisborne revirou o rolo de notas várias vezes. Era o seu pagamento acumulado dos últimos nove meses — o rolo que estava na gaveta com as cartas para casa e a máquina de reencapar. Mogli observou Abdul Gafur, rindo silenciosamente consigo mesmo.

— Não é preciso me colocar no cavalo outra vez. Voltarei para casa lentamente com Sahib, e então ele pode me enviar para a prisão sob vigilância. O governo dá muitos anos por um crime desses — disse o mordomo, carrancudo.

A solidão no rukh afeta muitas ideias acerca de muitas coisas. Gisborne encarou Abdul Gafur, lembrando-se de que ele era um servo muito bom, e que um novo mordomo precisaria aprender todos os costumes da casa desde o princípio, e na melhor das hipóteses seria um rosto novo e uma língua nova.

— Escute, Abdul Gafur — disse ele. — Você cometeu um erro grave e perdeu, de uma só vez, o seu *izzat*[5] e a sua reputação. Mas acredito que a ideia tenha ocorrido sem premeditação.

---

5 Honra, dignidade pessoal. [N. de E.]

— Allah! Nunca desejei as notas antes. O Mal agarrou a minha garganta enquanto eu as olhava.

— Também acredito nisso. Volte para a minha casa, então, e quando eu voltar enviarei as notas até o banco por intermédio de um mensageiro, e nada mais será dito. Você já é velho demais para a cadeia. Além disso, os seus cuidados domésticos são perfeitos.

Como resposta, Abdul Gafur chorou por entre as botas de cavalgada de Gisborne.

— Não vai me demitir, então? — Ele engoliu em seco.

— Isso veremos. Vai depender da sua conduta quando voltarmos. Suba na égua e volte lentamente para casa.

— Mas os demônios. O rukh está cheio de demônios.

— Não se preocupe, meu pai. Eles não irão te ferir a menos que as ordens de Sahib sejam desobedecidas — disse Mogli. — E aí pode ser que eles te guiem até em casa... seguindo a trilha do nilgó.

A mandíbula inferior de Abdul Gafur caiu quando ele girou o tecido de sua cintura, encarando Mogli.

— Os demônios são *dele*? Os demônios dele! E eu tinha pensado em voltar e culpar este feiticeiro!

— Isso foi bem pensado, Huzrut; mas, antes de fazermos uma armadilha, vemos primeiro quão grande é a caça que pode cair nela. Ora, pensei apenas que um homem havia levado um dos cavalos do Sahib. Não sabia que o objetivo era fazer de mim um ladrão diante do Sahib, ou meus demônios o teriam arrastado aqui pela perna. Ainda não é tarde demais.

Mogli olhou inquiridor para Gisborne; mas Abdul Gafur cambaleou rápido até a égua branca, subiu nas costas dela e fugiu, os caminhos da floresta golpeando e ecoando atrás dele.

— Muito bem feito — disse Mogli. — Mas ele vai cair de novo se não segurar pela crina.

— Agora está na hora de me dizer o que significa tudo isso — disse Gisborne, um tanto rígido. — Que conversa é essa de demônios? Como pode um homem ser guiado de um lado para o outro no rukh que nem gado? Responda para mim.

— Sahib está furioso por eu ter salvado o dinheiro dele?

— Não, mas há uma engenhosidade no meio disso tudo que não me agrada.

— Muito bem. Agora, se eu me levantasse e desse três passos no rukh, ninguém, nem mesmo o Sahib, poderia me encontrar até que eu assim o quisesse. Como não faria isso de bom grado, também não contaria de bom grado. Tenha um pouco de paciência, Sahib, e um dia eu revelarei tudo, pois, se quiser, um dia faremos o bote juntos. Não há trabalho do diabo no assunto. Eu só... conheço o rukh como um homem conhece a cozinha de sua casa.

Mogli falava como se estivesse falando com uma criança impaciente. Gisborne, intrigado, chocado e um tanto irritado, ficou em silêncio, mas encarou o chão e ficou pensativo. Quando ergueu os olhos, o homem das florestas tinha sumido.

— Não é bom — disse uma voz calma nos arbustos — que amigos sintam raiva. Espere até o anoitecer, Sahib, quando a temperatura baixar.

Deixado assim sozinho, jogado como se estivesse no coração do rukh, Gisborne praguejou, então riu, montou novamente em seu pônei e seguiu em frente. Visitou a cabana de um guarda-florestal, observou algumas novas plantações, deixou algumas ordens para queimar um pedaço de grama seca e partiu para um acampamento de sua escolha, uma pilha de pedras lascadas grosseiramente coberta por galhos e folhas, não muito longe das margens do riacho Kanye. Era crepúsculo quando avistou seu local de descanso, e o rukh estava acordando para a vida silenciosa e voraz da noite.

Uma fogueira tremeluzia na colina, e o cheiro de um jantar muito bom pairava no vento.

— Hum — disse Gisborne —, isso é bem melhor do que qualquer carne fria. Ora, o único homem que poderia estar por aqui seria o Muller e, oficialmente, ele deveria estar cuidando do rukh de Changamanga. Imagino que ele esteja nas minhas terras por causa disso.

O alemão gigantesco, que era chefe dos Bosques e Florestas de toda a Índia, chefe dos guardas-florestais de Birmânia a Bombaim, tinha o hábito de esvoaçar como um morcego de um lugar para outro, sem avisar, e aparecer exatamente onde era menos procurado. A teoria dele era a de que visitas repentinas, a descoberta de falhas e uma repreensão boca a boca em um subordinado eram infinitamente melhores do que os processos lentos de correspondência, que poderiam terminar em uma repreensão escrita e oficial — algo que anos depois seria descontado no registro de um Oficial Florestal. Como ele explicava:

"Se eu apenas repreender meus meninos que nem um tio holandês, vão dizer: 'É aquele velho chato do Muller', e farão melhor da próxima vez. Mas se o meu escriturário cabeça-dura escrever e disser 'aquele Muller, o Inspetor-Geral, não entendeu e está bem irritado', primeiro não vai funcionar porque eu não vou estar lá, e, segundo, o tolo que vem depois de mim pode acabar falando aos meus melhores meninos: 'Olhe aqui, você foi alertado pelo meu predecessor'. É como eu sempre digo: é melhor a cenoura do que o chicote."

A voz profunda de Muller vinha da escuridão atrás da luz do fogo enquanto ele se inclinava sobre os ombros de seu cozinheiro de estimação.

— Não tanto molho, filho de Belial! O molho Worcester é um condimento, não um fluido. Oh, Gisborne, você veio a um jantar muito ruim. Onde é o seu acampamento? — E ele se aproximou para um aperto de mãos.

— Estou no campo, senhor — disse Gisborne. — Não sabia que você estaria por aqui.

Muller olhou para a figura esguia do homem.

— Bom! Isso é bom! Um cavalo e algumas coisas geladas para comer. Quando eu era mais novo, era assim que fazia meu acampamento. Agora você vai jantar comigo. Fui até a base para fazer o meu relatório do mês passado. Escrevi metade... ha, ha! E o resto eu deixei para os meus assistentes e saí para uma caminhada. O Governo está enlouquecendo com esses relatórios. Foi o que falei ao Vice-rei em Simla.

Gisborne riu, lembrando-se das muitas histórias que eram contadas sobre os embates entre Muller e o

Governo Supremo. Ele era o libertino fretado de todos os departamentos, já que, como Oficial Florestal, não havia ninguém como ele.

— Se eu te pego, Gisborne, sentado no seu bangalô e despachando relatórios para mim sobre suas plantações em vez de andar pelas plantações, transfiro você para o meio do Deserto Bikaner para reflorestar *aquilo*. Estou cansado de relatórios e de ficar mastigando papelada quando deveria estar fazendo o meu trabalho.

— Não há muito risco de eu perder meu tempo com relatórios. Eu os odeio tanto quanto o senhor.

Nesse ponto, a conversa passou para questões profissionais. Muller tinha algumas perguntas a fazer e ordens e sugestões para Gisborne, até que o jantar ficou pronto. Foi a refeição mais civilizada que Gisborne comeu em meses. Nenhuma distância da base de suprimentos era aceita como desculpa para interferir no trabalho do cozinheiro de Muller; e aquela mesa servida no deserto começou com pequenos peixes de água doce defumados e terminou em café e conhaque.

— Ah! — disse Muller no final, com um suspiro de satisfação enquanto acendia um charuto e se jogava em sua velha cadeira de acampamento. — Quando estou fazendo relatórios, sou livre-pensador e ateu, mas aqui, no rukh, sou mais do que cristão. Também sou pagão.

Enrolou a guimba de charuto luxuosamente sob a língua, deixou cair as mãos sobre os joelhos e olhou diante de si para o escuro e mutável coração do rukh, cheio de ruídos furtivos; o estalar de galhos era como o estalar do fogo atrás dele; o suspiro e o farfalhar de um galho dobrado pelo calor recuperando sua posição reta na noite fria; o incessante murmúrio do riacho Kanye, a nota baixa dos planaltos de grama multipovoada fora de vista, além de uma ondulação de colina. Soltou uma espessa baforada de fumaça e começou a citar Heine para si mesmo.

— Sim, muito bom. Muito bom. Sim, eu opero milagres e, em nome de Deus, eles acontecem também. Eu me lembro de quando o rukh nem passava dos joelhos, daqui até as terras aradas, no tempo de seca o gado comia ossos de gado morto, para todos os lados. Agora as árvores voltaram. Foram plantadas por um livre-pensador, porque ele sabia muito bem qual era a causa que produziria um efeito. Mas as árvores, elas tinham o culto aos seus deuses antigos... "E os Deuses Cristãos uivaram." Não eram capazes de viver no rukh, Gisborne.

Uma sombra se mexeu na trilha — moveu-se e surgiu sob o brilho das estrelas.

— Há verdade no que falei. Silêncio. O próprio Fauno se aproxima para ver o Inspetor-Geral. Céus, é o deus! Veja!

Era Mogli, exibindo sua coroa de flores brancas e andando com um galho meio descascado — Mogli, muito desconfiado da luz do fogo e pronto para voar de volta para o matagal ao menor alarme.

— É um amigo meu — disse Gisborne. — Está procurando por mim. Ohé, Mogli!

Muller mal teve tempo de ofegar antes que o homem estivesse ao lado de Gisborne, gritando:

— Eu estava errado em ir embora. Estava errado, mas não sabia, naquele momento, que a companheira daquele que foi morto por este rio estava acordada e procurando por você. Senão eu não teria ido embora. Ela seguiu seu rastro até aqui, Sahib.

— Ele é um pouco louco — disse Gisborne —, e fala de todas as criaturas por aqui como se fosse amigo delas.

— Claro... claro. Se o Fauno não sabe, quem vai saber? — disse Muller, com seriedade. — O que ele está falando sobre tigres... esse deus que te conhece tão bem?

Gisborne reacendeu seu charuto e, antes de terminar a história de Mogli e suas façanhas, foi queimado até a ponta do bigode. Muller ouviu sem interrupção.

— Isso não é loucura — disse ele por fim, quando Gisborne descreveu como Abdul Gafur tinha sido conduzido. — Não é loucura de forma alguma.

— É o quê, então? Ele me abandonou, irritado, hoje de manhã porque indaguei a ele como tinha feito isso. Acho que o jovem, de algum modo, está possuído.

— Não, não há possessão nenhuma aqui, mas é ainda mais extraordinário. Normalmente elas morrem jovens... pessoas assim. E você diz que o seu mordomo ladrão não falou o que provocou o pônei a andar, e é claro que o nilgó não sabia falar.

— Não, mas você está confundindo, não havia nada. Eu estava ouvindo, e ouço bem. O boi e o homem simplesmente apareceram... morrendo de medo.

Como resposta, Muller olhou Mogli de cima a baixo, da cabeça aos pés, então se aproximou dele. Foi se aproximando que nem cervo em trilha perigosa.

— Não vou lhe fazer mal — disse Muller, no linguajar. — Estique o braço.

Passou a mão até o cotovelo, tateou e assentiu.

— Como eu tinha pensado. Agora o joelho.

Gisborne o viu tocar na rótula do joelho e sorrir. Duas ou três cicatrizes brancas logo acima do tornozelo chamaram a atenção dele.

— Essas são de quando você era bem jovem? — indagou.

— É — respondeu Mogli, com um sorriso. — Foram mordidas amorosas dos pequenininhos.

Então voltou-se para Gisborne, por cima do ombro.

— Este Sahib sabe de tudo. Quem é ele?

— Isso é assunto para depois, meu amigo. Ora, onde *eles* estão? — disse Muller.

Mogli passou a mão ao redor da cabeça em círculos.

— Ah! E você é capaz de guiar o nilgó? Olha só! Lá está a minha égua no piquete. Consegue trazê-la até mim sem assustá-la?

— Se eu consigo trazer a égua até Sahib sem assustá-la? — repetiu Mogli, erguendo a voz acima do tom normal. — Mais fácil do que isso só se as amarras das patas estivessem frouxas.

— Soltem as amarras da cabeça e dos pés — gritou Muller para o cavalariço.

Elas mal haviam saído do chão quando a égua, uma enorme australiana negra, ergueu a cabeça e as orelhas.

— Cuidado! Não quero vê-la fugindo para dentro do rukh — disse Muller.

Mogli ficou parado de frente para as chamas — na própria forma e semelhança daquele deus grego que é tão ricamente descrito nos romances. A égua relinchou encolheu uma das patas traseiras, descobriu que as cordas do calcanhar estavam livres e moveu-se rapidamente para seu mestre, em cujo peito ela baixou a cabeça, suando levemente.

— Ela veio de vontade própria. Meus cavalos fazem isso — gritou Gisborne.

— Veja se ela está suada — disse Mogli.

Gisborne pousou uma mão no flanco ensopado.

— É o bastante — disse Muller.

— É o bastante — repetiu Mogli, e uma rocha atrás dele devolveu a palavra.

— É assombroso, não é? — falou Gisborne.

— Não, apenas maravilhoso... muito incrível. Você ainda não entendeu, Gisborne?

— Confesso que não.

— Bem, então não vou falar. Ele diz que algum dia irá te mostrar o que é. Seria cruel se eu o fizesse. Mas como ele ainda não está morto, isso eu não entendo. Agora, ouça bem. — Muller encarou Mogli e voltou a falar no linguajar. — Eu sou o chefe de todos os rukhs na Índia e de outros para lá de Água Negra. Não sei quantos homens tenho sob meu poder... talvez cinco mil, talvez dez. O seu trabalho é esse... vagar para cima e para baixo rukh afora e guiar feras por diversão ou para se exibir, mas para me servir, eu que sou o Governante naquilo que se refere aos assuntos de Matas e Florestas, e viver neste rukh como guarda-florestal; guiando as cabras dos aldeões para longe quando não há ordem para que se alimentem no rukh; para permitir a entrada delas quando houver ordem; manter sob controle, do modo que for possível, tanto os javalis como os nilgós quando se tornam volumosos demais; relatar a Gisborne Sahib como e onde se movem os tigres, e o tipo de caça que há na floresta; e alertar de todo fogo no rukh, porque você é capaz de sinalizar mais rápido do que qualquer outro... Por este trabalho há pagamento em prata todo mês, e no fim, quando você tiver esposa e gado, e talvez filhos, uma pensão. Qual é a sua resposta?

— Foi exatamente isso o que eu... — Gisborne começou a falar.

— Meu Sahib falou hoje pela manhã de tal serviço. Caminhei o dia inteiro pensando no assunto e já tenho uma resposta. Servirei, *se* puder servir neste rukh e em nenhum outro; *com* Gisborne Sahib e nenhum outro.

— Assim será. Em uma semana chegará a ordem governamental por escrito que promete honrar a pensão. Depois disso, você irá ganhar uma moradia no lugar que Gisborne Sahib apontar.

— Eu ia falar disso — disse Gisborne.

— Foi melhor não ter ouvido sobre o homem, mas visto. Jamais haverá um guarda-florestal como ele. Ele é um milagre. Estou te dizendo, Gisborne, um dia você irá descobrir. Ouça, ele é um irmão de sangue de todas as feras no rukh.

— Seria mais fácil para a minha mente se conseguisse compreendê-lo.

— Cada coisa no seu tempo. Mas eu te digo, só uma vez em todo o meu tempo de serviço, e isso já tem trinta anos, encontrei um menino que teve um início parecido com o deste homem. E ele morreu. De vez em quando você escuta histórias sobre eles no censo, mas todos morrem. Este homem sobreviveu e é um anacronismo, pois é de antes da Era do Ferro e da Idade da Pedra. Olhe aqui, ele se encontra no início da história do homem... Adão em seu jardim, e agora só precisamos de uma Eva! Não! Ele é mais velho do que essa história infantil, tal como o rukh é mais velho do que os deuses. Gisborne, eu agora sou pagão, de uma vez por todas.

Durante o resto da longa noite, Muller se sentou, fumando e fumando, olhando e olhando fixamente para a escuridão, os lábios se movendo em citações multiplicadas e um grande assombro em seu rosto. Ele foi para sua tenda, mas logo saiu novamente em seu majestoso pijama rosa, e as últimas palavras que Gisborne o ouviu dirigir ao rukh através do silêncio profundo da meia-noite foram estas, proferidas com imensa ênfase:

'Dough we shivt und bedeck und bedrape us,
Dou art noble und nude und andeek;
Libidina dy moder, Briapus Dy fader,
a God und a Greek.[6]

— Agora eu bem sei que, pagão ou cristão, jamais conhecerei as entranhas do rukh.

***

---

6 Trecho do poema "Dolores", do poeta inglês A.C. Swinburne, traduzido para o alemão. Em português, "Embora mudemos e nos cubramos/ Tu és nobre, nu e antigo;/ Libitina tua mãe, Príapo/ Teu pai, toscano e grego". Tradução de Jim Anotsu. [N. de E.]

Era meia-noite no bangalô, uma semana depois, quando Abdul Gafur, pálido de raiva, colocou-se no pé da cama de Gisborne e o acordou com um sussurro.

— Acorde, Sahib — ele gaguejou. — Acorde e pegue sua arma. A minha honra fugiu. Levante-se e vá matar antes que alguém veja.

O rosto do velho tinha mudado, de tal modo que Gisborne ficou encarando estupidamente.

— Foi por este motivo, então, que aquele desgarrado da selva me ajudou a limpar o estábulo de Sahib, e buscou água e depenou galinhas. Mesmo com todas as minhas surras, eles fugiram juntos, e agora ele deve estar sentado junto de seus demônios e arrastando a alma dela para o Fosso. Levante, Sahib, e venha comigo!

Colocou o rifle na mão semiadormecida de Gisborne e quase o arrastou do quarto até a varanda.

— Eles estão no rukh, a um tiro de distância desta casa. Venha de fininho comigo.

— Mas o que foi? Qual é o problema, Abdul?

— Mogli e os demônios dele. E a minha filha também — disse Abdul Gafur.

Gisborne assobiou e seguiu o guia. Não era à toa, ele sabia, que Abdul Gafur espancava a filha durante as noites, e não era à toa que Mogli tinha ajudado, com os trabalhos domésticos, um homem que seus próprios poderes, quaisquer que fossem, tinham demonstrado ser um ladrão. Além disso, um cortejo na floresta é rápido.

Ouviu-se o sopro de uma flauta no rukh, como se fosse a canção de algum deus da floresta errante, e à medida que se aproximavam, um murmúrio de vozes.

O caminho terminava em uma pequena clareira semicircular cercada, em parte, por grama alta e, em parte, por árvores. No centro, sobre um tronco caído, de costas para os observadores e com o braço em volta do pescoço da filha de Abdul Gafur, sentava-se Mogli, recém-coroado de flores, tocando uma flauta tosca de bambu, cuja música servia quatro lobos enormes que dançavam solenemente nas patas traseiras.

— São os demônios dele — sussurrou Abdul Gafur.

Ele segurava um monte de cartuchos na mão. As bestas baixaram para uma nota longa e trêmula e ficaram imóveis e com os olhos verdes firmes, olhando para a garota.

— Vejam — disse Mogli, pousando a flauta. — Há alguma coisa para se temer? Eu te falei, coraçãozinho, e você não acreditou. O seu pai falou... e, oh, se você tivesse visto o seu pai sendo guiado pela trilha do nilgó! O seu pai falou que eram demônios; e, em nome de Allah, que é o seu Deus, não me surpreende que ele assim tenha pensado.

A garota soltou uma gargalhada ondulante, e Gisborne ouviu Abdul ranger os poucos dentes restantes. Aquela não era, em absoluto, a garota que Gisborne tinha visto espiando e se esgueirando pelo complexo velado, silenciosa, mas outra — uma mulher florescida à noite tal como a orquídea floresce no calor úmido dentro de uma hora.

— Mas eles são meus companheiros de brincadeiras e meus irmãos, filhos daquela mãe que me deu de mamar, como eu te contei na cozinha — continuou Mogli.

— Filhos do pai que se deitou entre mim e o frio na entrada da caverna quando eu era uma criancinha nua. Veja. — Um lobo levantou a papada cinza, babando no joelho de Mogli. — Meu irmão sabe que falo deles. Sim, quando eu era criança, ele era um filhote rolando comigo no barro.

— Mas você falou que nasceu de humanos — murmurou a moça, aninhando-se ainda mais perto do ombro dele. — Você nasceu de gente?

— Falei, sim! Ora, eu sei que nasci de gente porque o meu coração agora está nas suas mãos, pequenina.

A cabeça dela caiu sob o queixo de Mogli. Gisborne ergueu a mão em advertência para conter Abdul Gafur, que não ficou nem um pouco impressionado com a maravilha daquela visão.

— Mas eu já fui um lobo dentre os lobos, até que chegou o dia em que o Povo da Selva me disse para partir porque eu era um homem.

— Quem o mandou partir? Isso não parece conversa de homem real.

— As próprias feras. Pequenina, você nunca acreditaria nessa narrativa, mas assim foi. As feras da selva me mandaram ir, mas esses quatro me seguiram porque eu era irmão deles. E já fui um pastor de gado entre os homens, tendo aprendido a língua deles. Ho! Ho! Os rebanhos pagavam pedágio aos meus irmãos, até que uma mulher, uma velha, amada, me viu brincando à noite com os meus irmãos nas plantações. Disseram que eu estava possuído por demônios e me expulsaram daquela aldeia com paus e pedras, e os quatro vieram comigo furtivamente, e não abertamente. Foi naquela época que aprendi a comer carne cozida e a falar com ousadia. De vila em vila eu fui, do fundo do meu coração, um pastor de gado, um tratador de búfalos, um rastreador de caça, mas nenhum homem ousou levantar um dedo contra mim mais de uma vez. — Ele se abaixou e deu um tapinha na cabeça de um dos bichos. — Faz carinho neles também. Não machucam, nem tem magia neles. Veja, eles te conhecem.

— As florestas estão cheias de todos os tipos de demônio — disse a garota, estremecendo.

— Mentira. Uma mentira de criança — Mogli respondeu, confiante. — Eu já me deitei no orvalho sob as estrelas e na noite escura, e eu sei. A selva é minha casa. Um homem deve temer as vigas de seu próprio telhado, ou, uma mulher, o lar de seu marido? Abaixe-se e dê um afago neles.

— São cachorros e são impuros — ela murmurou, dobrando-se adiante com a cabeça virada.

— Tendo comido do fruto, agora se lembra da Lei! — disse Abdul Gafur, amargamente. — Qual é o motivo de tanta espera, Sahib? Mate!

— Silêncio. Vamos ouvir o que acontece — disse Gisborne.

— Assim mesmo — disse Mogli, passando o braço ao redor da menina outra vez. — Cães ou não, eles estiveram comigo no cruzar de mil vilarejos.

— Ahi, e onde estava o seu coração, então? Através de mil vilarejos. Você já deve ter visto mil damas. Eu… que… que não sou mais uma dama, tenho o seu coração?

— Pelo que eu vou jurar? Por Allah, de quem você fala?

— Não, pela vida que há em você, e já me contento com isso. Onde estava o seu coração naqueles dias?

Mogli deu uma risadinha.

— Estava na minha barriga, porque eu era jovem e estava sempre com fome. Por isso aprendi a rastrear e a caçar, a despachar e chamar de volta os meus irmãos de um lado para o outro, como um rei faz com seus exércitos. Por isso guiei o nilgó para que o Sahib jovem e tolo visse, e a égua gorda com o Sahib grande e gordo quando questionaram o meu poder. Foi tão fácil quanto guiar os próprios homens. Mesmo agora — a voz dele subiu um pouco —, mesmo agora sei que atrás de mim estão o seu pai e Gisborne Sahib. Não, não corram, porque nem dez homens ousariam pisar adiante. Lembre-se de que o seu pai te bateu várias vezes, devo ordenar que ele seja guiado mais uma vez rukh afora?

Um lobo se ergueu com dentes arreganhados.

Gisborne sentiu Abdul Gafur tremer ao seu lado. Em seguida, o lugar dele ficou vazio, e o homem gordo correu pela campina.

— Sobrou apenas Gisborne Sahib — disse Mogli, sem se virar —, mas eu já comi do pão de Gisborne Sahib, e logo estarei a serviço dele, e os meus irmãos serão servos dele, guiando a caça e levando mensagens. Esconda-se no mato.

A moça correu, o mato alto se fechou atrás dela e do lobo guardião que a seguiu, e Mogli, virando-se com os três lobos que tinham sobrado, encarou Gisborne no momento em que o guarda-florestal se adiantou.

— Essa aqui é toda a minha magia — disse ele, apontando para os três. — O Sahib gordo sabia que nós, que somos criados com os lobos, corremos apoiados em nossos cotovelos e joelhos durante um tempo. Tocando nos meus braços e pernas, ele sentiu a verdade que você não conhecia. É tão incrível assim, Sahib?

— Na verdade, é ainda mais incrível do que magia. Foram eles, então, que guiaram o nilgó?

— Isso, assim como teriam guiado Eblis, se eu assim ordenasse. Eles são os meus olhos e os meus pés.

— Preste atenção nisso, então, para que Eblis não esteja carregando um rifle. Ainda precisam aprender algumas coisinhas, os seus demônios, porque estão enfileirados, de modo que um tiro mataria os três.

— Ah, mas eles sabem que serão servos seus assim que eu for um guarda-florestal.

— Guarda ou não, Mogli, você envergonhou bastante Abdul Gafur. Desonrou a casa dele e escureceu a face dele.

— Quanto a isso, o rosto dele já tinha sido escurecido quando roubou o seu dinheiro, e ficou ainda mais escuro quando sussurrou no seu ouvido, poucos minutos atrás, que matasse um homem nu. Eu mesmo falarei com Abdul Gafur, porque sou um homem a serviço do Governo, com uma pensão. Ele irá celebrar o casamento usando o rito que quiser ou vai fugir de novo. Vou falar com ele ao amanhecer. Quanto ao resto, Sahib tem a casa dele, e esta é a minha. Está na hora de voltar a dormir, Sahib.

Mogli deu meia-volta e desapareceu no mato, deixando Gisborne sozinho para trás. A centelha de deus da floresta era inconfundível; e Gisborne voltou para o bangalô, onde Abdul Gafur, tomado pela raiva e pelo medo, vociferava na varanda.

— Calma, calma — disse Gisborne, sacudindo-o, porque ele parecia prestes a entrar em colapso. — Muller Sahib tornou o homem um guarda-florestal e, como você sabe, há uma pensão ao fim do trabalho, e é serviço do Governo.

— Ele é um apartado... um *mlech*... um cachorro entre cachorros; comedor de carniça! Que pensão é capaz de pagar por uma coisa dessas?

— Allah sabe; e você ouviu que a desobediência já foi executada. Você permitiria que isso vazasse para todos os outros empregados? Realize o *shadi* rapidamente, e a menina o tornará um muçulmano. Ele é muito decente. É de surpreender que, depois das surras, ela tenha ido até ele?

— Ele falou que iria me perseguir com as feras dele?

— Foi o que me pareceu. Se ele for um bruxo, no mínimo é bem forte.

Abdul Gafur pensou um pouco, então desmoronou e uivou, esquecendo-se de que era muçulmano:

— Você é um sacerdote. Eu sou a sua vaca. Acerte o assunto e salve a minha honra, se ela tiver salvação!

Pela segunda vez Gisborne adentrou no rukh e chamou por Mogli. A resposta veio de cima, e não foi em tom de obediência.

— Fale com jeito — disse Gisborne, olhando para cima. — Ainda há tempo para remover o seu cargo e caçar você e os seus lobos. A menina precisa voltar para a casa do pai esta noite. Amanhã haverá um *shadi*, de acordo com a Lei muçulmana, e depois disso você pode levá-la. Devolva-a a Abdul Gafur.

— Entendi. — Houve um murmúrio de duas vozes em conferência no meio das folhas. — Além disso, nós vamos obedecer... pela última vez.

***

Um ano depois, Muller e Gisborne cavalgavam juntos pelo rukh, conversando sobre seus negócios. Saíram por entre as rochas perto do riacho Kanye; Muller cavalgava um pouco atrás. Na sombra de um matagal de espinhos, esparramou-se um bebê marrom nu e, do ponto imediatamente atrás dele, espiou a cabeça de um lobo cinza. Gisborne mal teve tempo de dar um tapa para cima no rifle de Muller quando a bala saiu rasgando, ricocheteando pelos galhos acima.

— Você está louco? — trovejou Muller. — Veja!

— Estou vendo — Gisborne falou, baixinho. — A mãe deve estar por perto. Você vai acordar a matilha inteira, em nome de Jeová!

Os arbustos se abriram de novo e uma mulher sem véu catou a criança.

— Quem atirou, Sahib? — ela gritou para Gisborne.

— Este Sahib aqui. Ele não se lembrava do povo do seu marido.

— Não se lembrava? Ah, deve ser isso mesmo, porque nós, que moramos com eles, nos esquecemos de como são estranhos. Mogli está lá no rio, pescando. Sahib quer vê-lo? Vamos, tenham modos. Saiam do mato e se apresentem aos Sahibs.

Os olhos de Muller ficaram cada vez mais arregalados. Ele saltou da égua, prostrada, e desmontou, enquanto a selva exibia quatro lobos que bajulavam Gisborne. A mãe ficou amamentando seu filho e os afastou enquanto roçavam em seus pés descalços.

— Você tinha razão sobre Mogli — disse Gisborne. — Queria ter te falado isso, mas me acostumei tanto a esse pessoal aqui no último ano que isso fugiu da minha mente.

— Ah, não peça desculpas — disse Muller. — Não é nada de mais. Deus do céu! "E eu opero milagres... e eles aparecem!"

Entre os mundos humano e não humano

por Maria Esther Maciel

Mogli, personagem que atravessa a maioria das histórias reunidas em *Os livros da Selva*, nunca deixou de povoar o imaginário de diferentes gerações de leitores e provocar inúmeras reflexões sobre os limites e liames entre homens e animais, desde o final do século XIX. Nos dois livros que integram o volume, escritos pelo escritor nascido na Índia britânica Rudyard Kipling e publicados respectivamente em 1894 e 1895, acompanhamos as aventuras do menino que, após ser abandonado na Selva, foi adotado por lobos e criado por diferentes espécies de animais, passando sua existência em permanente estado de deslocamento entre os mundos humano e não humano.

Embora as narrativas que compõem o conjunto sejam caracterizadas como contos, elas ultrapassam os limites dessa modalidade textual e podem ser vistas como capítulos de um longo romance sobre a vida selvagem. Romance este permeado também de vários poemas e canções que potencializam e ampliam, por um viés oblíquo, os elementos do enredo e as questões que dele emergem. Disso advém um hibridismo que condiz com o próprio Mogli, que é dotado de uma identidade misturada e contraditória, capaz de desafiar os modelos estabelecidos de humanidade e animalidade.

Soma-se a esse caráter múltiplo a maneira não menos complexa como o autor lida com os animais, dialogando com a tradição das fábulas e embaralhando os limites entre a literatura para crianças e aquela destinada aos adultos. Sua versatilidade não permite que a obra se limite a um público específico – ao mesmo tempo realista e alegórica, lúdica e reflexiva, ela possibilita inúmeras interpretações, sejam elas políticas, sociais, filosóficas, antropológicas, etológicas ou ambientais.

Como o próprio título da coletânea original indica, a Selva é o espaço privilegiado por Kipling, podendo mesmo ser considerada a principal personagem do conjunto, tal a sua força ao longo das histórias, ainda que a aldeia, onde Mogli passa um tempo sob os cuidados de um casal de humanos após ser expulso da matilha, seja também uma referência importante. Nas fronteiras entre Selva e aldeia, toda uma rede de relações e conflitos se constitui a partir dos movimentos externos e internos do menino-lobo. Ainda que ele ocupe esses dois mundos, não pertence, porém, a nenhum deles, apesar de se identificar mais com o mundo selvagem. Sua orfandade se confunde, portanto, com uma condição de deslocamento, de não identificação plena com um território e uma determinada espécie. Não à toa ele é expulso da "Alcateia dos Lobos" e da "Alcateia dos Homens", como ele próprio diz no capítulo "Tigre! Tigre!", por ser considerado um estrangeiro, um estranho, em ambas.

Essa parte, centrada nas experiências de Mogli na aldeia até seu retorno para a Selva após matar o tigre Shere Khan, que sempre o ameaçou com ferocidade, é encerrada com os versos de "A canção de Mogli", em que fica explícita essa condição fora de lugar e contraditória . Depois de dizer que, assim como a "alcateia dos lobos", a "alcateia dos homens" o expulsou por ter medo dele, Mogli indaga o porquê disso e de outras situações conflituosas que vivenciou, acrescentando: "Sou dois Moglis".

Em muitos dos estudos existentes sobre *Os livros da Selva*, esses elementos contraditórios são interpretados como alegorias do imperialismo (o colonizador vs. homem na Selva e o nativo vs. animal na aldeia; a "Lei da Selva" como símbolo das leis britânicas; os animais como representantes das relações de poder da sociedade humana etc.). Porém, é interessante pensar também no modo como o autor valoriza a natureza e as existências não humanas, mesmo que sob os artifícios do antropomorfismo. Para isso, vale falar não apenas sobre alguns aspectos da história dos animais na literatura, como também sobre as figurações modernas e contemporâneas dos meninos-selvagens na nossa cultura.

Como já foi observado por vários pesquisadores, Kipling retoma, em suas histórias, a tradição milenar da fábula e, portanto, incorpora/recria muitas de suas propriedades no trato dos animais: eles falam, assumem hábitos e princípios humanos, organizam-se em sociedades regidas por normas e hierarquias, reproduzem as relações humanas de poder. Tudo isso, usado para passar ensinamentos e preceitos aos leitores.[1]

Aliás, essa configuração fabular foi uma das linhas de força da presença de animais na literatura ocidental da antiguidade clássica, que reverberou ao longo dos tempos e adquiriu novos matizes a partir do final século XIX, com o trabalho de Charles Darwin. Na contramão da demonização do animal na Idade Média e da sua redução a um mero mecanismo pelo pensamento cartesiano consolidado na era moderna, Darwin evidenciou não apenas as origens animais do humano em *A origem das espécies*, em 1859, mas também as propriedades cognitivas e emocionais dos bichos de diferentes espécies, como atestam as importantes obras tardias do naturalista inglês.

Essa virada darwinista, somada a uma consciência ética de muitos escritores a respeito das relações que travamos com os demais viventes que compartilham conosco a experiência do mundo, fez com que outras formas de representação do universo animal emergissem no cenário cultural do tempo. No decorrer dos anos, a fábula – e suas configurações modernas – não deixou de sentir as influências desse novo modo de pensar. Hoje, inclusive, ela tem sido redimensionada como um gênero que, apesar de todos os recursos antropomórficos e seus ensinamentos

---

1 Sabe-se que a fábula surgiu no Oriente, tendo ido da Índia à China e à Pérsia, até chegar à Grécia provavelmente por volta do século VI a.C., quando Esopo a reinventou. A partir de então, tomou diferentes feições e finalidades, entre elas a de divertir e de aconselhar. Com suas estórias protagonizadas por animais e seu tom sentencioso, tendente ora ao proverbial, ora ao satírico, atravessou os séculos e contagiou outras culturas.

morais, não deixou de reconhecer a inteligência, os sentimentos e as habilidades dos animais, além de marcar a importância deles na vida humana. E é sob essa ótica da fábula que *Os livros da Selva* merecem ser lidos.

É inegável que os animais das histórias de Kipling são respeitados enquanto animais, ao mesmo tempo que oferecem elementos simbólicos e alegóricos para o universo humano. É sobre esse paradoxo que a obra se sustenta e, nesse sentido, pode ser tomada também como uma celebração da vida animal – humana e não humana. Isso condiz, ainda, com a tradição cultural da Índia, visto que em algumas regiões do país os animais, tomados sobretudo sob a perspectiva da religião hinduísta, devem ser respeitados (e até cultuados) em suas particularidades enquanto viventes.

Pode-se dizer que o antropomorfismo aparece de diversas maneiras na obra, começando pela nomeação dos bichos. Todos eles são evocados por nomes próprios indianos, como os lobos Raksha (a "Mãe Loba"), Rama (o "Pai Lobo") e Akela (líder da matilha), a pantera Bagheera, o velho urso Baloo, o tigre Shere Khan, o casal de elefantes Hathi e Gajjini, o búfalo Mysa, a enorme cobra Kaa e o morcego Mang, entre muitos outros. Os agrupamentos de animais também recebem designações, espaços demarcados e postos hierárquicos que remetem às das sociedades humanas: o "Conselho da Alcateia", a "Pedra do Conselho", o "Senhor da Selva", o "Povo dos Macacos", o "Povo Livre", o "Povo Venenoso" etc. Para não mencionar as já referidas "Lei da Selva" e "Lei dos Homens", que sempre vêm à tona na narração e nas falas dos personagens animais. Somam-se a isso as proibições, as mentiras, as promessas, as palavras de honra, além de expressões como "pagar o preço" e adjetivos pejorativos usados pelos bichos.

São esses elementos antropomórficos que justificam tanto as interpretações centradas em símbolos e alegorias políticas do imperialismo britânico quanto a caracterização da obra como literatura para crianças.

O fato de os animais falarem e terem suas falas reproduzidas em linguagem humana também contribui para essas interpretações e a redução das histórias a meras fábulas infantis. No entanto, há de se atentar para a complexidade dessa questão linguística nos dois livros, já que em diversas passagens fica claro que os animais têm linguagens próprias e o próprio Mogli as aprendeu para se comunicar com seus amigos da Selva. Sobretudo no conto "Tigre! Tigre!", fica explícito o reconhecimento, por parte do personagem e do próprio narrador, de que a fala humana é outra em relação às que os bichos usam. Esse procedimento mostra que Kipling não descartava a existência de diferentes linguagens não humanas. No intuito de afirmar essa multiplicidade, recorreu ao artifício da "tradução". Assim, mesmo que use termos, metáforas e conceitos exclusivos da nossa espécie, o autor desvia sua obra de uma concepção linguística inteiramente antropocêntrica.

Aliás, essa ideia de tradução de linguagens não humanas em narrativas e poemas marca, em Kipling e outros escritores modernos e contemporâneos, uma aceitação dos animais como sujeitos providos de faculdades e habilidades consideradas, até então (e mesmo ainda hoje), exclusivas dos humanos.

Outro dado relevante que reitera o movimento do autor rumo a uma visão mais justa dos animais é o modo como ele trata da caça. Num contexto em que essa atividade era concebida e praticada como esporte no Ocidente, sendo bastante cultuada no Império Britânico, ele não poupa críticas a tal culto, elegendo como referência o caçador, seja humano ou não humano, que mata por estar com fome. Isso aparece por vias explícitas no capítulo "A caçada de Kaa", quando Mogli aprende com seus mentores animais o "Chamado do Estranho em Caçada", que inclui o mandamento: "Caça por comida, e não por esporte". Esse tipo de caça, geralmente realizado em grupo de animais, aparece em muitas histórias do livro, acompanhado de críticas à crueldade dos homens.

Esses são alguns dos aspectos que fazem da obra de Kipling uma rede intrincada, que não pode ser reduzida às leituras que se apoiam em conceitos estáticos.

Ademais, cabe ressaltar que *Os livros da Selva* contribuíram ainda para a abordagem, na literatura moderna, de uma figura emblemática até então pouco ou nada explorada: a da criança selvagem. Nesse sentido, é uma obra precursora. Depois de sua publicação, crianças criadas por animais, fora das comunidades humanas, passaram a merecer a atenção de escritores de procedências variadas, no século XX e início do século XXI. São crianças que, em decorrência de uma convivência interespécies, incorporaram uma animalidade capaz de desafiar os limites da razão humana e dos dogmas científicos, como Mogli.

Essa figura, além de remontar à lenda romana dos gêmeos Rômulo e Remo, fundadores de Roma e criados por uma loba, vai se inscrever em histórias como a do livro *Tarzan, o rei das selvas* (1912), de autoria do estadunidense Edgar Rice Burroughs, e a do filme *L'enfant sauvage* (1970), de François Truffaut, baseado nas anotações de um psiquiatra francês sobre um menino resgatado da vida selvagem aos doze anos. Mais recentemente, a figura do menino criado por animais ganhou uma inovadora abordagem da australiana Eva Hornung no romance *Dogboy* (2010), inspirado na história real de um menino russo que, aos quatro anos, após ser abandonado pela família, é adotado por cães selvagens, obtendo da matilha a proteção, o afeto e a aprendizagem de estranhas formas de sobrevivência no contexto pós-perestroika. Convertido física e psiquicamente em uma criança-cachorro, o personagem de Hornung vive, de maneira visceral, sua ambígua existência humana e não humana.

Assim, pode-se dizer que Kipling abriu, com *Os livros da Selva*, terreno para que diferentes enfoques dessa e das demais questões aqui listadas se inscrevessem na literatura posterior, levantando instigantes discussões no âmbito dos estudos zooliterários, pós-humanistas e pós-coloniais.

Maria Esther Maciel é professora de Literatura Comparada da UFMG e colaboradora da Pós-Graduação em Teoria e História Literária da Unicamp. Publicou, entre outros, os livros *Literatura e animalidade* (2016), *Pequena enciclopédia de seres comuns* (2021) e *Animalidades: zooliteratura e os limites do humano* (2023).

Mogli: animais entre a alegoria e o jogo

por Pedro Mandagará

As histórias de Mogli, escritas por Rudyard Kipling, têm similaridades óbvias com o gênero da fábula — afinal, os animais falam e há um senso moral que as permeia. Em termos formais, os poemas que finalizam cada um dos contos lembram as fábulas de autores como La Fontaine, que, se eram contadas em versos, traziam uma parte de poesia moral ao fim. Como em boa parte das fábulas, a moralidade nas histórias de Mogli é muitas vezes explícita: "Ninguém como eu! diz o Filhote da matilha na primeira matança;/ Mas a Selva é larga e o Filhote, pequeno. Deixe-o pensar e se aquietar." (p. 63)

Nas aulas com o urso Baloo, Mogli aprende a Lei da Selva e as Palavras Mestras de diversos animais. Muito mais do que ser "lobo", a criação multiespécies de Mogli — entre lobos, um urso, uma pantera e, mais tarde, uma cobra — permite que ele se coloque em posição de comando sobre os outros animais, compreendendo a lógica da Lei e utilizando-a para seus propósitos. O futuro de Mogli, como é repetido diversas vezes nas narrativas, é passar de filhote a homem. O comando da Lei faz de Mogli o Mestre da Selva, tomando o lugar que fora de Hathi, o Elefante Selvagem. Mogli é criado por uma Mãe Loba, Raksha, e um Pai Lobo, Rama. Tem um tutor — Baloo — e duas figuras adultas que o aconselham — Bagheera e Kaa. Os lobos se reúnem em um Conselho estruturado e têm regras sucessórias para a sua liderança. Percebe-se, assim, que há algum elemento de antropomorfização das relações no mundo em que Mogli vive (para além do lado antropomórfico mais óbvio de que os animais falam como ingleses do século XIX).

Imaginar uma sociedade animal como paralelo da sociedade humana é uma tendência na ficção sobre os animais. Podemos flagrá-la em inúmeras narrativas, desde os Yahoos de Jonathan Swift (no clássico da literatura inglesa *Viagens de Gulliver*) até desenhos animados contemporâneos como *Zootopia* (2016), em que conflitos interespécies numa cidade de animais funcionam como uma alegoria para as contradições das sociedades multiculturais. Tanto nas fábulas de Esopo e La Fontaine como em narrativas contemporâneas como *Procurando Nemo* (2003), os animais servem a alegorias morais ou políticas. Conforme o Dicionário Houaiss, alegoria é um "modo de expressão ou interpretação [...] que consiste em representar pensamentos, ideias, qualidades sob forma figurada e em que cada elemento funciona como disfarce dos elementos da ideia representada". Numa alegoria, portanto, um elemento está por outro: a formiga está pelo trabalhador, a cigarra pelo artista preguiçoso,

Dory pela espontaneidade, Marlin, o peixe-palhaço, pela prudência excessiva.

Há poucas exceções para essa tendência a alegorizar os animais — uma delas, me parece, está nas narrativas dos mitos ameríndios, ou na literatura de autoria indígena que se refere às tradições orais. Muitas vezes, estas narrativas remetem a um "tempo dos antigos" em que os animais também são humanos.[1] Aqui não parece haver alegoria ou, se houver, é uma alegoria com uma única chave de leitura: a passagem de um mundo indiferenciado a um mundo em que uns são predadores e outros, presas.

Qual seria o caso das histórias de Mogli? Seriam alegorias morais ou políticas? Ou haveria nas narrativas de Kipling um espaço para os animais enquanto animais?

Fontes de Mogli

Antes da publicação dos dois volumes de *Os livros da Selva* (1894–1895), Kipling já havia escrito muitas narrativas ambientadas nos territórios da Índia. Parte da diferença das novas histórias (e da fascinação imediata que causaram) foi o papel dado aos animais.

Há muitas fontes possíveis para as descrições de animais feitas por Kipling. Seu pai, John Lockwood Kipling,

---

1 Aqui haveria diversas referências possíveis, tanto para a ideia de "tempo dos antigos" quanto para exemplificar as narrativas. Uma possibilidade é um livro de narrativas do povo Cinta Larga, *Histórias de maloca antigamente* (Segrac/Cimi, 1988), disponível no site do Instituto Socioambiental: <https://acervo.socioambiental.org/acervo/livros/mantere-ma-kwe-tinhin-historias-de-maloca-antigamente>. (Acesso em 23 de junho de 2023).

havia publicado em 1891 *Beast and Man in India: A Popular Sketch of Indian Animals in Their Relations with the People* (*Animal e homem na Índia: um esboço popular sobre os animais indianos em suas relações com as pessoas*), livro que, no entanto, tratava mais de animais domésticos ou de criação. É possível que parte das referências tenha vindo de obras mais técnicas sobre animais, como a *Natural History of The Mammalia of India and Ceylon* (*História natural dos mamíferos da Índia e do Ceilão*), de Robert Sterndale (1884), autor de um livro sobre a região de Seeonee que pode ter inspirado o cenário das histórias de Mogli. Em *Natural History* há descrições de eventos que parecem diretamente relacionados aos contos de Kipling. Ao falar dos búfalos indianos, por exemplo, Sterndale diz: "Búfalos em manadas não hesitam em atacar um tigre; e eu vi uma vez eles salvarem seu vaqueiro de um [tigre] comedor de homens". Aqui há um paralelo direto com o episódio em que Mogli se vinga de Shere Khan, no conto "Tigre! Tigre!".

Desde a Antiguidade há muitas histórias de crianças criadas por animais, e muitas vezes por lobos — a de Rômulo e Remo, lendários fundadores de Roma, seria o exemplo mais clássico. No caso de Mogli, Kipling possivelmente consultou anedotas específicas da Índia, que circulavam muito à época (e que, nem preciso dizer, foram posteriormente desconsiderados como invenção ou boato). Uma fonte escrita muitas vezes citada como uma influência para Kipling é o relato de W. H. Sleeman, publicado em 1852 com o título *An Account of Wolves Nurturing Children in Their Dens* (*Um relato sobre lobos criando crianças em suas tocas*). Os relatos são de crianças encontradas na selva e que não teriam aprendido qualquer língua humana — e, afora um único caso duvidoso ao final, nos outros as crianças não sobrevivem por muito tempo.

É evidente que o relato foi muito modificado, mas há elementos que parecem ter inspirado Kipling. Sleeman descreve as "superstições" dos indianos em relação aos lobos como derivadas de um medo extremo; segundo ele, "a comunidade de uma vila em cujas fronteiras tenha caído a gota do sangue de um lobo acredita estar fadada à destruição". Aqui, a "superstição" descrita por Sleeman parece se desdobrar em episódios de dois contos de Kipling. Em "Tigre! Tigre!", Mogli é atacado ao retornar para a vila em que estava morando com sua "mãe adotiva", Messua, depois de seu confronto com Shere Khan: "Mogli deu uma risadinha feia, porque uma pedra o acertou bem na boca" (p. 141). Depois que Mogli é ferido, a vila é completamente destruída no conto "O avanço da Selva". Evidentemente, há outros eventos, a exemplo da condenação de Messua como feiticeira, mas não deixa de ser verdade que o ferimento de Mogli, que é humano mas também lobo, está na origem da destruição que virá depois.

O mundo colonial

O próprio Kipling explicitou uma fonte para Mogli, o romance *Nada the Lily* (*Nada, o lírio*), publicado por H. Rider Haggard em 1892. Haggard ficara famoso com a publicação de *As minas do Rei Salomão*, em 1885, e decidiu então escrever outro romance ambientado na África, dessa vez apenas com personagens negros (em sua maioria, zulus). Em sua correspondência com Haggard, Kipling diz: "Você lembra em sua história [*Nada*] quando os lobos pulam aos pés de um homem morto sentado em uma rocha? Em algum lugar daquela página eu tive a ideia [para Mogli]."[2]

Para além de uma inspiração direta, Haggard e Kipling compartilhavam entre si e com autores contemporâneos como Robert Louis Stevenson um imaginário construído pela experiência colonial britânica. Há quase uma divisão geográfica do Império Britânico quando colocamos as obras mais famosas dos três lado a lado — Stevenson no Caribe (*A ilha do tesouro*), Haggard na África e Kipling na Índia. Kipling foi especialmente associado ao imperialismo. Seu poema "O fardo do homem branco" (The White Man's Burden), de 1899, celebra o imperialismo estadunidense nas Filipinas, durante a guerra entre EUA e Espanha. Para Kipling, "civilizar" outros povos seria o dever — e o fardo — dos homens brancos. E não foi apenas um poema — muitas outras obras, narrativas, poéticas e jornalísticas, celebraram as empreitadas coloniais mesmo diante da violência extrema da guerra. Conforme George Orwell, "não adianta fingir que a visão de vida de Kipling pode ser de todo aceita ou mesmo perdoada por qualquer pessoa civilizada."[3]

---

2 Retirado da autobiografia de Haggard, *The Days of My Life* (Londres: Longman, Green and Co., 1926. vol. 2, p. 17).

3 "Rudyard Kipling" (1942), em ORWELL, George. *All Art Is Propaganda: Critical Essays*. Harcourt, 2008, p. 177. Note-se o estranhamento que, hoje, causa o uso de "civilizado"

Embora as histórias de Mogli sejam centradas no mundo da selva, o colonialismo aparece aqui e ali de maneira explícita. Ideias parecidas com aquelas expressas em "O fardo do homem branco" surgem em uma fala de Messua no conto "O avanço da Selva". A personagem está contando que vai fugir para a vila de Khanhiwara, onde "pode ser" que encontre os ingleses. Quando Mogli pergunta "que Alcateia é essa", Messua diz que os ingleses "são brancos, e é dito que governam a terra inteira, e não aceitam que pessoas sejam queimadas ou castigadas sem testemunhas" (p. 212). Frente à injustiça da pena que Messua enfrentaria em sua vila — condenada a ser queimada como feiticeira por sua ligação com Mogli — os ingleses representariam a justiça. O marido de Messua também conta com os ingleses para processar o sacerdote da vila e reaver suas terras e gado (p. 214).

Uma alegoria do Império?

Ao mesmo tempo que as histórias representam os ingleses como aqueles que levaram a ordem para a Índia, há uma relação entre a Lei da Selva e a presença do homem branco:

> A Lei da Selva, que nunca ordena coisa alguma sem motivo, proíbe que toda fera coma carne de homem, exceto quando está matando para ensinar

---

como um qualificador positivo por Orwell. Em outros momentos do ensaio, Orwell diz admirar a visão imperialista conservadora de Kipling quando comparada à esquerda dos países centrais, que continuariam a desfrutar o bem-estar proporcionado pelo imperialismo econômico ao mesmo tempo que o criticavam.

> os filhotes a matar, e mesmo então deve-se fazer isso longe do território de caça de sua Alcateia ou tribo. O verdadeiro motivo para isso é que o assassinato de homens implica, mais cedo ou mais tarde, a chegada de homens brancos em elefantes, com armas e centenas de homens marrons carregando gongos e foguetes e tochas. E aí todos na floresta sofrem. (p. 27)

Esse é um dos trechos que elabora a Lei da Selva em "Os irmãos de Mogli", primeiro conto desta coletânea. Não há nenhuma razão moral transcendente para a proibição de matar seres humanos — pelo contrário, há uma exceção explícita: ensinar os filhotes a matar, desde que se tome certos cuidados. Em "Como surgiu o medo", aparece outra exceção — exclusiva para os tigres, uma vez ao ano. A razão pela qual é proibido matar humanos é pragmática: o medo que têm dos seres humanos, explicado miticamente no conto posterior e reforçado a todo momento pela menção à Flor Vermelha, o fogo. Mas, se todos os homens são perigosos por conta do domínio do fogo, os homens brancos deteriam poderes especiais. Não à toa a imagem utilizada aqui é a de "homens brancos em elefantes" — como demonstram as histórias em que aparece Hathi, o elefante tem um poder soberano na selva, que só será suplantado por Mogli. O poder colonial, exemplificado pelo domínio sobre os elefantes e pelo uso de armas, aparece na narrativa como o "verdadeiro motivo" por trás da proibição de matar humanos na Lei da Selva. Assim, são também os ingleses que levam a justiça para aquele espaço. Em outro momento, de novo se mostra de que modo o poder do homem branco delimitaria os poderes da selva: "Ele sabia que, quando a Selva se move, apenas os homens brancos têm alguma chance de detê-la." (p. 232).

Embora essas passagens tornem plausível uma leitura alegórica das histórias de Mogli, em que o imperialismo estaria representado por alguns elementos da narrativa, como a Lei, há intérpretes que tentam estabelecer relações alegóricas muito mais detalhadas. O crítico Andrew Hagiioannu interpreta o conto "Cão vermelho" como dotado de uma mensagem política que existe "firmemente" dentro da tradição da propaganda anticomunista norte-americana. É bastante possível (e até provável) que Kipling detestasse socialistas de todos os matizes (embora haja poucos trechos explícitos em sua obra a este respeito), mas a interpretação parece extrapolar o razoável ao associar o "vermelho" a comunista, a matilha de *dholes* (cães selvagens) a ideologias igualitárias e o "Povo Livre" à ideologia estadunidense.[4]

Talvez seja possível encontrar aí alguns limites para o papel da alegoria nas histórias de Mogli. Se parece inegável que esse papel exista, até pela forma explícita com que mensagens morais e políticas surgem em alguns trechos, é muito difícil dar conta da totalidade do texto apenas com essa chave de leitura. Mais ainda: há uma ambiguidade inerente ao papel da alegoria. Se o texto, em diversos momentos, prefigura obras mais abertamente pró-imperialistas de Kipling, há também um potencial

---

4 HAGIIOANNU, Andrew. *The Man Who Would Be Kipling: The Colonial Fiction and the Frontiers of Exile*. Palgrave Macmillan, 2003, p. 113.

crítico que se abre ao leitor por essa explicitação das posições coloniais. Uma edição das histórias de Mogli que, à maneira do que tem sido feito com diversas obras clássicas "problemáticas" no mercado literário de língua inglesa, cortasse ou reescrevesse as partes colonialistas ou racistas do texto de Kipling sonegaria ao leitor a possibilidade de se posicionar criticamente quanto a esse texto. A explicitação da alegoria imperial é um pré-requisito para a crítica que se possa fazer da colonialidade.

Para além da alegoria

No artigo "Mowgli and His Stories: Versions of Pastoral"[5], (Mogli e suas histórias: versões da pastoral) Laura C. Stevenson, que teve acesso ao manuscrito de uma versão anterior de "Os irmãos de Mogli", descreve algumas variantes em relação à versão publicada. Segundo ela, na primeira versão os lobos falariam dos chacais como "não tendo mais casta que barbeiros ou músicos", mas tratariam Shere Khan — a quem desprezam — como "meu Senhor" em reconhecimento de sua alta casta (de tigre). Para a autora, as referências ao sistema de castas foram reduzidas conforme a escrita da primeira versão do conto avançava, até serem completamente eliminadas na publicação. Isso se daria porque outros temas — como o da irmandade entre Mogli e os lobos — foram se tornando dominantes na escrita do conto, a contrapelo da alegoria social mais direta que foi planejada inicialmente.

5 *The Sewanee Review*, Vol. 109, No. 3 (Summer, 2001), pp. 358-378.

Deixar-se levar pelo que acontecia na escrita era parte da prática de Kipling, a ponto de ele defender que haveria momentos em que seria melhor "não tentar pensar conscientemente".

A rigor, o processo de escrita não interessa tanto para a obra publicada. Como a teoria da literatura ensinou ao longo do século XX, não interessa muito a "intenção do autor", mas o texto em si. A ideia de se deixar levar, no entanto, parece fazer sentido para muitos dos contos — para a ação frenética de "A caçada de Kaa" ou "Cão vermelho", ou para a destruição desenfreada e desmedida de "O avanço da Selva". Para leitores de hoje (embora não, talvez, no século XIX), as descrições de caçadas também surpreendem. Nas representações mais comuns de histórias de animais, a predação é escondida — é o caso das adaptações (em desenho e *live-action*) das histórias de Mogli pela Disney.[6]

Creio que esses momentos, em que os animais se fazem mais presentes fisicamente, indicam um espaço próprio da animalidade nos contos de Mogli. Algumas vezes, o que aparece é a violência; outras, o afeto — como as cenas em que a cobra Kaa se propõe a servir de cama e travesseiro para Mogli. É possível entender essas manifestações dos corpos dos animais, para além da Lei da Selva e das funções que as alegorias pressupõem, como

6 Novamente, as exceções são narrativas de base ameríndia. Lembro-me aqui do livro infantil do autor indígena Cristino Wapichana, *A oncinha Lili* (Edebe, 2014). O livro, para crianças bem pequenas (de dois a seis anos), é um dos pouquíssimos que vi representarem as onças comendo carne (visualmente apresentada na página como pratos de bife).

um espaço de jogo. Na caça, na brincadeira, no afeto, haveria um espaço em que as relações entre humano e animal não se dariam sob a lógica do domínio, um espaço em que Mogli, o Mestre da Selva, se torna novamente Mogli, a Rã.

A respeito da tendência de muitos cientistas de não acreditar nas possibilidades de agência de diversos animais, a filósofa Vinciane Despret diz que: "Durante muito tempo foi difícil para os animais não serem bestas ou até mesmo umas bestas quadradas. Certamente, sempre existiram pensadores generosos, amadores entusiastas, aqueles estigmatizados como antropomorfos convictos. Hoje, a literatura tira-os do relativo esquecimento, assim como leva a julgamento todos os que fizeram do animal uma mecânica sem alma."[7] Embora a acusação seja contra cientistas ou filósofos na linha de Descartes — que considerava o corpo físico do animal como uma máquina —, podemos a partir daí pensar no papel da alegoria, que equipara animais a marionetes ou autômatos, eternamente representando algo da vida humana, uma vida que não é deles. A construção de espaços da animalidade na ficção passa pelo se deixar levar, pelo jogo, pelo exagero, pelo que foge e desliza dos sentidos fixos. Os animais das histórias de Mogli, ainda hoje, surpreendem os leitores, o que permite que o mundo dessas histórias não seja apenas um reflexo do universo colonial, mas que tenha vida própria.

---

7 DESPRET, Vinciane. *O que diriam os animais?* Ubu, 2021.

Pedro Mandagará é professor de Literatura Brasileira na Universidade de Brasília (UnB). É doutor em Teoria Literária pela PUC-RS. Organizou, com Rita Terezinha Schmidt, o livro *Sustentabilidade: o que pode a literatura?* (2015). Desde então tem pesquisado temáticas socioambientais e indígenas na literatura e cultura. Sua pesquisa atual é sobre arte indígena contemporânea, em estágio pós-doutoral na Universidade Federal da Bahia. É membro do Grupo de Pesquisa em Literatura Brasileira Contemporânea (GELBC-UnB).

Imperialismo e literatura: o caso de *Os livros da Selva*, de Rudyard Kipling

por Aza Njeri

Quando recebi o convite para a escrita deste posfácio, pensei no desafio de comentar sobre uma obra tão conhecida e importante para a literatura universal como *Os livros da Selva*. Afinal, quem no mundo ocidentalizado nunca ouviu falar no menino-lobo? Uma figura tão icônica e dramática, marcada por um entrelugar: menino demais para ser lobo, selvagem demais para ser menino. Talvez aí more a relevância do personagem e suas histórias, pois, ao explorar o mundo da Selva através dos olhos de Mogli, Rudyard Kipling apresentou, na verdade, uma reflexão sobre identidade e pertencimento no mundo.

Mogli é um menino "estranho", que habita dois mundos. Ele incorpora a complexidade das relações sociais regidas pela dominação imperial britânica, caminhando entre o mundo selvagem e o civilizado, utilizando-se dos códigos de ética e das linguagens de cada um desses espaços para sobreviver. O protagonista tem consciência do seu poder e das suas habilidades, dentre elas a de falar as línguas dos animais. Enquanto ser humano, Mogli é dotado das capacidades para o desenvolvimento da linguagem, e o faz dentro do repertório que lhe é oferecido, que, no caso, é o da Selva.

> — Palavras Mestras para qual povo? — disse Mogli, contente em ser exibido. — A Selva tem muitos idiomas. *Eu* conheço todos eles. (p. 67)

Originalmente, os textos protagonizados por Mogli foram lançados separadamente em formato de pequenos contos, até serem reunidos em dois volumes. O primeiro livro da série, *O livro da Selva*, foi publicado em 1894 e conta histórias do menino criado por lobos na selva indiana, que aprende a viver nesse ambiente fazendo amizades, participando de aventuras e enfrentando desafios.

Histórias de crianças que foram criadas por lobos fazem parte do imaginário ocidental desde o mito de fundação de Roma. Os gêmeos Rômulo e Remo foram cuidados por uma loba e inspiraram Kipling, numa maneira de aproximar a grandiosidade do Império Romano à imagem do Império Britânico. Essa atitude era comum aos escritores que compartilhavam dos ideais imperialistas, e que se utilizavam do papel pedagógico da arte para tornar mais palatável a transmissão de ideologias de dominação.

O teórico pós-colonial Edward Said, em sua crítica ao imperialismo e à colonização, aponta em Kipling uma perpetuação dos discursos ocidentais de superioridade e inferioridade cultural. A partir de representações do Oriente, em específico da Índia, reproduziu estereótipos racistas e generalizações culturais. Os personagens indianos em seus contos são exóticos, confusos, submissos e dependentes da orientação paternalista britânica. Em "Tigre! Tigre!", Mogli observa os aldeões e os julga, evidenciando a subalternidade dessas pessoas sob o olhar do protagonista.

> — Eles não têm modos, esse Povo dos Homens — disse Mogli para si mesmo. — Só os macacos cinzentos se comportariam assim. (p. 116)

Passados quase 130 anos do lançamento, o conjunto de narrativas continua atual porque explora temas profundos e contemporâneos como a relação entre o homem e a natureza, a caça predatória, a necessidade de preservar ecossistemas, a importância da comunidade e da amizade. Mostra ainda as ambiguidades e complexidades humanas - tanto no menino-lobo como nos animais falantes dotados de humanidade –, de forma que cada animal retratado apresenta comportamentos que metaforizam características humanas, criando identificação e conexão com os leitores, principalmente os infantis.

Baloo, por exemplo, embora tenha sido retratado como preguiçoso na animação de Walt Disney, nos livros é um professor sábio, amável e rígido, como devem ser os professores ingleses que encampam a árdua tarefa de "civilizar" as crianças nativas. Nas histórias, o urso, numa referência ao próprio professor Kipling, se encarrega de ensinar sobre a Lei da Selva e os lugares e funções que cada Povo possui dentro do mundo selvagem, numa espécie de metaforização das ideologias imperialistas que dicotomizam "bem" e "mal" e ditam os perigos de viver numa sociedade sem leis (britânicas).

Quando a colonização se impõe, o colonizador imediatamente estabelece instituições para legitimar seu poder e superioridade diante dos autóctones. São elas o governo, o cárcere, a igreja e a escola, cada uma com função de racionalizar, estruturar e executar as ideologias de dominação ocidentais. Cabe à escola, a partir da agenda da educação colonizadora, ensinar e naturalizar essa visão de mundo, centrada nas perspectivas daqueles que chegaram para roubar, matar, destruir, assimilar e dominar.

Baloo é um professor apaixonado que vê a humanidade de Mogli com entusiasmo, diferenciando-o dos demais.

> O velho urso marrom, volumoso e circunspecto, estava pra lá de contente de ter um pupilo tão esperto, já que os lobinhos só aprendem aquilo que se aplica à matilha e à tribo deles, e saem correndo assim que aprendem a recitar o Versículo da Caçada. (p. 64)

Baloo atribui essa distinção a Mogli porque percebe nele uma racionalidade, característica da espécie humana, que lhe confere poder sobre os "irracionais", numa clara referência aos ideais iluministas que nortearam a agenda imperialista ocidental. Afinal, "Um filhote de homem é um filhote de homem, e precisa aprender *toda* a Lei da Selva" (p. 66). Então, quando Bagheera, num tom permissivo, ensina a Mogli que a Selva lhe pertence, está afirmando o poder do homem (branco) sobre a natureza. Ao mesmo tempo, Baloo explica num tom proibitivo que, apesar do seu poder, existe uma lei superior, a lei mais antiga do mundo, a Lei da Selva (a Lei Britânica), à qual todos devem se curvar, ensinando-lhe a ser submisso ao Ocidente.

A Lei prevê quase todas as circunstâncias que podem ocorrer com o Povo da Selva, e transgredi-la traz consequências que desequilibram as relações. Ela é a ética dos personagens dentro da Selva. E, nas entrelinhas, vamos desvelando as condutas diplomáticas utilizadas pelo Império Britânico nas suas conquistas e na dominação do Oriente. Mogli pode ser lido como uma metáfora da diplomacia britânica, alguém que conhece as palavras mestras e as normas de conduta de cada grupo do Povo da Selva, aumentando o seu *soft power*.

> O menino conseguia escalar quase tão bem quanto conseguia nadar, e nadava quase tão bem quanto corria; então, Baloo, o Tutor da Lei, ensinou a ele as leis da Mata e das Águas: como diferenciar um galho podre de um saudável; como falar educadamente com as abelhas selvagens ao se deparar com uma colmeia a quinze metros de altura; o que dizer a Mang, o Morcego, quando o incomodasse num galho ao meio-dia; e como alertar as cobras-d'água nas lagoas antes de saltar no meio delas. Ninguém entre o Povo da Selva gostava de ser incomodado, e ficavam todos prontos para voar contra um invasor. E, além disso, foi ensinado a Mogli

> o Chamado do Estranho em Caçada, que deve ser repetido em voz alta até ser respondido sempre que o Povo da Selva caça fora do seu território. A tradução quer dizer: 'Permita a minha caçada pois tenho fome'; e a resposta é: 'Caça, então, mas por comida, e não por esporte'." (p. 65)

Esse trecho mostra que a Lei da Selva não é a lei do mais forte, como faziam crer obras de caráter nativista contemporâneas a *Os livros da Selva*, e sim uma lei que compreende um ecossistema com múltiplas relações comportamentais e hierarquias, e que exige respeito aos limites da vida alheia. Por exemplo, na Lei da Selva há a interdição de se comer humanos – não porque dentro dos códigos esta atitude seja imoral, mas porque, ao matar um humano, desencadeia-se uma represália "na chegada de homens brancos em elefantes, com armas e centenas de homens marrons carregando gongos e foguetes e tochas" (p. 27), numa referência à presença imperialista britânica na Índia.

A representação da cartilha educacional colonizadora é tão eficiente que a escola do Urso Baloo influenciou o tenente-general Robert Baden-Powell na criação dos "lobinhos", ramo do escotismo surgido no Império Britânico voltado para crianças mais jovens do que aquelas tradicionalmente admitidas no grupo, com o objetivo de treiná-las para futuras operações militares por meio de atividades ao ar livre e lúdicas.

A presença de animais nas histórias, desde aqueles representados de modo mais realista até a tradição literária das fábulas, construiu um amplo repertório que habita nosso imaginário e simboliza questões sociais. Conseguimos, portanto, identificar *Os livros da Selva* como obra alegórica, em que a visão ocidental de mundo e a relação entre o "eu" e o "outro" são apresentadas a partir dos personagens animais, de Mogli e da Lei da Selva.

Sabemos que o Ocidente é uma forma de Ser e Estar intimamente ligada ao território europeu, suas crenças, valores e ancestralidade. O sujeito ocidental, em razão de seu problema de autoimagem, elege suas experiências como universais, impondo sua cosmovisão a tudo e todos que encontra pelo caminho. Como nos lembram teóricos pós e decoloniais, a construção da (auto)imagem positiva enquanto europeu está intimamente ligada à imagem negativa construída do outro, o não europeu. Não sem fundamento é que no conto "A caçada de Kaa", os Bandar-log – o Povo dos Macacos – são os excluídos, os sem lei. Baloo, encarnando a ideologia colonialista e imperialista britânica, barbariza os macacos e os coloca em um campo semântico negativo porque eles rejeitam a Lei da Selva, representativa da ideologia britânica de dominação. Ou seja, os Bandar-log representam o lado indomável e subversivo dos súditos do colonialismo britânico.

> — Escuta, homem-filhote — disse o urso, e a voz dele ribombou feito trovão em noite quente. — Eu ensinei a todos vocês a Lei da Selva, que é para todos os Povos da Selva... exceto para o Povo Macaco que vive nas árvores. Eles não têm Lei. Eles são renegados. Eles não possuem um falar deles, mas se utilizam das palavras roubadas que escutam e espiam e vigiam nos galhos lá em cima. O modo deles não é o nosso. Eles não possuem liderança.

> Eles não possuem memória. Eles se vangloriam e matraqueiam e fingem que são um grande povo destinado a grandes coisas na Selva, mas a queda de uma noz os faz rir e tudo é esquecido. Nós da Selva não nos envolvemos com eles. Não bebemos do mesmo lugar que os macacos bebem; não vamos aonde vão os macacos; não caçamos onde caçam; não morremos no mesmo lugar que eles. Você alguma vez já me ouviu falar de Bandar-log antes de hoje? (p. 71)

A Selva é um espaço dinâmico, ameaçador e com pontes próprias de sentido. E em *O livro da Selva*, o homem moderno, enquanto sujeito político, entra em tensão com as subjetividades selvagens, estranhas, as quais negam o projeto civilizatório. Ao mesmo tempo, acompanhamos uma Selva complexa onde convivem e interagem diversas raças sob a autoridade do homem branco. Mogli é obedecido como um rei – a quem os animais evitam olhar nos olhos – e amado com um irmão, incorporando, portanto, o ideal de relacionamento do Império britânico com a Índia.

O nosso imaginário contemporâneo de Selva foi construído também pela literatura de Kipling, e dela derivam outras obras do início do século XX, como *As aventuras de Pedro, o coelho*, de Beatrix Potter (1902–1912), *O vento nos salgueiros*, de Kenneth Grahame (1908) e *Tarzan, o filho das selvas*, de Edgar Rice Burroughs (1912), o que demonstra a relevância cultural de Mogli e seus amigos.

No campo da teoria literária, Rudyard Kipling destaca-se enquanto inovador da escrita do conto moderno, cujos limites se fluidificaram, flertando com a fábula, o romance e a história natural. Sua contribuição estética criou paradigmas e rendeu-lhe um Nobel de Literatura em 1907, sendo um dos mais jovens laureados na história do prêmio, aos 42 anos. Fiel ao imperialismo, Kipling acreditava no fardo do homem branco a ponto de criar o poema com este título, em que um trecho diz:

> Toma do fardo do Homem Branco —
> As selvagens guerras de paz —
> Encha a boca da fome
> E faça cessar a enfermidade;
> E quando o seu objetivo estiver bem perto
> A resolução que buscou em nome deles,
> Veja a Preguiça e Loucura pagã
> Obliterar tuas esperanças.[1]

Visivelmente, este britânico nascido na Índia tomou para si tal fardo, e incumbiu sua literatura de uma missão civilizatória. Ele o fez com carisma e sofisticação, que o imortalizaram, junto a Mogli, Baloo e Bagheera, no imaginário do cânone da literatura universal.

---

1 Trecho do poema "O fardo do homem branco" (1899), de Rudyard Kipling. Tradução de Jim Anotsu.

Aza Njeri é professora doutora em Literaturas Africanas, pós-doutora em Filosofia Africana, pesquisadora de África e Diásporas. É coordenadora de Graduação e Professora do Departamento de Letras da PUC-RJ e do Instituto de Pesquisa Pretos Novos-RJ. Coordenadora do Laboratório de Estudos e Pesquisas Interdisciplinares sobre o Continente Africano e as Afro-diásporas da PUC-Rio. Escritora, roteirista, multiartista, crítica teatral e literária, mãe, podcaster e youtuber.

Referências Bibliográficas

BAILO, Luciano. "*A natureza e direito em O livro da Selva,* de Rudyard Kipling". Trad. Adwaldo Lins Peixoto Neto. *Anamorphosis: Revista Internacional de Direito e Literatura.* v. 4, n. 1, janeiro-junho 2018.

KIPLING, Rudyard. *O fardo do homem branco.*
Disponível em: <https://edisciplinas.usp.br/mod/resource/view.php?id=2909816&forceview=1>. Acesso em 29 de junho de 2023.

Dados Internacionais de Catalogação
na Publicação (CIP)

K57m Kipling, Rudyard

Mogli / Rudyard Kipling ; ilustrações por Julia
Debasse ; tradução por Jim Anotsu. – Rio de Janeiro :
Antofágica, 2023.
448 p. ; 14 x 21 cm

ISBN: 978-65-80210-32-9

1. Literatura inglesa. I. Debasse, Julia. II.
Anotsu, Jim. III. Título.

CDD: 823 CDU: 821.111

André Queiroz – CRB-4/2242

Antofágica
prefeitura@antofagica.com.br
instagram.com/antofagica
youtube.com/antofagica
Rio de Janeiro – RJ

1ª edição, 2023

Aos leitores
de Antofágica,
desejamos uma
goela cheia e um
bom sono.

As fábulas de Mogli viajaram da Selva indiana à selva de pedra e foram compostas em The Youngest e Made Sunflower e impressas em papel Pólen Soft 80g pela Ipsis Gráfica em julho de 2023.